*Chère Lectrice,*

Si vous ne vous rappelez plus très bien ce que signifie le mot « vacances » en ce mois d'avril, lisez *Médecin et don Juan* (Blanche 419). En effet, Margaret Barker a entraîné ses héros dans une petite île grecque — avec plages blondes isolées, petits sentiers fleurant bon les herbes recouvrant les collines, vestiges d'un prestigieux passé... et hommes ténébreux, bronzés, au regard de velours brûlant ! Le Dr Eileen Broughton, qui n'est pas en vacances, elle, mais travaille dans ce lieu idyllique, craquera d'ailleurs pour l'un d'eux...

Vous trouvez votre vie un peu trop calme, en ce moment ? Plongez-vous dans le livre de Diana Palmer (Blanche 420). Les rapports ô combien épineux du Dr Cortero et d'une patiente très particulière — une jeune femme fragile et vulnérable, mais qu'il soupçonne être la meurtrière de sa femme — vous feront oublier la trop lente fuite des heures, je vous le promets !

Il en sera de même également avec les quatre autres romans tout aussi passionnants de votre collection Blanche...

Bonne lecture avec nos héros en blouse blanche.

***La Responsable de la collection***

# La patiente du Dr Cortero

*

# Le chemin de la guérison

DIANA PALMER

# La patiente du Dr Cortero

HARLEQUIN

COLLECTION BLANCHE

*Cet ouvrage a été publié en langue anglaise*
*sous le titre :*
THE PATIENT NURSE

*Traduction française de*
C. DUTEIL

*Photographie de couverture :*
© RJB PHOTO LIBRARY

Originally published by SILHOUETTE BOOKS,
division of Harlequin Enterprises Ltd.
Toronto, Canada


83-85, boulevard Vincent-Auriol, 75013 Paris — Tél. : 01 42 16 63 63
ISBN 2-280-03319-4

# 1.

Amusé par les commentaires espiègles murmurés sur son passage, le Dr Ramon Cortero avait du mal à garder son sérieux en se dirigeant vers l'unité de soins intensifs en cardiologie de l'hôpital St Mary. Le matin même, il avait été interviewé à la télévision locale, et le présentateur lui avait arraché une information qui faisait figure de scoop : le Dr Ramon Cortero aimait écouter le groupe rock Desperado quand il effectuait les opérations à cœur ouvert qui l'avaient rendu célèbre dans le monde entier. Résultat, le personnel de son service l'avait gentiment taquiné toute la journée. Il n'en avait pas pris ombrage, car ils formaient une bonne équipe.

Ses yeux noirs étincelaient tandis qu'il se hâtait, toujours vêtu de sa tenue verte de chirurgien, à la recherche de l'épouse du patient qu'il venait d'opérer.

Induite en erreur par une infirmière, la femme ne se trouvait pas dans la salle d'attente du second étage. Son mari avait été hospitalisé en urgence avec une prothèse valvaire défaillante compliquée d'une pneumonie. Outre quelques prières, il avait fallu à Ramon tout son savoir-faire pour le tirer d'affaire. Il n'avait plus qu'à annoncer la bonne nouvelle à l'épouse. A condition de la trouver.

Non loin de lui, les portes de l'ascenseur s'ouvrirent, livrant passage à la femme qu'il cherchait, entourée des parents qui ne l'avaient pas quittée depuis deux jours. Agée d'une cinquantaine d'années, elle accusait son âge avec ses yeux rougis qui se posèrent sur lui, suppliants.

Ramon répondit d'un sourire à sa question muette.

— Il a bien supporté l'intervention, dit-il sans préambule. Il a un cœur solide.

— Oh, merci, mon Dieu, merci ! Et merci à vous, docteur.

Souriant, le chirurgien serra la main qu'elle lui tendait.

— *De nada.* Je suis heureux que nous ayons pu l'aider.

Debout près de lui, le cardiologue souriait aussi d'un air débonnaire. C'était lui qui avait accueilli la femme à son arrivée dans le service pour lui expliquer en quoi allait consister l'opération. Lui aussi qui l'avait réconfortée et lui avait rendu espoir. Elle le remercia chaleureusement.

— Nous sommes ici pour ça, répondit Ben Copeland en haussant les épaules. Votre époux se trouve maintenant aux soins intensifs, au bout du couloir. Il va vous falloir patienter, le temps que nous installions les moniteurs, puis vous pourrez le voir.

Après de nouveaux remerciements et encore quelques larmes, une infirmière accompagna la famille en salle d'attente.

— Il y a parfois des miracles, commenta Ben en les regardant s'éloigner. Je n'aurais pas donné cher de la vie de cet homme quand on nous l'a amené.

— Moi non plus, admit le chirurgien. Il a eu de la chance.

Poussant un soupir, il s'étira.

— Je pourrais dormir une semaine complète, mais je suis encore de garde. Je suppose que tu rentres chez toi ?

Pour toute réponse, Ben lui adressa un grand sourire.

— Veinard..., dit Ramon.

Saluant son confrère, il alla rendre visite aux autres patients qu'avec l'aide de Dieu, il avait réussi à sauver. Ce dimanche, il avait eu trois opérations urgentes pendant sa permanence et il se sentait las, perclus. Mais c'était une fatigue saine. Il s'arrêta un instant devant la fenêtre pour contempler la grande croix illuminée sur la façade de l'hôpital. Les prières étaient souvent exaucées. La sienne l'avait été, ce soir.

Il examina ses malades, nota ses prescriptions, se changea, et partit à l'hôpital municipal O'Keefe, de l'autre côté de la rue, visiter trois autres de ses patients. Il passa aussi au CHU Emory de Decatur pour ausculter un malade sur le point de sortir.

Sa tournée terminée, il rentra chez lui.

Seul.

Son appartement était spacieux et confortable, mais sans rien d'ostentatoire. Ramon préférait la simplicité, héritée d'une enfance passée à La Havane, dans le populaire *barrio*. Machinalement, il prit le livre de Pío Baroja, *Cuentos*, et sourit tristement. Il connaissait par cœur la dédicace notée sur la page de garde. « A Ramon, de la part d'Isadora, avec tout mon amour. » Isadora, sa femme, décédée deux ans plus tôt. Elle était morte alors qu'il se trouvait à l'étranger pour réaliser un délicat pontage coronarien sur un diplomate important. Elle avait péri par négligence, parce que sa cousine l'avait laissée seule toute la nuit, alors qu'elle souffrait d'une pneumonie accompagnée d'une très forte fièvre.

Ironie du sort, il n'était pas à la maison la seule fois où Isadora avait vraiment eu besoin de lui. Il l'avait confiée à sa jeune cousine Noreen, une infirmière diplômée, persuadé qu'elle saurait prendre soin d'elle. Mais elle avait abandonné Isadora, et quand il était rentré, tout était fini. Il avait accusé Noreen — il l'accusait toujours — de négligence. Elle avait tenté de s'expliquer, mais il avait refusé de l'écouter. Sa faute n'était-elle pas évidente pour tous, même pour son oncle et sa tante, qui la blâmaient autant que lui ?

Il reposa le livre et caressa tendrement la couverture. Baroja, célèbre romancier espagnol du début du siècle, était aussi médecin. C'était l'auteur préféré de Ramon. Ses romans décrivaient la vie dans le *barrio* de Madrid avant la découverte des antibiotiques. Des histoires de douleur, de drame, de solitude et, malgré tout, d'espérance. L'espérance était indispensable au métier de médecin. Quand tout le reste échouait, il restait la foi en un pouvoir plus puissant, l'espoir qu'un miracle allait se produire. Et il y en avait eu un ce soir, pour cette dame dont le mari était aux soins intensifs. Ramon s'en réjouissait car c'était un couple uni, comme Isadora et lui. Au début, du moins...

Avec un soupir, il gagna la cuisine et, ouvrant le réfrigérateur, il examina son contenu.

— Tout grand chirurgien que tu sois, *señor* Cortero, ce soir, tu devras te contenter d'un dîner surgelé composé de poulet caoutchouteux et de brocoli mal cuit. Quelle décadence !

La sonnerie du téléphone l'arracha à ses méditations culinaires, lui rappelant qu'il était de garde jusqu'à minuit.

— Cortero, dit-il en décrochant.

Il y eut un bref silence.

— Ramon ?

Son visage se durcit. Il ne connaissait que trop bien cette voix.

— Oui, Noreen, dit-il froidement. Que voulez-vous ?

Elle hésita un instant.

— Ma tante voudrait savoir si vous comptez venir pour l'anniversaire de mon oncle.

Une phrase formelle, dénuée de naturel, sans doute parce qu'elle n'avait jamais été proche de son oncle et de sa tante, et l'était encore moins depuis la disparition d'Isadora.

— Quand ?

— Vous le savez bien.

Il poussa un soupir irrité.

— Si je ne suis pas de garde dimanche prochain, je viendrai. Vous serez là ?

— Non, répondit-elle d'un ton impersonnel. Je lui ai donné son cadeau aujourd'hui. Ils seront absents jusqu'au week-end, c'est pourquoi ils m'ont demandé de vous appeler.

— Très bien.

— Je préviendrai ma tante, dit-elle avant de raccrocher.

Ramon reposa le combiné. Il était froid sous ses doigts, froid comme son cœur depuis la disparition d'Isadora. Il ne pourrait jamais dissocier le souvenir de sa mort de Noreen, qui aurait pu la sauver. Sa colère était déraisonnable, il en avait conscience, mais pourtant, il avait entretenu sa rancune, l'avait attisée jusqu'à la haine pour combattre son chagrin d'avoir perdu Isadora dans ces conditions tragiques. Il voulait oublier que Noreen aimait Isadora, qu'elle souffrait autant que lui. Il la haïssait, et ne pouvait pas le cacher. Sa haine le réconfortait, le rassurait.

A son crédit, Noreen ne l'avait jamais accusé de se montrer injuste, se contentant de rester à l'écart de son chemin. Elle travaillait à l'hôpital O'Keefe, en face de St Mary, où il pratiquait la plupart de ses interventions.

Elle effectuait les gardes de nuit dans un service difficile. Quand il la croisait, lors de visite à des patients, il la traitait comme quantité négligeable et méprisable. Infirmière diplômée, elle aurait eu le talent et l'intelligence nécessaires pour devenir médecin, mais, pour une raison inconnue, elle n'avait pas choisi cette voie. Elle ne s'était jamais mariée non plus. Elle avait vingt-cinq ans, toutefois Ramon était persuadé qu'il n'y avait aucun homme dans sa vie. Comme il n'y avait aucune femme dans la sienne.

Regagnant la cuisine, il prépara du café. Il avait besoin de peu de sommeil, et son travail était toute sa vie. Sans lui, il ne savait pas ce qu'il serait devenu après la mort d'Isadora.

Il sourit, se remémorant avec une tristesse poignante son visage ravissant, son opulente chevelure dorée et ses yeux d'un bleu lumineux. Noreen était une pâle copie de sa cousine, avec ses cheveux blond pâle et ses yeux gris. La beauté d'Isadora captait l'attention, comme son port élégant et ses manières exquises. La famille était très riche. Noreen n'aurait pas dû avoir besoin de travailler, étant désormais l'unique héritière de la fortune des Kensington. Pourtant, elle vivait simplement et ne faisait aucun effort de toilette. Elle louait un appartement, et ne demandait jamais un sou à son oncle et sa tante.

Noreen représentait une énigme depuis qu'il avait rencontré Isadora. Autant cette dernière était ouverte et sociable, aimant flirter et s'amuser, autant Noreen était discrète et réservée. Elle n'avait apparemment aucune vie sociale, et son métier semblait remplir son existence.

Ramon fronça les sourcils. Il était quand même étrange qu'une infirmière si consciencieuse ait pu se montrer aussi négligente avec sa propre cousine.

Peut-être avait-elle été jalouse d'Isadora ? L'avait-elle

été au point de laisser une femme très malade seule pendant deux nuits ?

Un de ses confrères avait évoqué Noreen peu après les funérailles. Il avait remarqué que toute cette histoire était tragique, et l'état de Noreen particulièrement préoccupant. Ramon l'avait interrompu brutalement en répliquant que Noreen ne l'intéressait pas, et avait tourné les talons. Il se demandait à présent ce que son collègue avait voulu dire. Mais il y avait deux ans de cela et l'homme habitait New York maintenant.

Ramon chassa cette pensée de son esprit. Dieu sait qu'il avait mieux à faire que de songer à Noreen.

N'étant pas de garde, le samedi après-midi, il alla voir Hal Kensington, le père d'Isadora, pour lui donner son cadeau d'anniversaire — une montre en or. Mary Kensington vint lui ouvrir, très chic dans un caftan de soie rayé, ses cheveux blonds si semblables à ceux de sa fille relevés en un chignon soigné au sommet de sa tête.

— Ramon, comme c'est gentil à vous d'être venu..., dit-elle en lui prenant le bras. Je suis navrée d'avoir dû demander à Noreen de vous appeler, mais je n'avais pas le temps de m'en occuper étant débordée par toutes mes œuvres de charité.

— Ce n'est rien.

Elle soupira.

— Noreen est une croix que nous devons tous porter, j'en ai peur. Heureusement, nous ne la voyons plus qu'à Noël et à Pâques, et encore, seulement à l'église...

Il lui jeta un regard intrigué.

— Vous l'avez pourtant élevée.

— Et vous pensez que cela devrait créer des liens entre nous ? dit Mary avec un rire sans joie. Elle est la fille de l'unique frère de Hal et nous nous sommes sentis obligés de la prendre avec nous à la mort de ses parents. Mais elle a toujours été une gêne, un fardeau. Elle finira vieille fille, vous verrez. Elle s'habille comme une pauvresse et je ne l'invite jamais à mes soirées tant elle me déprime ! Elle a toujours été ainsi, même enfant. Isadora était différente, si jolie, si charmante... Elle a comblé notre existence. Noreen a passé la plupart de son temps avec ma mère, jusqu'à sa mort...

Curieusement, Ramon éprouva une bouffée de pitié pour la petite fille triste que le sort avait contrainte à vivre avec des gens qui ne voulaient pas d'elle.

— Vous n'aimez pas Noreen ? demanda-t-il, direct.

— Voyons, mon cher, peut-on aimer une ombre ? répliqua-t-elle avec indifférence. Je suppose que j'ai une certaine affection pour elle, mais je n'oublie pas qu'elle est responsable de la mort d'Isadora. Comme vous, j'en suis sûre. Elle nous manque tant...

— Oui.

Hal était assis dans son fauteuil préféré, et son crâne chauve reflétait la lumière du lustre en cristal suspendu au plafond. Il posa le magazine de navigation qu'il lisait.

— Ramon ! Je suis content de vous voir ! s'écria-t-il en serrant cordialement la main de son gendre.

— Je vous ai apporté un petit cadeau, dit Ramon en lui tendant un parquet enveloppé d'un papier d'argent.

— Comme c'est gentil à vous... Exactement ce qu'il me fallait ! s'exclama-t-il en découvrant son présent. J'avais une montre sport, mais je pourrai porter celle-ci au club nautique. Merci !

— Content qu'elle vous plaise.

— Noreen lui a offert un portefeuille..., dit Mary.

— En lézard, précisa Hal. La pauvre n'a aucune imagination.

Ramon songea au quartier où habitait Noreen, aux vêtements qu'elle portait. Elle n'avait apparemment pas beaucoup d'argent pour vivre, et un portefeuille en lézard coûtait cher. Il se demanda de quoi elle avait dû se priver pour offrir à son oncle ce cadeau qu'il traitait si cavalièrement. Ramon avait connu la pauvreté et il était toujours reconnaissant des présents qu'il recevait, si modestes fussent-ils.

Il se rappelait le cadeau de mariage que Noreen leur avait offert — un joli vase de cristal. Isadora l'avait dédaigné, s'enthousiasmant pour le service de table en lin qu'une amie lui avait apporté. Noreen n'avait pas dit un mot, mais l'ami infirmier qui l'accompagnait avait remarqué d'une voix forte que Noreen s'était privée d'un manteau dont elle avait besoin pour offrir cette charmante babiole à son indifférente cousine. Isadora l'avait entendu et, rouge de honte, elle avait pris le vase et s'était extasiée sur son élégance. Mais le mal était fait. La tête fièrement levée, Noreen n'avait pas versé une larme, mais son regard reflétait toute la tristesse du monde.

— Vous m'écoutez, Ramon? demanda Hal. Je disais que nous devrions faire du bateau, un week-end.

— J'en serai ravi, quand j'aurai le temps, répondit distraitement Ramon.

Il se sentait mal à l'aise avec ces gens qui choisissaient leurs amis en fonction de leur fortune et de leur position sociale. Ils l'avaient accepté parce qu'il était riche et célèbre. Mais le Ramon Cortero qui avait fui Cuba avec ses parents à l'âge de dix ans n'aurait pas été bien accueilli comme gendre potentiel. Il en avait plus que jamais conscience. Curieux, ces pensées incohérentes qui le tourmentaient ces derniers temps...

Il resta le temps de grignoter un morceau de gâteau et de boire un café servi dans la plus fine porcelaine, puis il prit congé de ses beaux-parents. Dehors, il leva les yeux vers le grand manoir. La demeure était aussi froide et indifférente que ses habitants. Il ne comprenait pas le sentiment de malaise qu'il éprouvait en présence des parents d'Isadora qui s'étaient montrés si gentils avec lui après la mort de leur fille.

Il monta dans sa Mercedes gris métallisé et regagna son appartement. Il ne se rappelait pas avoir ressenti un tel sentiment de vide depuis les obsèques. Il avait probablement besoin de vacances. Et s'il prenait une petite semaine ? Il pouvait s'envoler pour les Bahamas et paresser sur la plage pendant quelques jours. Cela lui ferait sûrement du bien.

Tout en roulant, il regardait les gratte-ciel illuminés dans la nuit. Ils lui rappelaient la beauté pétillante d'Isadora. Elle était adorable avec lui, mais il se rappelait l'avoir surprise une fois en train de traiter Noreen de tous les noms pour une histoire de pulls mal rangés. Noreen n'avait pas dit un mot pour sa défense. Elle avait rangé les affaires à leur place puis avait quitté la pièce sans un regard autour d'elle.

Ensuite, Isadora avait remarqué, avec un petit clin d'œil malicieux, qu'il était difficile de trouver du bon personnel de nos jours. Choqué, Ramon avait répondu qu'on ne parlait pas ainsi de sa propre cousine et Isadora avait balayé la remontrance d'un éclat de rire. Mais il s'était montré plus attentif après l'incident, et il avait constaté qu'Isadora et ses parents traitaient Noreen plus comme une domestique que comme une parente. Elle passait son temps à aller chercher quelque chose pour l'un ou l'autre, à téléphoner au traiteur pour organiser des réceptions, à rédiger des invitations. Même quand elle préparait ses examens, les exigences de sa famille ne lui laissaient pas de répit.

Une fois, Ramon avait fait la remarque que les examens demandaient beaucoup de travail, et les trois Kensington l'avaient regardé d'un air ébahi, ne comprenant manifestement pas de quoi il parlait. Noreen avait continué à assumer les corvées. Et les Kensington n'avaient engagé une bonne que lorsqu'elle avait quitté la maison, après la mort d'Isadora.

Regagnant son appartement, Ramon se prépara du café. Il était troublé de penser autant à Noreen, surtout le jour de l'anniversaire de son oncle. Hal et Mary Kensington avaient organisé bien d'autres fêtes, mais Noreen était rarement présente. Comme si on oubliait son appartenance à la famille tant qu'on n'avait pas besoin d'elle — pour soigner Isadora quand elle avait la grippe, par exemple.

Cela lui rappela la pneumonie d'Isadora, la négligence coupable de Noreen, et sa colère s'en trouva ranimée. Même si sa femme avait des défauts, il l'avait aimée comme un fou. Alors, même si Noreen avait été mal traitée par sa famille, même s'il la plaignait d'avoir manqué d'affection, il n'en méprisait pas moins celle qu'il jugeait responsable de la mort d'Isadora.

Il passa six jours aux Bahamas, à savourer la solitude de l'île où il avait loué une chambre dans une charmante auberge. Marchant le long de la plage de sable blanc, il se remémora tristement les jours heureux qu'il avait passés là avec Isadora pendant leur lune de miel. Elle lui manquait toujours, malgré leurs relations orageuses.

Dans le miroir, le matin même, il avait remarqué que ses cheveux commençaient à grisonner aux tempes. Les effets de l'âge se faisaient sentir. Il serait peut-être temps qu'il se remarie. Pour avoir un fils. Isadora ne voulait pas d'enfant et il n'avait pas insisté. Ils avaient toute la vie devant eux. Du moins le pensait-il.

A l'ouest, le soleil couchant embrasait le ciel en une flamboyante palette de pourpre et d'or qui tranchait dans l'horizon comme un couteau sanglant. Les yeux fixés sur ce magnifique spectacle, Ramon soupira, bercé par le murmure des vagues qui venaient lécher ses pieds nus. Quelle tristesse de ne pouvoir partager cet instant avec quelqu'un... Comme il aurait aimé avoir une épouse aimante et une ribambelle d'enfants autour de lui. Peut-être était-il temps d'oublier le passé et de songer à l'avenir ?

Il reprit son travail avec une sorte de rage, travaillant davantage chaque jour qui passait.

Ce soir-là, il se trouvait à l'hôpital O'Keefe, en face de St Mary, et il venait de finir une opération particulièrement délicate quand il fut appelé au service de soins cardio-vasculaires pour examiner un patient dont l'état inquiétait l'infirmière de nuit.

Son visage s'assombrit quand il vit qui était de garde. Vêtue de son sempiternel pantalon blanc et d'une longue veste bleue, un stéthoscope autour du cou, Noreen lui jeta un regard froid quand il s'arrêta à la porte du bureau des infirmières.

— Je ne savais pas que vous étiez de garde ce soir, dit-il sèchement.

— Je travaille quand je le dois. Et vous, que faites-vous à O'Keefe ?

— Un de mes patients a demandé à être opéré ici. Je travaille pour trois hôpitaux, dont O'Keefe...

— Je sais. Votre M. Harris vomit. Il ne garde aucun médicament.

— Où est sa fiche ?

Elle la lui tendit.

— Ces nausées ont commencé avec la dernière équipe. Pourquoi n'a-t-on rien fait à ce moment-là ? demanda-t-il.

— Certaines infirmières travaillent douze heures par garde. Et il y a eu quatre nouvelles entrées cet après-midi, tous des cas critiques.

— Ce n'est pas une excuse.

— Non, monsieur, dit-elle machinalement en lui tendant un stylo. Pouvez-vous faire quelque chose maintenant ?

Il rédigea une nouvelle ordonnance, puis alla examiner le patient.

Il ressortit quelques instants plus tard, le front barré d'un pli soucieux.

— Le catheter lui a été ôté hier soir et remis ce matin. Pourquoi ?

— Il n'a pas vomi pendant huit heures. C'est la procédure normale...

— Il ne garde rien et ne boit presque pas, coupa-t-il en la toisant de son regard noir. Plus il gardera ce cathéter, plus il y aura de risques d'infection. Je veux qu'on le lui enlève, et il n'est pas question de le remettre tant qu'il ne se plaint pas d'inconfort. Est-ce clair ?

— Oui, monsieur.

Qui a enlevé le cathéter ? demanda-t-il sévèrement.

Elle se contenta de sourire.

— Oh, peu importe..., grommela-t-il, conscient qu'il ne lui arracherait pas un nom, même sous la torture.

Puis il fronça les sourcils en considérant le visage de la jeune femme. Ses joues rouges exceptées, elle avait le teint pâle et les traits creusés. Ses patients avaient souvent ce genre de mine.

— Le personnel a été débordé pendant cette garde, dit-elle. J'aimerais avoir quelqu'un pour rester avec lui et lui donner de la glace pilée.

— N'a-t-il pas de famille ?

— Un fils, dans l'Utah. Il est en route, mais il n'arrivera pas avant demain.

Le regard de Ramon se posa sur la femme d'un patient qui avançait lentement dans le couloir, une tasse et un pichet à la main.

— Où va-t-elle ?

Noreen sourit et ses yeux brillèrent.

— On lui a dit où se trouvaient les machines à glace et à café et, depuis, elle évite des allées et venues au personnel de salle. Elle va même chercher les serviettes et les couvertures quand elle en a besoin au lieu de déranger quelqu'un.

— C'est inhabituel ?

— Plutôt. Depuis que leurs maris ont été amenés de la salle d'opération, trois autres épouses se présentent toutes les cinq minutes au bureau pour nous demander de leur apporter de l'eau...

— N'est-ce pas le rôle des infirmières ?

— Quand elles ont davantage de temps, moins de patients, et moins de paperasserie à faire, répondit-elle en soupirant.

Il la scruta et fronça de nouveau les sourcils.

— Vous vous sentez bien ? demanda-t-il à contrecœur.

Le visage de Noreen se ferma.

— Je suis un peu fatiguée, comme tous les membres de mon équipe. Merci d'avoir vu M. Harris, monsieur, dit-elle poliment, mais avec une froideur distante.

Il rencontra son regard gris.

— Vous ne m'aimez pas, n'est-ce pas ?

Elle eut un rire sans joie.

— Vous m'enlevez les mots de la bouche, répondit-elle avant de se détourner pour retourner à son travail, le chassant apparemment de ses pensées.

Ramon quitta le service, mais quelque chose le tracassait. Il se sentait mal à l'aise sans savoir pourquoi.

De son côté, Noreen s'efforçait de calmer les battements affolés de son cœur, s'efforçant de ne pas regarder l'homme qui s'éloignait, l'homme à qui elle avait secrètement donné son cœur il y avait si longtemps. Il ne le savait pas et ne le saurait sans doute jamais.

La première fois qu'il était venu à la maison avec Isadora, elle avait senti sa gorge se nouer et compris qu'il n'y aurait jamais d'autre homme dans sa vie. Mais les yeux de braise si ardents, les sourires sensuels n'étaient pas pour elle. Et Isadora la belle, la séductrice, avait épousé l'homme pour un baiser duquel Noreen aurait donné sa vie. Elle gardait son douloureux secret depuis six longues années — pendant les quatre ans du mariage de Ramon, et pendant les deux horribles années d'accusation et de persécution qui venaient de s'écouler. Son cœur aurait dû s'épuiser, mais il persistait à battre, malgré des défaillances qui empiraient chaque jour.

Bientôt, elle n'aurait même plus le temps de voir un médecin, mais quelle importance? Sa vie était faite de sacrifices et de devoirs. Elle n'avait pas connu l'amour depuis la mort de ses parents. En arrivant dans cette grande maison froide qui l'avait accueillie à contrecœur, elle s'était sentie perdue. Elle avait été la femme de chambre d'Isadora, la secrétaire de sa tante, la bonne à tout faire de son oncle. Toute sa vie d'adulte, elle avait connu la solitude, puis elle était tombée amoureuse du mari de sa cousine.

Et, maintenant, il la détestait, l'accusant d'une faute

qu'elle n'avait pas commise. Même si la belle Isadora était morte, il lui appartenait toujours.

Noreen le chassa de ses pensées pour reporter son attention sur son travail, bannissant le passé, refoulant son chagrin. Comme toujours, elle se résigna à son sort.

# 2.

Comme chaque fois qu'elle retrouvait la solitude de son appartement, Noreen regretta de ne pas avoir un chien ou un chat pour lui tenir compagnie. Mais les règles étaient très strictes. Aucun animal domestique n'était toléré. Avec trois autres locataires, elle habitait une vieille maison du centre-ville. La plomberie était vétuste et les peintures écaillées, mais ses occupants s'y sentaient chez eux. Et il y avait un petit garage attenant.

Noreen était une des rares locataires de la résidence à posséder une voiture. Un arrêt d'autobus au coin de la rue facilitait les déplacements, bien sûr, cependant, Noreen aimait la liberté que lui procurait sa voiture. Certes, sa vieille Ford avait connu des jours meilleurs, mais elle marchait toujours, grâce à la gentillesse du mécanicien du quartier qui l'entretenait pour une somme dérisoire. Même si elle gagnait honorablement sa vie, Noreen devait surveiller ses dépenses pour joindre les deux bouts.

Sur le plan matériel, elle n'avait jamais manqué de rien quand elle habitait chez son oncle et sa tante, mais elle ne vivait pas. Ici, au moins, elle était entourée des choses qu'elle aimait et elle avait son indépendance. Si l'affection lui faisait défaut, si la solitude était souvent sa seule compagne, ce n'était pas nouveau. Elle se demandait parfois si sa tante avait regretté de devoir engager une bonne et une secrétaire après son éviction de la maison familiale. Jamais elle n'avait dû rémunérer sa nièce pour ses services. Sans doute n'y avait-elle même pas songé.

Après la disparition tragique d'Isadora, Ramon avait déménagé, ne supportant pas de rester dans l'appartement où son épouse tendrement aimée avait vécu ses dernières heures. Noreen savait qu'il la blâmait toujours de sa mort. Elle avait essayé de lui expliquer ce qui s'était passé, mais, fou de douleur et de chagrin, il avait refusé de l'écouter. Sans doute préférait-il l'imaginer sans cœur. De toute façon, il ne l'avait jamais regardée.

La gorge serrée, Noreen se rappela la première fois qu'elle l'avait vu, sortant d'une rutilante Jaguar garée devant le manoir. Ses cheveux de jais brillaient au soleil. Dans un costume gris élégant, sa haute silhouette athlétique semblait encore plus impressionnante. En croisant les yeux noirs qui brillaient dans le beau visage au teint mat, Noreen avait senti son cœur s'arrêter de battre. Jamais elle n'avait connu une telle sensation. Elle avait rougi, s'était mise à bégayer, et Ramon avait souri d'un air amusé. Les présentations faites, il s'était détourné d'elle pour contempler la belle Isadora.

— Ne t'imagine pas qu'il t'a remarquée, lui avait dit Isadora, moqueuse, le même soir. Même si tu lui as fait les yeux doux... Comme si un homme comme lui pouvait te regarder deux fois !

Noreen avait été incapable de rencontrer le regard méprisant de sa cousine.

— Je sais qu'il t'appartient, Isadora.

— Ne l'oublie jamais. Je vais l'épouser.

— Le sait-il ? n'avait pu s'empêcher de demander Noreen.

— Bien sûr que non, avait murmuré sa cousine d'un air absent. Mais je vais l'épouser quand même.

Elle l'avait fait deux mois plus tard, avec deux de ses amies comme demoiselles d'honneur.

Ramon s'était étonné de ce choix. Deux jours avant le mariage, alors qu'Isadora et sa mère s'extasiaient sur sa robe de mariée, il s'était arrêté à la porte de la cuisine où Noreen préparait des pâtisseries pour le thé, et lui avait demandé pourquoi elle ne participait pas à la cérémonie.

— Moi ? s'était étonnée Noreen, le visage empourpré par la chaleur du four.

Il l'avait dévisagée d'un œil critique.

— Vous ne portez donc que des jeans et des sweat-shirts ?

— C'est confortable pour travailler dans la maison, avait-elle répondu en détournant les yeux.

Elle avait senti son regard sur elle pendant qu'elle sortait les gâteaux du four pour les disposer sur un plat en argent.

— Isadora n'aime pas faire la cuisine, avait-il murmuré.

— Je suppose que vous engagerez quelqu'un pour s'en occuper, avait-elle répliqué, troublée de le sentir si proche et craignant de se trahir. De toute façon, Isadora est bien trop jolie pour perdre son temps en travaux domestiques.

— Etes-vous jalouse d'elle parce qu'elle est belle et que vous ne l'êtes pas ?

Le ton moqueur l'avait ulcérée. Elle se rappelait s'être redressée en le foudroyant du regard, les joues brûlantes, et avait repoussé d'un geste brusque les mèches blondes échappées de son chignon qui lui tombaient dans les yeux.

— Merci infiniment de me rappeler les qualités qui me font défaut. Il ne vous est pas venu à l'esprit que j'étais capable de me regarder dans un miroir ?

Elle avait vu une lueur étrange s'allumer dans ses yeux noirs, puis il l'avait regardée fixement, et, un moment, elle avait eu l'impression que son cœur qui battait déjà follement allait éclater.

— Ainsi, vous n'êtes pas tout à fait une chiffe molle ?

— *No, no soy... Y usted, señor, no es ningun caballero*, avait-elle répliqué dans cet espagnol parfait qu'on lui avait appris au lycée.

Il avait paru surpris qu'elle l'accuse de ne pas être un gentleman.

— *Que sorpresa eres!* avait-il murmuré, utilisant le tutoiement qu'on utilise avec ses amis ou sa famille, ce qui l'avait fait rougir. Quelle fille surprenante tu es !

— Parce que je parle espagnol ?

Il avait eu un sourire dénué de sarcasme.

— Isadora en est incapable. Pour l'instant, du moins... Mais j'ai l'intention de lui donner des leçons.

Avec le recul, Noreen s'étonnait de la manière dont il l'accablait de mépris quand il lui parlait de ses sentiments pour Isadora. Il en avait toujours été ainsi. Et les choses avaient empiré à l'occasion du premier anniversaire de mariage du couple.

Noreen ne savait pas pourquoi elle avait été invitée à la réception. Elle n'y serait pas allée si Ramon n'avait pas envoyé une voiture la chercher.

Hal et Mary Kensington l'avait accueillie avec enthousiasme devant les invités, puis ils l'avaient ignorée. Quant à Isadora, elle avait paru furieuse de la voir et l'avait attirée à l'écart.

— Qu'est-ce que tu fais là ? Je ne t'ai pas invitée !

— Ramon a insisté, avait répondu Noreen entre ses dents serrées. Il m'a envoyé une voiture.

— Je vois. Il veut se venger parce que j'ai invité Larry pendant qu'il était à New York. Il s'absente tout le temps ! Il n'espère quand même pas que je vais l'attendre en tricotant ?

Ses yeux bleus avaient dévisagé Noreen avec colère.

— Ne t'imagine pas qu'il voit des étoiles quand il te regarde, chérie. Il ne t'a invitée que pour me rendre jalouse.

Noreen l'avait fixée avec stupeur.

— Mais c'est ridicule ! Pour l'amour du ciel, Isadora, il ne peut pas me supporter ! Il n'arrête pas de me lancer des piques !

— Tu ne comprends rien, avait commenté sa cousine d'un air absent. Tu n'es qu'une enfant, Norie.

— Qu'y a-t-il à comprendre ?

A cet instant, Ramon était entré dans la cuisine, le visage dur.

— Pourquoi te caches-tu, Isadora? Nous avons des invités.

— Oui, n'est-ce pas ? J'aurais dû inviter Larry...

Comme le regard de Ramon étincelait, Isadora s'était empressée de prendre la fuite, laissant Noreen faire les frais de sa colère.

Il ne s'en était pas privé.

— La femme de ménage en personne..., avait-il commenté avec froideur, les yeux fixés sur son jean. Vous ne pouviez pas mettre une robe pour l'occasion ?

— Je ne voulais pas venir. Vous m'y avez obligée !

— Dieu seul sait pourquoi...

Mal à l'aise, elle n'avait rien trouvé à répondre puis s'était reculée, le voyant faire un pas vers elle.

— Je vous dégoûte ? avait-il murmuré, l'acculant contre l'évier. Je suis stupéfait qu'une femme aussi effacée refuse un semblant d'hommage de la part d'un homme, même repoussant.

— Un homme marié !

Il avait serré les mâchoires, mais la réplique avait eu l'effet désiré. Il s'était figé, scrutant son visage.

— Femme à tout faire, cuisinière, bonne, commissionaire en tout genre... La sainteté ne vous lasse-t-elle pas ?

— Je voudrais m'en aller, s'il vous plaît.

— Où voulez-vous aller ? Loin de moi ?

— Vous êtes marié à ma cousine, avait-elle rétorqué entre ses dents, luttant contre cette attirance insensée qui la rendait malade.

— Bien sûr, cendrillon... Cette femme au visage ravissant et au corps à damner un saint est tout à moi. Les autres hommes en sont malades de jalousie. L'éblouissante Isadora m'appartient.

— Oui, elle est... ravissante.

Elle avait été un peu effrayée par sa fureur. Ses yeux noirs la transperçaient comme des lames. Il la détestait, elle le savait. Mais elle ignorait pourquoi. Elle ne lui avait jamais fait de mal.

Puis sa voix basse et rauque l'avait surprise.

— J'ai grandi dans un quartier populaire de La Havane... Mes parents se sont battus pour faire des études et fuir la pauvreté. Quand nous sommes arrivés aux Etats-Unis, ils se sont enrichis, mais je n'ai pas oublié mes débuts. Une partie de moi n'a que du mépris pour ces gens qui se complaisent dans la futilité, ignorant tout de la façon dont la pauvreté peut façonner une âme.

— Pourquoi me dites-vous cela ?

Le visage de Ramon s'était adouci légèrement.

— Parce que vous avez connu la pauvreté. N'ayez pas cet air étonné. Je le sais. Vos parents étaient fermiers, non ?

— Oui. Ils ne s'entendaient pas très bien avec oncle

Hal et tante Mary. S'ils n'avaient pas craint le qu'en-dira-t-on, ils m'auraient mise dans un orphelinat à la mort de mes parents.

— Cela aurait-il été pire ?

La question l'avait tracassée. C'était comme s'il n'ignorait pas ce qu'avait été sa vie avec les Kensington. Mais comment aurait-il pu savoir ?

D'un autre côté, elle se demandait si Isadora avait jamais compris son mari, si elle avait jamais su combien son enfance avait forgé l'homme qu'il était devenu. Il ne refusait jamais un patient indigent, il ne tournait jamais le dos à quiconque avait besoin d'aide. C'était un homme d'une extrême générosité.

Isadora détestait cette facette de sa personnalité.

— Il donne de l'argent aux gens dans la rue, tu te rends compte ? s'était-elle écriée le jour de Noël, la deuxième année de leur mariage. Nous nous sommes disputés à ce sujet. Ce sont des épaves. On ne donne pas d'argent à des gens comme ça !

Noreen n'avait pas répondu. Elle-même, dans la mesure de ses modestes moyens, donnait régulièrement de l'argent à une association de bénévoles qui organisait des repas pour les sans-abri et, pendant ses congés, elle participait volontiers au service.

Un jour, elle avait eu la stupeur de voir Ramon la rejoindre derrière les marmites en enfilant un tablier sur son costume.

— Ne prenez pas cet air choqué. La moitié du personnel du l'hôpital vient ici pour donner un coup de main.

Elle avait servi de la soupe à ses côtés pendant une heure.

Et quand une mère de famille les avait remerciés en souriant pour l'unique repas de leur journée, les larmes lui étaient montées aux yeux. Ramon lui avait glissé un mouchoir dans la main.

— *No hagas!* Ne faites pas ça.

— J'imagine que vous ne pleurez jamais...

— Je tiens à mes patients, figurez-vous. Je souffre quand j'en perds un.

Elle avait détourné les yeux pour se concentrer sur le service.

— On dit que les Latins sont passionnés pour tout, avait-elle murmuré sans réfléchir.

— Pour tout, avait-il répliqué d'un ton qui lui avait arraché un frisson involontaire.

Plus tard, quand elle avait voulu lui rendre son mouchoir, il avait secoué la tête.

— Mettez-le sous votre oreiller. Les rêves qu'il vous inspirera compenseront peut-être le vide de votre existence.

Son exclamation choquée avait semblé le ramener à la raison.

— Je vous demande pardon...

Et, reprenant son mouchoir, il l'avait glissé dans sa poche.

Au fil des années, il y avait eu d'autres incidents. Une fois, Isadora avait ordonné à Noreen de venir la chercher pour l'emmener en ville, Ramon ayant refusé de lui prêter sa Jaguar.

La bonne venait de la faire entrer quand elle avait entendu des éclats de voix furieux venant du salon.

— Je dépenserai ce que je veux ! hurlait Isadora. Je mérite quelques compensations puisque je n'ai pas de mari ! Tu passes tout ton temps au cabinet ou à l'hôpital ! Nous ne prenons jamais un repas ensemble ! Nous ne dormons même pas ensemble !

Noreen avait alors appelé sa cousine pour manifester sa

présence avant que la discussion ne prenne un tour franchement gênant.

— Que fait-elle là ? avait demandé la voix furieuse de Ramon.

— Elle m'emmène dans les magasins puisque tu ne veux pas le faire ! Viens, Noreen, entre. Ne reste pas plantée là comme une potiche !

Le regard noir de Ramon avait exprimé mieux que des mots ce qu'il pensait de son habituelle tenue vestimentaire.

— Franchement, Norie, tu n'as rien d'autre à te mettre ? avait demandé Isadora d'un ton irascible.

— Je n'en ai pas besoin...

Elle refusait de s'appesantir sur ses difficultés financières.

— Comme vous êtes économe, avait commenté ironiquement Ramon.

— C'est elle que tu aurais dû épouser ! s'était écriée Isadora en le foudroyant du regard. Elle sait faire la cuisine, le ménage, et elle s'habille comme une clocharde ! Je parie même qu'elle aime les gosses !

Noreen s'était sentie rougir.

— Comment peux-tu savoir comment s'habillent les sans-abri, Isadora ? avait demandé froidement Ramon. Tu refuses de les regarder.

— Dieu m'en préserve... On devrait les mettre en prison !

Les deux époux avaient encore échangé quelques amabilités, puis Isadora était sortie en faisant signe à Noreen de la suivre.

Une semaine avant sa mort, Isadora contracta une bronchite bénigne. Ramon avait promis d'accompagner un confrère à Paris pour une importante conférence sur les nouvelles techniques de chirurgie à cœur ouvert. Isadora le supplia de l'emmener, mais il refusa, conscient que la pressurisation d'un avion pouvait être dangereuse pour ses poumons infectés.

Isadora fulmina et tempêta, mais Ramon resta de marbre. Il passa à O'Keefe demander à Noreen de s'installer chez eux en son absence pour prendre soin de sa femme.

— Elle cherchera sûrement à se venger, lui avait-il dit d'un air sinistre qui l'avait surprise. Surveillez-la de près. Promettez-moi de ne pas la laisser si son état s'aggrave.

— Je vous le promets.

— Et à la moindre détérioration, faites-la hospitaliser. Elle a les poumons fragilisés pour avoir fumé pendant des années et l'asthme la guette. Une peumonie pourrait lui être fatale.

— Je veillerai sur elle.

Son regard noir avait plongé dans le sien.

— Vous ne lui ressemblez vraiment pas.

— Merci de me le rappeler, avait-elle répondu d'un ton sec. Avez-vous d'autres insultes à ajouter avant de partir ?

Il avait semblé interloqué.

— Je ne voulais pas vous insulter...

— Bien sûr..., avait-elle dit avec amertume. Je sais que vous ne supportez pas ma vue, Ramon, mais j'aime ma cousine, que vous le croyiez ou non. Je prendrai soin d'elle.

— Je sais que vous êtes une excellente infirmière.

— Inutile de me passer de la pommade... Je vous ai dit que je resterai avec elle.

Contre toute attente, il lui avait saisi le bras pour la tourner vers lui. Ses yeux lançaient des éclairs.

— Je n'ai pas l'habitude d'utiliser la flatterie pour obtenir ce que je veux ! Surtout pas avec vous.

— Très bien...

Il ne semblait pas se rendre compte qu'il lui secouait violemment le bras. C'était la première fois qu'elle le voyait perdre son sang-froid.

— Faites-lui comprendre pourquoi elle ne peut pas prendre l'avion. Elle refuse de m'écouter.

— Comptez sur moi. Mais vous devriez vous réjouir qu'elle souhaite tant vous accompagner.

Ses doigts s'étaient enfoncés dans sa chair.

— Son amant participe à la conférence, avait-il dit alors avec un petit rire sec. Voilà pourquoi elle est si désireuse de venir.

Silencieuse, Noreen l'avait fixé, les yeux écarquillés.

— Vous l'ignoriez ? avait-il repris d'une voix douce. Je ne peux pas la satisfaire... Quoi que je fasse. Un seul homme ne lui suffit pas, et je suis éreinté en rentrant de l'hôpital, le soir.

— Je vous en prie, avait-elle balbutié, au comble de l'embarras, vous n'avez pas à me dire tout ça...

— Pourquoi ? A qui d'autre puis-je en parler ? Je n'ai pas d'amis intimes, mes parents sont morts, et je n'ai ni frère ni sœur. Aucune personne n'a réussi à être proche de moi. Jusqu'à maintenant.

Il l'avait scrutée, le visage haineux.

— Allez au diable, Noreen, avait-il chuchoté avec véhémence. Allez au diable !

Lui lâchant le bras, il était sorti, la laissant pâle et bouleversée. Il la haïssait vraiment. Le masque était tombé, et elle l'avait lu dans ses yeux. Elle ignorait pourquoi il la détestait tant. Isadora lui avait-elle raconté quelque chose ?

⁂

En arrivant à leur appartement, ce soir-là, elle avait trouvé la bonne hystérique : vêtue de sa seule nuisette, Isadora s'était installée sur le balcon, sous la pluie glaciale de février, et elle refusait de rentrer.

Elle était là depuis le départ de son mari, lui avait précisé la domestique. Elle ignorait ce qu'ils s'étaient dit, mais elle avait entendu des voix furieuses venant de la chambre. Et juste après le départ de monsieur, madame avait enlevé son peignoir et était sortie sous la pluie glacée. Aucun argument n'avait pu la convaincre de rentrer. Déjà, elle toussait comme une perdue et tremblait de fièvre, mais elle lui avait interdit de prévenir son mari.

Noreen s'était précipitée sur le balcon et, avec l'aide de la bonne, avait forcé Isadora à se mettre à l'abri à l'intérieur. Elles l'avaient changée, et l'effort avait eu un effet désastreux sur le cœur fragile de Noreen dont les battements étaient devenus erratiques.

Tandis qu'elle s'efforçait de reprendre son souffle, la domestique lui avait annoncé qu'elle devait rentrer chez elle parce que son mari, qui avait déjà appelé deux fois, était furieux.

Noreen se sentait mal, mais, émue par la détresse de la pauvre femme, elle n'avait pas eu le cœur de la retenir.

Retournant au chevet d'Isadora, elle l'avait trouvée inconsciente, grelottant de fièvre et respirant de façon étrange. Il fallait appeler une ambulance. Elle avait décroché le téléphone pour découvrir qu'il n'y avait aucune tonalité.

Furieuse de ce contretemps, elle était sortie dans le couloir pour demander l'aide d'un voisin quand, soudain, toutes les lumières s'étaient éteintes.

La peur avait remplacé la colère. Son cœur battait maintenant à coups redoublés. Elle redoutait qu'Isadora ne fasse un collapsus pulmonaire. Elle pouvait en mourir...

A tâtons, elle avait cherché le bouton de l'ascenseur, mais il ne fonctionnait pas. Restait l'escalier.

Au prix d'un effort surhumain, elle avait commencé à le descendre, aussi vite qu'elle le pouvait, agrippée à la rampe pour ne pas tomber, terrifiée par les douleurs qui lui comprimaient la poitrine.

Plus tard, elle ne se rappela jamais vraiment ce qui s'était passé, sinon qu'elle trébucha et perdit conscience en même temps.

En revenant à elle à l'hôpital, elle avait vu un inconnu en blouse blanche penché sur elle. Elle avait tenté de lui expliquer qu'elle devait absolument retourner auprès de sa cousine, mais l'homme lui avait tapoté le bras avant de lui faire une piqûre.

Elle n'avait pu quitter l'hôpital que le lendemain et s'était rendue immédiatement à l'appartement de sa cousine. Mais, entretemps, la bonne avait trouvé Isadora morte, et Ramon était rentré.

Sur le seuil, elle avait croisé les ambulanciers qui emportaient la dépouille mortelle de sa cousine.

Quand Noreen était arrivée, Ramon avait lancé des imprécations gutturales en espagnol qu'elle n'avait pas comprises, mais qui étaient éloquentes.

— Je vous en prie, laissez-moi vous expliquer ! avait-elle supplié, aveuglée par les larmes. Ce n'est pas ma faute ! Laissez-moi vous dire...

— Sortez de chez moi ! Je vous haïrai jusqu'à ma mort pour ça, Noreen. Jamais je ne vous pardonnerai, tant que je vivrai ! Vous l'avez laissée mourir !

Hébétée, engourdie par le choc et le chagrin, elle l'avait regardé s'éloigner et monter dans l'ambulance.

Plus tard, pendant la veillée mortuaire, elle avait tenté de parler à son oncle et sa tante, mais Mary l'avait giflée, Hal lui avait tourné le dos. Et Ramon avait ordonné qu'on la chasse.

On ne l'avait pas laissée non plus assister au service funèbre. Elle avait été bannie de la famille jusqu'à récemment quand, contre toute attente, son oncle et sa tante l'avaient invitée à prendre le café peu avant l'anniversaire de Hal. Ramon, lui, était resté inflexible, muré dans sa haine.

Leur attitude n'avait fait qu'amplifier son sentiment de culpabilité. Au point qu'elle avait fini par se convaincre qu'elle était en partie responsable de la mort de sa cousine, et qu'elle méritait ce chatiment. Elle s'était jetée à corps perdu dans le travail. Et jamais plus elle n'avait demandé quoi que ce soit à sa famille. Pas même de lui pardonner.

# 3.

La matinée avait été longue, et Ramon se sentait épuisé. Il venait d'effectuer un pontage particulièrement délicat, et, juste après le déjeuner, il commencerait l'après-midi par la pose d'une valve. En principe, il aurait dû être libre aujourd'hui, mais il avait accepté de remplacer un collègue de O'Keefe qui souffrait d'une grippe.

Son plateau à la main, il scruta la salle de restaurant de la cafétéria à la recherche d'une table libre, mais n'en vit pas. La seule chaise vacante se trouvait à la table de Noreen. Il lui jeta un regard noir.

Elle baissa les yeux vers son assiette, furieuse de se sentir rougir dès qu'il posait les yeux sur elle. Il serait capable de s'asseoir par terre pour éviter de partager sa table, elle le savait. Si seulement elle arrivait à dominer les sentiments qu'elle éprouvait pour l'odieux personnage. Si seulement elle pouvait se moquer de ce qu'il pensait d'elle...

Elle faillit lâcher son couteau quand il posa son plateau sur la table et tira la chaise avant de s'asseoir en face d'elle.

Il vit sa surprise et parut presque amusé en étalant sa serviette sur ses genoux.

— Redoutiez-vous de vous faire remarquer en vous

asseyant par terre? demanda-t-elle sèchement. Vous faites ça si bien, pourtant...

— Quoi donc? dit-il en prenant sa fourchette pour attaquer sa salade de thon.

— Me snober. J'ai l'impression que mon existence même vous irrite, et ce, depuis le premier jour.

— Ne dites pas de bêtises, dit-il en portant sa tasse de café à ses lèvres. Je croyais que vous déjeuniez à midi et demi.

Elle croisa ses jambes gainées du pantalon blanc immaculé.

— En général, c'est le cas. Mais vous-même n'êtes pas censé travailler à O'Keefe aujourd'hui.

Les yeux noirs étincelèrent.

— Alors, vous m'évitez?

— Bien sûr, répondit-elle, tendue. C'est ce que vous attendez de moi, non? Vous n'avez même pas besoin de me le dire.

Elle regarda sa tasse, remarquant machinalement qu'il buvait son café noir, comme elle.

Pensif, Ramon l'observait. Elle n'avait pas l'éclatante beauté d'Isadora. Mince et bien faite, elle avait un visage régulier et des traits fins, des cheveux blond clair, des yeux plus gris que bleus. Elle ne se maquillait jamais. En fait, elle semblait se moquer éperdument de son apparence, même si elle était toujours nette et soignée. Bien coiffée et bien habillée, elle aurait été très attirante. Le regard de Ramon s'attarda sur l'épais chignon qu'elle portait sur la nuque. Longtemps, il s'était demandé à quoi elle ressemblait avec les cheveux dénoués.

Elle surprit son regard songeur et s'empourpra.

— J'ai l'impression d'être examinée au microscope. Allez-vous cesser de me dévisager? Je sais que vous me prenez pour une meurtrière, mais vous n'êtes pas obligé de le montrer en public.

Il fronça les sourcils.

— Je n'ai rien dit.

Elle eut un rire sans joie, ses yeux gris pleins de désenchantement.

— Non, vous n'avez jamais rien dit. C'était inutile. Vos yeux parlent pour vous.

— Et que vous disent-ils ?

— Que vous me tenez pour responsable de la mort d'Isadora. Que vous me détestez. Que vous vous réveillez chaque jour en regrettant que je ne sois pas morte à sa place.

Il serra les mâchoires et ses yeux noirs étincelèrent.

— Vous ne le croirez peut-être pas, reprit-elle avec difficulté, mais il y a des moments où j'aimerais être à sa place. Aucun de vous ne semble s'être rendu compte que je l'aimais, moi aussi. J'ai grandi avec Isadora. Elle était parfois cruelle, mais elle pouvait être gentille quand elle voulait. Elle me manque.

— La laisser mourir seule dans son appartement est une bien étrange façon de lui montrer votre affection, répliqua-t-il froidement, incapable de s'en empêcher.

Il regretta immédiatement ses paroles, mais il était trop tard.

Noreen ferma les yeux, soudain prise d'un malaise, comme souvent ces temps-ci. Elle serra les poings, bloquant sa respiration, s'efforçant de garder son calme pour ne pas se trahir. Ramon était un excellent chirurgien. Elle ne pourrait pas lui cacher son état s'il l'examinait de près. Il risquait de prévenir l'administration...

Une seconde plus tard, elle le regarda, plus pâle sans doute, mais aussi plus sereine.

— Je dois partir, dit-elle en se levant avec précaution.

— Avez-vous dormi cette nuit ?

— Vous vous demandez si ma conscience coupable

me donne des insomnies ? dit-elle avec un sourire froid. Oui, si vous voulez le savoir. J'aurais sauvé Isadora si je l'avais pu.

Il constata qu'elle avait les traits creusés, comme si elle ne mangeait pas ou ne fermait pas l'œil de la nuit.

— Vous ne m'avez jamais dit ce qui s'était passé exactement, dit-il.

— J'ai essayé. Mais personne n'a voulu entendre ma version de l'histoire.

— Peut-être ai-je envie de l'entendre maintenant.

— Il est deux ans trop tard, dit-elle en ramassant son plateau. Je vous aurais volontiers tout raconté à ce moment-là. Mais cela n'a plus d'importance. Peu importe aujourd'hui ce que vous pouvez tous penser de moi.

Elle s'éloigna d'un pas lent pour aller déposer son plateau. Elle ne se retourna pas en franchissant la porte de la cafétéria.

Le regard de Ramon la suivit, empreint de regret et d'amertume. C'était comme s'il ne pouvait s'empêcher de lui faire du mal. Pourtant, elle n'avait pas besoin de cela. Elle semblait fatiguée ces temps-ci, et ne pas s'intéresser à grand-chose en dehors de son travail. Les bonnes langues ne se privaient pas de jaser à l'hôpital, mais on ne connaissait aucune aventure à Noreen, et jamais son nom n'avait été associé à l'un de ses collègues. Elle ne sortait jamais. Même quand elle vivait avec la famille d'Isadora, elle se promenait toujours le nez dans ses livres de médecine. Elle avait d'ailleurs réussi son concours d'infirmière avec les honneurs.

Tout en dégustant son café, Ramon se rappela la première fois qu'il l'avait vue. Il avait rencontré Isadora à un gala de charité et un courant était immédiatement passé entre eux. Comme elle était seule, son cavalier ayant dû s'absenter pour son travail, Ramon avait proposé de la raccompagner chez elle. Elle avait accepté sans hésiter.

Elle habitait un grand manoir géorgien dans un quartier chic de la banlieue d'Atlanta. Ses parents, qui regardaient les dernières nouvelles à la télévision quand ils étaient arrivés, s'étaient montrés distants jusqu'à ce qu'Isadora leur explique ce qu'il faisait dans la vie, insistant sur sa notoriété.

Noreen était présente. Blottie dans un fauteuil près de la cheminée, elle était plongée dans un ouvrage d'anatomie, de grosses lunettes perchées sur le nez. Il se rappelait encore son regard quand Isadora et lui s'étaient approchés. Ses doux yeux gris s'étaient mis à briller, immenses, lumineux, pleins de mystérieux secrets. Il lui avait fait une certaine impression, il l'avait vu à son expression radieuse, l'avait senti dans le léger tremblement de sa main quand il l'avait serrée. Mais il n'avait d'yeux que pour Isadora. Et Noreen s'était retirée, un étrange petit sourire aux lèvres.

Les semaines suivantes, Noreen s'était arrangée pour briller par son absence pendant qu'il courtisait Isadora. Elle n'avait même pas été invitée au mariage. Il avait honte quand il se remémorait la façon insultante dont Isadora s'était comportée avec elle. Violemment jalouse de Noreen, elle semblait prendre plaisir à la rabaisser.

Isadora était belle, sociable, sûre d'elle et talentueuse. Mais elle était vide à l'intérieur, au contraire de Noreen. Sa jalousie était à l'origine de la grave dispute qui l'avait opposée à Ramon juste avant qu'il ne parte pour Paris. Fermant les yeux, il frisonna au souvenir de ce qu'ils s'étaient dit. Il en avait rejeté le blâme sur Noreen, alors qu'il était tout autant responsable.

S'arrachant à ses méditations, il consulta sa montre et s'empressa de finir son repas. Il était temps de retourner travailler.

⁂

Noreen avait hâte de regagner son appartement après sa journée de travail. Elle se sentait de plus en plus mal, vaguement nauséeuse, et sa respiration haletante, de même que les battements irréguliers de son cœur, l'inquiétaient.

Elle se glissa dans son lit et s'endormit immédiatement, trop lasse pour avaler quoi que ce soit.

Le lendemain matin, elle allait mieux et son pouls semblait moins fantasque. Elle devait continuer à travailler. Si elle perdait son emploi, elle n'aurait plus d'assurance médicale, et elle en avait besoin pour l'opération qu'elle devait subir. C'était une intervention onéreuse, mais nécessaire. D'après le spécialiste, elle souffrait d'un prolapsus mitral. Sa valve mitrale s'était affaissée et ne faisait plus son travail de clapet. Heureusement, elle n'avait pas eu de graves malaises depuis la mort d'Isadora.

Elle grimaça au souvenir de cette funeste soirée. Ramon voulait tout savoir maintenant, mais elle ne lui dirait rien. Elle ne voulait pas tenir la moindre place dans sa vie. Elle n'avait déjà que trop souffert. La solitude lui convenait, elle s'y sentait en sécurité.

Elle s'interrogeait parfois sur les causes de la dispute qui avait poussé Isadora à sortir dans le froid et la pluie avec une pneumonie. Elle avait des antibiotiques à prendre pour sa bronchite et insistait pour se soigner seule. Mais plus tard, Noreen avait découvert le flacon plein dissimulé sous son matelas.

Isadora était furieuse que Ramon ne l'emmène pas en France. La bonne avait évoqué une grave dispute entre les époux avant le départ de Ramon. De plus, Noreen se rappelait qu'il lui avait dit qu'Isadora chercherait sûrement à se venger, vexée de ne pouvoir le suivre, et il avait aussi parlé d'un amant. Apparemment, le mariage n'était pas l'union parfaite qu'Isadora se plaisait à décrire.

C'était curieux comme Ramon s'efforçait d'idéaliser son mariage maintenant qu'Isadora n'était plus là...

Noreen se demandait si sa cousine avait vraiment voulu mourir, ou si elle avait sous-estimé le danger qu'elle courait à s'exposer au froid avec une pneumonie. Bien que mariée à un chirurgien, elle semblait très ignorante en matière de médecine.

Ramon ignorait qu'elle s'était délibérément exposée au froid et à la pluie. Après la découverte du corps d'Isadora, la bonne s'était effondrée et n'était plus jamais revenue, même pour chercher son chèque. Noreen ne l'avait plus jamais revue. Donc, Ramon savait seulement qu'elle avait laissé Isadora seule, et que cette dernière était morte. Et depuis deux ans, à l'instar de ses beaux-parents, il pleurait sa femme et tenait Noreen pour responsable de sa mort.

Mais ils ne l'avaient jamais aimée, à vrai dire, et ils n'avaient pas songé qu'elle pouvait avoir du chagrin d'avoir perdu sa jolie cousine. Elles se querellaient, mais elles avaient grandi ensemble, et elles avaient de l'affection l'une pour l'autre. Parce que les Kensington l'avaient chassée de leur existence, Noreen n'était pas encore revenue de sa surprise qu'ils l'aient invitée chez eux au moment de l'anniversaire de son oncle. Sans doute voulaient-ils mettre un terme aux commérages. Elle ne voyait pas d'autre raison à leur étrange invitation.

Noreen alla travailler et réussit à finir son service sans trop de difficultés, mais son essoufflement inhabituel la tracassait.

Cet après-midi-là, sa journée terminée, elle s'arrangea pour avoir un rendez-vous avec un cardiologue qu'elle connaissait.

Le spécialiste, un grand blond sympathique au visage avenant, lui fit différents examens et écouta son cœur.

— Vous êtes pourtant infirmière. Ne voyez-vous pas quand un cœur ne fonctionne pas normalement ?

— Si, mais j'espérais que c'était dû au surmenage.

— Vous avez raison. Et l'état de la valve mitrale se détériore un peu plus vite pour cette raison. Vous devez fixer une date pour l'opération, et ne tardez pas. Je ne veux pas vous alarmer, mais si la valve cède d'un coup, vous n'aurez peut-être même pas le temps de vous rendre à l'hôpital. Vous le savez, j'imagine ?

Oui, elle le savait. Mais il lui arrivait de penser que ce serait un soulagement de ne plus affronter la haine de Ramon et son regard accusateur...

« Je suis en train de mourir d'un amour non partagé, songea-t-elle, et cette pensée saugrenue lui arracha un petit rire. J'ai le cœur brisé, dans tous les sens du terme. »

— Je ne vois pas ce qu'il y a de drôle, dit le médecin, se méprenant sur la cause de son hilarité. Je vais parler au Dr Myers, le chirurgien, pour fixer la date de l'intervention. Votre défunte cousine était l'épouse du Dr Cortero, le meilleur chirurgien du cœur que je connaisse. Pourquoi ne se charge-t-il pas de l'opération ?

— Il ne sait rien de mon état, et c'est très bien ainsi.

— Mais pourquoi ?

— Parce qu'il me déteste. Il risque d'en parler, et je pourrais perdre ma place. Je ne peux pas me le permettre. J'ai plus que jamais besoin de mon assurance médicale.

— Ils ne vous licencieront pas.

— Ce n'est pas sûr. Et comment les blâmer ? Une infirmière doit être au mieux de sa forme quand elle est responsable de patients d'une unité de soins intensifs. J'ai conscience de mes limites. C'est pourquoi j'ai insisté pour être secondée pendant mon service. Sans dire pourquoi, bien sûr.

Il secoua la tête.

— Vous jouez un jeu dangereux... Vous pourriez mourir.

Elle se leva.

— Nous finissons tous par mourir.

— Ne tardez pas trop, dit-il en l'accompagnant à la porte. Vous êtes très aimée à O'Keefe, je le sais.

Il la scruta un instant en silence.

— Vous n'avez jamais dit à Cortero pourquoi vous n'étiez pas avec sa femme quand elle est morte, dit-il enfin. Pourquoi ?

— Parce qu'il n'a pas voulu m'écouter. Et aujourd'hui, ça n'a plus d'importance. C'est plus facile pour moi s'il continue à me haïr, et je vous en prie, ne me demandez pas pour quelle raison.

— Très bien. Mais promettez-moi de ne pas tarder.

— C'est entendu. Je m'inquiète pour la période où je devrai arrêter de travailler. Comment subvenir à mes besoins ?

— Plusieurs organismes peuvent vous aider. Et votre oncle et votre tante ont financé toute l'aile pédiatrique de St Mary. Ils vous viendront sûrement en aide.

— Ils me détestent encore plus que Ramon, dit-elle avec un rire amer. Mais c'est aussi bien, au fond. Si je meurs sur la table d'opération, personne ne me pleurera.

Elle le remercia et s'en alla avec l'ordonnance qu'elle lui avait extorquée. Avec un traitement pour stabiliser son rythme cardiaque et des anticoagulants, elle gagnerait un peu de temps avant l'opération. Encore trois semaines et elle aurait économisé suffisamment pour payer deux mois de loyer d'avance. Si, comme elle l'espérait, son assurance médicale prenait en charge quatre-vingts pour cent de la facture hospitalière, elle pourrait s'en sortir financièrement.

⁂

— Tu as l'air d'une morte-vivante, grommela Brad Donaldson en la voyant prendre son service.

Infirmier diplômé, Brad avait commencé à travailler à O'Keefe en même temps qu'elle, quatre ans plus tôt, et il était son seul ami. Malheureux en amour, comme elle, il était épris d'une jeune interne des urgences qui ne le voyait même pas.

— Je me *sens* comme une morte-vivante, dit-elle.

Il la dévisagea.

— Tu as vraiment mauvaise mine.

— Je sais. Mais ça va aller. Le médecin m'a donné quelque chose pour me stabiliser.

— Raconte.

— Non, dit-elle en souriant. C'est mon problème, je le réglerai.

— Tu m'inquiètes. Pourquoi les infirmières n'admettent-elles jamais qu'elles sont malades ?

— Viens. Nous avons des médicaments à distribuer et les médecins vont commencer la tournée des lits.

— Après toi, dit-il en s'inclinant galamment.

Une heure avant la fin de son service, on amena une nouvelle malade du bloc opératoire. Noreen surveilla son installation, puis la mit sous oxygène, lui installa sa perfusion, et consulta son dossier pour voir la médication prescrite par le chirurgien. A en juger par la signature qui figurait sur sa fiche, c'était une patiente de Ramon.

A cet instant, la malade ouvrit les yeux, l'air effrayé.

— Vous êtes aux soins cardiaques, murmura Noreen en repoussant doucement une mèche grise de son front moite. Nous allons prendre bien soin de vous. Je m'appelle Noreen. Si vous avez besoin de quoi que ce soit, appuyez sur ce bouton. D'accord ?

— Soif... si soif...

— Avez-vous de la famille pour venir vous tenir compagnie ?

— Personne... Seule... au monde.

Le cœur de Noreen se serra. Elle aussi serait seule après son opération, sans même un ami pour lui tenir la main. Elle comptait se faire opérer à Macon, pour que Ramon n'en sache rien, de sorte que même Brad ne serait pas auprès d'elle.

— Je vais vous chercher de la glace, cela vous soulagera un peu. Et je vous apporterai vos médicaments.

— Merci.

Devant la machine à glace, elle trouva l'épouse d'un patient en train de remplir un seau.

— Je ne sers plus à rien, lui dit-elle avec un sourire las. Mon mari peut se servir lui-même maintenant, et je lui tiens juste compagnie entre les émissions de télévision...

— Voulez-vous vous charger de donner sa glace pilée à la nouvelle patiente, Mme Charles ? Elle n'a pas de famille, et elle meurt de soif.

— J'en serai ravie... Mon Samuel veut que je le laisse tranquille pendant qu'il regarde son feuilleton. Vous ne pouvez pas savoir comme je suis heureuse de le voir assis dans son lit. J'ai bien cru que nous allions le perdre.

— Il est solide.

— Je serai contente de tenir compagnie à cette dame. Cela m'occupera.

Elles remplirent les seaux, puis Noreen l'emmena voir Mme Charles, et, immédiatement, les deux femmes semblèrent se prendre d'une vive sympathie l'une pour l'autre.

Regagnant le bureau des infirmières, Noreen dégusta un café en entrant les données concernant Mme Charles dans l'ordinateur.

— Crois-tu que tu devrais absorber toute cette caféine ? chuchota Brad à son oreille.

— Probablement pas.

— Tu as besoin qu'on s'occupe de toi, mon enfant, dit-il en posant sa grande main sur son épaule.

A cet instant, Ramon pénétra dans la pièce.

— Je viens voir Mme Charles, si toutefois vous pouvez m'accorder un instant, dit-il en posant sur Brad un regard glacial.

— Elle est par là, venez..., répondit Noreen en l'accompagnant à la chambre de la malade.

La réflexion l'avait blessée. Elle travaillait dur, et Brad voulait seulement être gentil. Sans doute Ramon s'étonnait-il qu'on puisse la traiter avec amabilité. Ne la prenait-il pas pour une meurtrière dénuée de sentiments ?

La patiente sourit en voyant Ramon.

— Merci, murmura-t-elle faiblement en lui tendant la main. Vous m'avez sauvé la vie...

— De rien... Je vous ai prescrit un antalgique pour la douleur. Prenez-le quand vous en aurez besoin, ça ne peut pas vous faire de mal. Et reposez-vous. Dans deux jours, vous pourrez vous lever et commencer à marcher. Avez-vous des parents que nous pouvons prévenir ?

— Non, je n'ai plus personne. Mais Mme Green m'apporte de la glace. C'est cette gentille jeune femme qui en a eu l'idée.

Ramon jeta à Noreen un regard accusateur.

— Ça vous évite des allées et venues ? demanda-t-il.

Ignorant la remarque, elle arrangea les draps du lit.

— Si vous avez besoin de quelque chose, madame Charles, appelez-nous.

Ramon ausculta la malade, murmura quelques paroles d'approbation et de réconfort puis prit congé d'elle avant de refermer la porte derrière lui.

— Comment osez-vous charger un visiteur de soigner mes patients ? demanda-t-il avec colère dès qu'il fut seul avec Noreen.

Le cœur de Noreen bondit et s'emballa sur un rythme alarmant. Il lui fallut quelques secondes pour reprendre son souffle.

— Mme Green voulait se rendre utile, et je n'ai pas le temps de distribuer de la glace à vos patients toutes les cinq minutes. Je connais mon travail et vous n'avez pas besoin de me dire ce que je dois faire, monsieur. Mme Green m'a proposé ses services, je ne lui ai rien demandé.

Ramon comprenait parfaitement, mais l'intimité entre elle et Brad le rendait furieux, et il ne comprenait pas sa propre réaction.

— J'exige que le dossier de ma patiente soit parfaitement tenu, dit-il sèchement. S'il y a le moindre changement dans son état, je veux être averti immédiatement, même s'il est 3 heures du matin.

— Bien, monsieur. Elle fait de l'arythmie.

— Elle a trop attendu pour se faire opérer. Il s'en est fallu de peu que nous la perdions pendant l'intervention. Et rien n'est encore joué. Surveillez-la attentivement.

— Bien.

La pensée que le temps jouait un rôle crucial dans le cas d'une chirurgie valvaire la rendit nerveuse. Et si elle attendait trop longtemps ? Elle était plus jeune que Mme Charles, mais souffrait déjà d'arythmie...

L'œil exercé de Ramon remarqua les palpitations désordonnées de la veine du cou. Il fronça les sourcils.

— Vous allez bien ? Votre rythme cardiaque me semble curieux.

— C'est de me trouver si près de vous, monsieur, chuchota-t-elle d'un ton théâtral. Je suis tellement troublée !

Il grommela quelque chose en espagnol et, tournant les talons, sortit. Elle poussa un soupir de soulagement. Elle avait réussi à désarmorcer sa curiosité. Quel besoin avait-il de s'intéresser à son rythme cardiaque ? Cela ne l'arrangerait-il pas si son cœur cessait de battre pour de bon ?

# 4.

Le stress lié à la dégradation de son état et la pression de son travail eurent raison des forces de Noreen et, deux jours plus tard, elle fut incapable de se lever. Elle appela l'hôpital en prétextant une grippe et promit de reprendre son travail au bout de quarante-huit heures. Avec son jour de congé, ce repos forcé lui donnerait un peu de temps pour surmonter son malaise. Elle espérait seulement qu'il était dû au surmenage et non à une brusque détérioration de son état.

En milieu de journée, Brad vint lui rendre visite. Elle se sentait si faible qu'elle eut du mal à se lever pour aller lui ouvrir et, en se recouchant, elle était tout essoufflée.

— Tu ne peux pas continuer comme ça, dit-il d'un air sombre. Tu vas te tuer si tu ne te fais pas opérer.

— J'ai besoin... de trois semaines de plus... pour économiser ce qu'il me faut, expliqua-t-elle, épuisée par l'effort fourni. Ainsi, je pourrai payer mon loyer pendant... ma convalescence.

— Tu es vraiment entêtée ! Ta famille ne se rend-elle donc pas compte que tu es malade ?

— J'ai perdu mes parents dans un accident il y a des années... Et je ne vois jamais mon oncle et ma tante.

— Ils t'ont élevée. Ne se soucient-ils pas de toi ?

— Avant la mort d'Isadora, si... J'aimerais tellement pouvoir changer le passé, ajouta-t-elle tristement. Mais ce qui est fait est fait...

— Pauvre petite, murmura-t-il en lui tapotant la main. Tu peux manger quelque chose? Je t'ai apporté de la soupe et un sandwich.

— Merci. Pour l'instant, je ne peux pas garder grand-chose, mais je le mangerai ce soir.

— Laisse-moi appeler le chirurgien.

— Pas encore. Je me sentirai mieux demain, je le sais. Et je ne reprends pas mon travail avant deux jours. D'ici là...

— Au moins, reste au lit. Ne te fatigue pas.

— C'est promis.

Il lui tint compagnie un moment puis s'en alla pour reprendre son service à l'hôpital. Quand il fut parti, Noreen se sentit plus seule que jamais.

Elle dormit vingt-quatre heures d'affilée. En s'éveillant, elle constata que cette cure de sommeil lui avait fait du bien, mais elle était encore très lasse. Et il ne lui restait plus beaucoup de temps...

Le jour où elle reprit son travail, il pleuvait à verse. Comme elle quittait la maison, elle entendit un faible miaulement dans la haie qui bordait l'allée. Ecartant les feuilles, elle vit un minuscule chaton qui la regardait d'un air pitoyable. Il tremblait de froid et n'avait que la peau sur les os.

— Oh, pauvre petite chose..., murmura-t-elle en le prenant dans ses bras.

L'animal se mit à ronronner en frottant sa petite tête contre sa joue. Elle sourit tristement. Le propriétaire n'acceptait pas les animaux. Mais un si petit chat...

Elle le glissa sous son manteau et remonta à son appartement. Haletante, elle dut faire une pause en atteignant le palier. Après avoir installé le chaton dans la cuisine avec un bol de lait, elle lui fabriqua une litière de fortune avec un couvercle de boîte à chaussure garni de papier journal, et l'enferma dans la cuisine en espérant que tout irait bien.

Cela lui ferait de la compagnie, se dit-elle, et elle sentit son moral remonter en s'installant dans sa voiture. Elle tourna la clé de contact. Le moteur toussa puis se tut. Flûte ! Elle ne pouvait pas se permettre la moindre réparation en ce moment. Il fallait que la voiture tienne le coup jusqu'après l'opération.

Mais il lui fut impossible de la faire démarrer. Elle resta assise quelques instants, le temps de reprendre son souffle, puis sortit pour aller attendre à l'arrêt d'autobus.

Ce fut la plus longue journée de sa vie. Deux infirmières étant clouées au lit avec la grippe, elle dut effectuer un double poste pour assurer le travail. Ces heures supplémentaires ne pouvaient pas tomber plus mal.

— C'est ridicule..., grommela Brad en la voyant reprendre sa respiration, adossée au mur de la salle de repos. Tu ne tiendras jamais le coup à ce rythme.

— Je dois travailler... j'ai déjà été absente deux jours.

— Tu as encore plus mauvaise mine qu'auparavant.

— Merci du compliment. Tu n'es pas mal non plus.

— Que vais-je faire de toi ? commenta-t-il en riant.

— Tu n'as pas de travail ?

— J'allais vous poser la même question, dit une voix sèche derrière eux.

Ils se tournèrent pour découvrir Ramon Cortero qui les foudroyait du regard, un dossier à la main.

— L'un de vous travaille-t-il ici ? Je veux savoir pourquoi mon patient n'a pas eu sa dose d'anticoagulant à 5 heures !

Noreen battit des paupières, l'esprit aussi embrumé que son corps était épuisé.

— Quel patient ?

— M. Hayes. Je vous signale qu'il est 8 heures.

— J'ai pris du retard, dit-elle, misérable. Je suis désolée. Je vais lui donner son médicament immédiatement.

— Et moi, je vais vérifier le dossier de mes trois autres malades, répliqua-t-il avec colère. Histoire de m'assurer qu'il n'y a pas eu d'autres... défaillances.

— Brad n'y est pour rien, dit-elle en lui emboîtant le pas.

— Oh, je n'en doute pas, répliqua-t-il, les yeux lançant des éclairs. Comme la plupart des hommes, il ne résiste pas au flirt.

— Je ne flirte pas, dit-elle, les dents serrées.

— Appelez ça comme vous voudrez. J'attends que vous alliez chercher le médicament de M. Hayes.

Elle obéit, les mâchoires toujours crispées. Il avait raison, elle avait tardé et cela aurait pu avoir de graves répercussions pour M. Hayes. Mais une telle faute ne serait jamais arrivée si elle n'avait pas dû faire un double poste.

Elle donna au malade son anticoagulant et vérifia deux fois le dossier des autres. Tout avait été soigneusement noté, mais elle avait oublié de mesurer le volume d'urine de Mme Green.

— Je ne ferai pas de rapport, cette fois, lui dit Ramon quand il eut fini sa tournée. Toutefois, si vous commettez encore une seule erreur, j'en référerai à l'administrateur. Je ne tiens pas à ce que la vie de mes patients soit en danger à cause d'une infirmière incompétente.

— Je ne suis pas incompétente.

— Amusez-vous avec Donaldson pendant vos heures de repos.

— Je ne m'...

Ignorant ses protestations, il lui tourna le dos et quitta le service.

Elle battit des paupières pour refouler ses larmes. Il semblait la détester chaque jour davantage. Rien ne pourrait le faire changer d'avis à son sujet. Elle le savait maintenant.

A cet instant, Brad sortit de la chambre d'un malade.

— Il est parti ? demanda-t-il.

— Oui. Je ne sais pas ce que je vais faire. Il a raison. Quelqu'un aurait pu mourir.

— Pas d'avoir reçu sa dose de médicament avec un peu de retard, dit-il, rassurant. J'aurais dû me montrer plus attentif. Je suis censé te seconder. Allons, hauts les cœurs, tout va s'arranger.

— Je l'espère, dit-elle avec lassitude. Encore une heure et je pourrai rentrer chez moi...

— Il faut que tu voies le chirurgien. Tu prends des risques.

— Tu as peut-être raison. Aimes-tu les chats ? demanda-t-elle sans préambule.

— Je suis allergique à leurs poils. Pourquoi ?

— Oh, pour rien...

Il fallait qu'elle trouve à qui confier son petit chat. Elle allait en parler à ses collègues.

Elle termina son service puis donna ses consignes à l'équipe suivante avant de rentrer chez elle. Dehors, il pleuvait toujours et la température avait encore chuté. Mais, meurtrie par les paroles cinglantes de Ramon, elle ne prêta pas attention à la morsure du froid.

Ramon revint dans le service peu après le départ de Noreen pour voir une dernière fois ses patients avant de rentrer chez lui. Il examina M. Hayes et nota que son état s'améliorait doucement. Il avait un peu honte de son éclat avec Noreen. Cela ne lui ressemblait pas de prendre du retard dans ses soins ou d'oublier quelque chose, et il se demandait ce qui lui arrivait.

Il chercha Brad et l'intercepta alors que celui-ci quittait la chambre de son dernier patient.

— Pourquoi Noreen n'a-t-elle pas donné son anti-coagulant à M. Hayes à l'heure dite ? demanda-t-il sans se soucier de formules de politesse.

— Parce qu'elle est malade depuis deux jours et que, ce soir, elle a dû assurer le double de travail, deux collègues étant absentes.

Le visage de Ramon se crispa.

— Je vois..., dit-il.

— Vous devriez la regarder de près, dit Brad.

— Que voulez-vous dire ?

Brad avait envie de tout lui raconter. Mais le secret ne lui appartenait pas.

— Peu importe... Ce ne sont pas mes affaires, dit-il.

Sur un bref signe de tête, il s'éloigna.

Ramon consigna ses notes, puis monta dans sa voiture pour rentrer chez lui. Mais en arrivant devant son immeuble, il comprit qu'il ne pourrait pas dormir s'il ne présentait pas des excuses à Noreen et, poussant un soupir résigné, il fit demi-tour et se rendit chez la jeune femme.

Elle parut surprise quand il s'annonça dans l'Interphone, mais elle lui ouvrit la porte. Il gravit l'escalier et la trouva qui l'attendait à l'entrée de son appartement.

— Que voulez-vous ? demanda-t-elle en serrant son peignoir autour d'elle.

Pieds nus, elle était ébouriffée, comme si elle sortait de son lit. Pourtant, il était à peine 9 heures et demie...

— Donaldson m'a dit que vous aviez fait un double poste. Je l'ignorais.

— Cela aurait-il changé quelque chose si vous l'aviez su ? Tirer des conclusions erronées à mon sujet n'est-il pas une habitude chez vous ?

— Néanmoins, il me déplaît de vous avoir réprimandée pour... Mais qu'est-ce que c'est que ce bruit ? On dirait un miaulement.

Jetant un regard affolé autour d'elle, elle s'effaça pour le laisser entrer.

Il pénétra dans le petit séjour décoré avec goût. Elle fermait la porte quand une minuscule boule de poils jaillit de la cuisine en miaulant.

Elle se pencha pour prendre le chaton contre elle.

— Je n'ai pas le droit d'avoir un animal, mais je ne pouvais pas le laisser sous la pluie glaciale. Il est si petit...

Ce fut à cet instant que Ramon commença à douter qu'elle ait pu jouer un rôle dans la mort d'Isadora. Il n'arrivait pas à détacher les yeux du petit chat blotti contre elle. Quand elle vivait avec son oncle et sa tante, ils se plaignaient sans cesse du nombre d'animaux errants qu'elle ramenait à la maison. Elle ne pouvait pas les garder car ils n'en voulaient pas, mais elle trouvait toujours un foyer pour les accueillir.

Si elle ne pouvait abandonner un chaton à son sort, comment aurait-elle pu sacrifier une cousine qu'elle aimait ? Et pourtant, avec quelle facilité il l'avait blâmée de la mort d'Isadora...

Noreen remarqua qu'il pâlissait et elle serra le chaton contre elle.

— Que voulez-vous ? dit-elle. Je suis très fatiguée et je veux me coucher.

Il l'examina d'un œil professionnel. Elle avait les traits

tirés, les joues très rouges, la respiration irrégulière, rapide. Quelque chose n'allait pas.

— Avez-vous vu un médecin ?

— Pour un virus ? dit-elle avec un rire forcé. Pourquoi ennuirais-je un praticien avec une peccadille qui disparaîtra toute seule ?

— J'ai ma trousse dans la voiture.

A la seule pensée qu'il puisse l'ausculter, elle sentit son cœur s'affoler.

— Non, merci. J'ai mon propre médecin... Croyez-vous que je vous laisserais m'examiner, même à l'article de la mort ? Jamais je ne vous confierais ma vie si vous teniez un scalpel, la tentation serait trop forte pour vous !

— Comment osez-vous !

Mais elle était trop malade pour se laisser impressionner par son regard noir.

— Je suis lasse, dit-elle en reculant d'un pas. Voulez-vous vous en aller et me laisser dormir ?

Il hésita. Elle avait un problème et n'avait pas assez confiance en lui pour lui dire de quoi il s'agissait. Soudain, il perdit de son assurance, se sentant coupable, sans trop savoir pourquoi. Il la regarda avec attention et remarqua sa minceur, les cernes noirs sous ses yeux.

— Vous êtes malade, murmura-t-il comme s'il s'en rendait compte à cet instant.

— Je suis fatiguée, répéta-t-elle. J'ai quitté le lit trop tôt après une infection virale et j'en ai trop fait. Ça ira mieux demain.

Elle avait des pommettes hautes, une bouche adorable, une peau crémeuse, presque translucide. Elle portait une longue queue-de-cheval sur la nuque et il se demanda de nouveau à quoi elle ressemblait avec ses cheveux dénoués.

— S'il vous plaît, partez, dit-elle nerveusement.

Inquiet pour elle, il n'avait pas envie de la laisser.

— Au moins, faites-vous examiner.

— Je le ferai volontiers, mais pas ce soir. Et maintenant, puis-je aller me coucher?

Etouffant un grognement, il tourna les talons.

— Si vous ne vous sentez pas mieux demain, restez chez vous.

— Vous n'avez pas à me donner d'ordres, répondit-elle calmement. Je ferai comme je l'entendrai.

Il lui jeta un coup d'œil par-dessus son épaule. Depuis qu'il la connaissait, elle avait tout fait pour passer inaperçue, mais le fait était là, évident : c'était une femme spirituelle, indépendante, intelligente.

Il avait conscience qu'Isadora s'était pliée à sa volonté, qu'elle avait flatté son orgueil, encouragé ses passions pour le séduire. Mais elle n'était pas intelligente, et elle n'affrontait personne de face. Elle préférait bouder et se rendre malade pour s'attirer les sympathies. Et jamais elle ne se serait sali les mains avec un petit chat mouillé...

Ces pensées lui causèrent un choc. Comment pouvait-il se montrer aussi déloyal envers la seule femme qu'il ait jamais aimée?

— Bonne nuit, dit-il d'un ton sec. Fermez bien derrière moi.

Le foudroyant du regard, Noreen claqua la porte et tira le verrou. Les jambes faibles, elle s'appuya au mur pour recouvrer son souffle. Pourquoi était-il venu? Parce qu'il se sentait coupable? Il la détestait tant qu'elle n'aurait jamais imaginé recevoir sa visite.

Sur le chemin du retour, Ramon s'interrogeait sur ses propres motivations. Il n'arrêtait pas de penser au mode de vie spartiate de Noreen, à son appartement meublé avec simplicité, bien qu'avec goût. A l'évidence, elle vivait de son seul salaire, sans aucune aide de sa famille. Le voulait-elle ainsi, ou son oncle et sa tante l'ignoraient-ils maintenant qu'Isadora était morte? Il n'oubliait pas que, comme lui, ils lui reprochaient la tragique disparition de leur fille.

La question le tracassait et, dès qu'il vit les Kensington, il leur demanda sans détour de quoi vivait Noreen.

— Elle gagne bien sa vie, répondit Mary Kensington avec dédain. D'ailleurs, nous ne lui devons rien. Elle est responsable de la mort d'Isadora. Comment pouvez-vous vous soucier d'elle?

— Elle avait un chaton abandonné chez elle.

— Elle et ses bêtes crasseuses! Il fallait toujours qu'elle en ramène à la maison! Vous ne pouvez pas savoir le nombre de visites que nous avons faites chez le vétérinaire!

— Elle a toujours eu le cœur tendre, remarqua Hal. Elle a hérité ça de mon frère. Il était très bon, lui aussi.

Les yeux de Ramon se plissèrent.

— Pourquoi une femme compatissante aurait-elle délibérément laissé mourir sa cousine malade?

Le couple demeura interdit.

— Vous n'aviez pas pensé à cela, n'est-ce pas? demanda doucement Ramon. Maintenant, posez-vous la question. Noreen, infirmière diplômée de son état, a-t-elle si peu de cœur, au point de laisser mourir un être humain, quelqu'un qu'elle aime de surcroît?

Hal et Mary le dévisageaient sans un mot. Deux ans après le drame, ils allaient pouvoir enfin raisonner avec logique. Peut-être que la mort tragique de leur fille leur avait ôté jusque-là toute faculté de penser.

— L'avez-vous vue récemment? reprit-il.

— Nous l'avons invitée quelques jours avant l'anniversaire de Hal, répondit Mary. Les gens commençaient à jaser... Pourquoi ?

— Je crois qu'elle est malade, dit-il. Elle a très mauvaise mine et s'essouffle au moindre effort. Savez-vous si elle a un médecin de famille ?

— Elle n'habite plus chez nous depuis longtemps et nous ne savons pas grand-chose de sa vie, remarqua Mary.

— Lui a-t-on déjà fait un check-up complet ?

Ils parurent stupéfaits.

— Elle a toujours été en parfaite santé, je n'en vois pas l'intérêt, répliqua Mary, sur la défensive.

Il n'insista pas, mais, troublé, il se rendit au bureau du personnel de l'hôpital pour demander si Noreen avait dû subir un examen médical complet avant d'être engagée.

— En principe oui, lui répondit l'employé, mais je ne vois rien dans son dossier. Les papiers ont peut-être été mal placés...

— Peu importe, dit Ramon. Il n'y avait probablement rien.

— De toute façon, les nouvelles lois ne nous autoriseraient pas à la renvoyer, même si elle nous avait caché une maladie.

Il remercia l'homme et s'en alla en se promettant de percer le mystérieux secret de Noreen.

Il ne pouvait pas examiner Noreen contre son gré, mais il pouvait l'observer. Et, prétextant des visites à ses patients, il passa plus de temps à O'Keefe la semaine qui suivit.

Il s'arrangea pour se tenir près d'elle pendant qu'ils étudiaient le dossier de Mme Green et remarqua son essoufflement et les palpitations alarmantes de son pouls.

Sa pâleur lui semblait évidente maintenant, comme les cernes sombres qui marquaient ses yeux et sa faiblesse qui se traduisait par une atonie générale.

Malgré ses nobles motivations, il en vint peu à peu à penser que, si sa maladie ne faisait aucun doute, Noreen était aussi troublée par sa présence. Elle avait plaisanté à ce sujet une fois et il ne l'avait pas prise au sérieux. Mais il y avait du vrai dans ce qu'elle avait dit. Quand il s'approchait d'elle, elle avait une réaction qui ne mentait pas.

Il en était troublé, se sentant aussi vulnérable qu'elle. Malgré lui, il se surprit à remarquer l'élégance de ses longs doigts, la transparence de son teint, l'ovale parfait de son visage, le modelé délicat de sa bouche. Il s'était efforcé de l'ignorer du vivant d'Isadora, mais, peu à peu, de vieux souvenirs resurgissaient, révélateurs. Comme le fait qu'elle rougissait chaque fois qu'il la regardait, même avec indifférence. Sa façon de l'éviter quand elle habitait chez les parents d'Isadora... Son apparente incapacité à lui adresser la parole ailleurs qu'à l'hôpital... Au fil des années, elle avait trahi ses sentiments pour lui de mille façons, et il n'avait pas voulu le voir.

Jusqu'à maintenant.

La regardant droit dans les yeux, il vit ses pupilles se dilater. Elle était fragile, et il éprouva une soudaine envie de la protéger. Il n'avait rien ressenti de tel avec Isadora. Il la désirait de façon obsessionnelle, il l'adorait, mais elle était si différente de l'image qu'elle lui avait donnée d'elle pendant leurs fiançailles. Après leur mariage, ils n'avaient pas cessé de se disputer car elle n'aspirait qu'à sortir et s'amuser. Elle avait même refusé d'envisager d'avoir un enfant. Elle ne voulait pas de cette responsabilité. Il fronça les sourcils à cette pensée.

— Inutile de me regarder comme ça, marmonna Noreen. Je n'ai rien fait de mal, cette fois.

— Il ne s'agit pas de ça...

Elle recula, troublée par sa proximité.

— Voulez-vous examiner d'autres dossiers ? demanda-t-elle d'une voix mal assurée.

Il glissa les mains dans les poches de sa blouse.

— Je veux que vous voyiez votre médecin de famille et que vous fassiez faire un examen complet. Vous êtes malade et vous essayez de le cacher. Mais vous ne pouvez pas continuer ainsi.

Elle le regarda fixement, bouche bée.

— Je... j'ai subi un check-up, balbutia-t-elle, déconcertée par le brusque intérêt qu'il lui portait.

— Et ?

— Il faut que je prenne de la vitamine B-12 et un complément en fer, mentit-elle.

— Ce qui n'explique pas ça..., dit-il en lui effleurant la gorge, là où son pouls palpitait de façon inquiétante.

Reculant d'un bond, elle rougit jusqu'aux oreilles.

— Docteur Cortero, je ne suis pas obligée de vous parler de mon état de santé. Vous n'êtes pas mon médecin !

— Non, mais je travaille ici. Je vous ordonne de subir un nouvel examen complet, et je vous préviens, je demanderai une copie du rapport médical. En faisant traîner les choses, vous mettez en danger non seulement les patients de votre service, mais votre propre santé.

Bien sûr, il ne s'inquiétait pas pour elle, mais pour ses malades. Comme elle aurait aimé croire, ne fût-ce qu'un instant, que le beau Dr Cortero pourrait la regarder avec la tendresse qu'il avait témoignée à sa femme tant aimée...

Elle baissa la tête.

— Très bien. Vous avez gagné...

— Il ne s'agit pas d'un combat.

— Non ? commenta-t-elle avec lassitude. Je prendrai contact avec mon médecin.

— Je suis content de vous avoir fait entendre raison.

— Ne vous inquiétez pas, je ne mettrai pas en danger la vie de vos patients.

— Ce n'est pas ce que...

— Si vous voulez bien m'excuser, j'ai encore beaucoup à faire avant la fin de mon service.

Elle prit le dossier et gagna le bureau des infirmières sans se retourner.

Le soir, de retour chez elle, elle appela son chirurgien à Macon et la date de l'opération fut fixée à la semaine suivante.

# 5.

Noreen se força à avaler une tasse de café noir pour son petit déjeuner. Elle devait se rendre à son travail, mais l'effort lui semblait insurmontable. Dans le miroir de la salle de bains, elle scruta son visage blême, ses traits tirés. Son rythme cardiaque s'était encore dégradé et elle n'arrivait plus à respirer normalement. Il était grand temps qu'elle se fasse opérer pour remplacer cette maudite valve. Posant les yeux sur le chaton qui trottinait derrière elle, elle se rappela qu'elle devait trouver quelqu'un pour le garder pendant son absence. Ce serait sa priorité aujourd'hui. Elle refusait de penser à ses finances pour l'instant.

S'appuyant au lavabo, elle baissa la tête. Elle avait du mal à réfléchir tant son cœur battait à ses oreilles à un rythme saccadé, angoissant.

Le chirurgien lui avait affirmé que c'était actuellement une intervention courante. Comme elle était en bonne santé, elle s'en remettrait très bien.

Elle n'en doutait pas. Elle regrettait seulement de ne pas avoir demandé à Ramon de l'opérer car il était le meilleur dans sa partie. Mais il aurait refusé. Il la détestait trop.

⁂

A peine eut-elle quitté la maison que tout commença à aller de travers. Encore une fois, sa voiture refusa de démarrer. La batterie était définitivement à plat. Le mécanicien lui avait bien conseillé de la remplacer, mais elle avait espéré qu'elle tiendrait encore un peu. Tant pis pour elle ! Elle allait devoir courir pour attraper le bus, et elle était déjà en retard, songea-t-elle en consultant sa montre.

Elle claqua la portière, oubliant dans sa hâte qu'elle avait laissé les clés à l'intérieur, avec son sac. Elle pesta. Son portefeuille, ses cartes de crédit, les clés de son appartement, tout était enfermé dans la voiture !

Pas de panique... Elle évalua rapidement la situation. Le quartier était sûr, ses affaires ne risquaient rien. Dans la poche de son imperméable, elle avait suffisamment d'argent pour payer son ticket de bus et un sandwich pour déjeuner. Elle n'aurait pas besoin de ses clés avant ce soir. A son retour, le propriétaire qui habitait au rez-de-chaussée, viendrait lui ouvrir avec son passe.

Péniblement, elle se traîna jusqu'à l'arrêt d'autobus et arriva juste au moment où le car s'arrêtait. Elle monta dedans avec peine et s'agrippa à un siège, haletante.

Et son essoufflement ne passait pas. Elle pouvait à peine respirer. Son rythme cardiaque était différent. Etrange. Effrayant.

Autour d'elle, les visages des gens se brouillèrent en une image floue qui s'éclaircit, s'éclaircit et, soudain, disparut...

Ramon s'était déjà brossé les mains quand on amena la patiente en urgence au bloc opératoire. Une inconnue dont on ne savait rien, songea-t-il avec irritation. Un de ses collègues avait déjà procédé à un cathétérisme cardiaque qui avait révélé une valve défaillante qui s'était détériorée avec le temps au point d'être irrécupérable. Il allait devoir la remplacer par une prothèse en espérant que l'inconnue ne souffrait pas d'affections qui risquaient de compromettre l'intervention. Il était toujours risqué d'opérer quelqu'un dont on ignorait tout, mais il n'avait pas le choix.

La patiente avait déjà son masque à oxygène et toute l'équipe était réunie autour de la table quand il pénétra en salle d'opération. Elle avait la peau transparente, rose et douce, et il regrettait la longue cicatrice que l'intervention laisserait sur sa cavité thoracique.

L'opération dura près de quatre heures.

Avec un grognement, Ramon se redressa, satisfait de son travail. Il s'était arrangé pour que la cicatrice soit à peine visible. Plus tard, il lui recommanderait un bon chirurgien plastique, si elle pouvait s'offrir ses services. En tout cas, elle avait le cœur solide et des poumons en excellent état. Elle semblait en bonne santé.

Comme on la transférait aux soins intensifs, il se prépara pour l'intervention suivante et ne pensa plus à l'inconnue.

Quelques heures plus tard, profitant d'une pause, il se rendit aux soins intensifs pour voir la jeune femme à qui il avait posé une prothèse valvaire. Elle était reliée aux appareils habituels, l'énorme tuyau du respirateur dans la bouche. Mais en s'approchant du lit, il pâlit. Noreen ! Elle avait eu un malaise à cause d'une valve cardiaque défaillante. Elle avait le cœur malade et il ne l'avait pas su ! Personne ne l'avait su !

Bouleversé, il fit signe à l'infirmière de garde.

— Je croyais qu'on ne connaissait pas l'identité de cette femme !

— Elle n'avait aucun papier sur elle...

— C'est la cousine de mon épouse ! marmonna-t-il en serrant les poings. Jamais je ne l'aurais opérée si j'avais su qui elle était !

L'infirmière battit des paupières.

— Si quelqu'un avait été au courant... Nous l'avons prise pour une indigente...

— Elle est infirmière, coupa-t-il avec irritation. Elle travaille à O'Keefe, au service de soins cardiaques.

Il se haïssait de s'être montré aussi injuste envers Noreen. Elle aurait pu mourir...

— Mais comment est-elle arrivée ici ? demanda l'infirmière. Et sans aucun papier d'identité sur elle ? Elle devait bien avoir un portefeuille.

— Je l'ignore.

Il contempla le visage blême aux traits tirés, inexpressif dans le sommeil. Puis son regard se posa sur la petite main piquée d'aiguilles d'où partaient les tuyaux de perfusion. Les ongles étaient courts, ronds, sans vernis. Des mains élégantes et fines, mais compétentes. Elle ne lui avait pas dit qu'elle avait une maladie de cœur. Pourquoi ? Redoutait-elle vraiment de se faire opérer par lui ? Craignait-elle que, aveuglé par la haine, il ne fasse échouer l'opération ?

— Je vais essayer de savoir comment elle est arrivée ici, dit l'infirmière.

— Peu importe, dit-il avec impatience. Je le découvrirai moi-même. Prévenez-moi au moindre changement.

— Bien, monsieur.

Il s'arrêta pour examiner un autre patient, puis il se rendit aux urgences, non sans un dernier coup d'œil inquiet en direction de Noreen.

Il apprit qu'elle avait perdu connaissance dans l'autobus et qu'elle n'avait pas de papiers d'identité sur elle quand l'ambulance l'avait transportée aux urgences. Il supposa qu'un passager du bus avait ramassé son sac.

Les vêtements qu'elle portait avaient été mis dans un sac en plastique et, en quittant son service, il décida de les rapporter chez elle. Il sonna chez le propriétaire pour se faire ouvrir l'appartement.

— J'ai remarqué qu'elle avait enfermé ses clés avec son sac dans sa voiture, ce matin, lui dit l'homme. Je l'ai vue courir pour attraper le bus. Elle l'a eu de justesse.

— Elle a eu un malaise, dit sèchement Ramon. Elle a subi une opération à cœur ouvert, et ne rentrera pas avant plusieurs jours.

Le propriétaire parut bouleversé.

— Une si gentille jeune femme, et si discrète ! Elle a toujours un mot aimable pour les autres, et toujours le sourire. Elle va nous manquer. Dites-lui que ma femme et moi lui souhaitons un prompt rétablissement et que nous veillerons sur l'appartement jusqu'à son retour. Vous désirez y prendre quelque chose ?

— Plus tard, peut-être. Je viendrai chercher ce dont elle a besoin.

Il faudrait aussi qu'il s'occupe du chaton. Il mourrait s'il l'abandonnait ici.

— Je serai là, si vous désirez quelque chose, dit l'homme. Vous êtes de sa famille ?

— Oui, répondit Ramon qui ne jugea pas utile de donner plus amples détails.

Il s'en alla dans l'intention de rentrer chez lui, mais ce fut plus fort que lui. Faisant demi-tour, il reprit la direction de l'hôpital.

Elle n'avait pas repris conscience. Ce n'était pas inhabituel, mais il s'inquiéta. Alors qu'il l'auscultait, il constata le rythme régulier de la valve toute neuve qui produisait un léger bruissement en s'ouvrant et se fermant. Elle améliorerait singulièrement la qualité de vie de Noreen. Elle ne s'essoufflerait plus au moindre effort, elle n'aurait plus d'arythmie, ne souffrirait plus de fatigue excessive.

Il se demanda quand elle avait appris qu'elle avait une maladie de cœur. Elle avait dû être alertée par des malaises et voir un médecin. A en juger par l'état de sa valve mitrale, elle avait forcément remarqué que quelque chose n'allait pas. Lui-même avait été alerté par sa mauvaise mine.

Il alla déjeuner à la cafétéria tout en continuant à se perdre en conjectures. Pourquoi n'avait-elle parlé de son état à personne ? Avait-elle eu des crises graves ? Son oncle et sa tante étaient-ils au courant de quelque chose ? S'en souciaient-ils ?

La tenant pour responsable de la mort d'Isadora, comme lui-même, ils ne la voyaient plus depuis le drame. Ni eux ni lui n'avaient pensé que le décès prématuré d'Isadora pouvait être imputé à autre chose qu'à la négligence de sa cousine. Mais l'état de santé de Noreen donnait une tout autre lumière aux événements.

Terminant son repas, il rapporta son plateau puis consulta sa montre. Il y avait maintenant huit heures qu'il avait opéré Noreen.

Il prit l'ascenseur et, retournant aux soins intensifs, se dirigea vers le box où elle reposait. Il vérifia les moniteurs. Apparemment, tout allait bien. Mais pourquoi n'avait-elle pas repris connaissance ?

— Noreen...

Ouvrant les yeux, elle posa un regard vague sur le visage sombre penché vers elle.

Il examina ses pupilles et, empruntant un stéthoscope à une infirmière, écouta son cœur.

Satisfait, il releva la tête pour constater qu'on lui avait enlevé le respirateur artificiel.

— La bouche... sèche, murmura-t-elle faiblement.

Il sortit de son emballage stérile une compresse destinée à humecter les lèvres et la glissa dans sa bouche.

— C'est l'anesthésique que nous utilisons, expliqua-t-il. Il laisse un mauvais goût et une certaine sécheresse dans la bouche. Ça va passer.

Elle parut se détendre.

— Que... faites-vous là?

— On ignorait votre identité quand vous avez été amenée au bloc opératoire. Je vous ai opérée.

Elle fronça les sourcils.

— Contraire... à la déontologie médicale...

— Oui. Mais je n'ai pas vu votre visage. Je ne savais pas que c'était vous.

Elle avait du mal à garder les yeux ouverts.

— Le Dr Myers... ne va pas... être content.

— Myers?

— De l'hôpital de Macon... Il devait m'opérer... la semaine prochaine.

Epuisée par l'effort fourni, et par l'antalgique qu'il avait prescrit pour lui éviter de souffrir, elle se rendormit.

Poussant un soupir, Ramon s'éloigna sur la pointe des pieds.

Une fois rentré chez lui, pris d'une impulsion subite, il feuilleta l'annuaire à la recherche du Dr Myers. Il trouva le numéro du chirurgien sans difficulté.

Le Dr Myers eut du mal à dissimuler sa surprise en apprenant qui l'appelait.

— J'ai beaucoup entendu parler de vous, docteur Cortero. Votre réputation n'est plus à faire. Vous me téléphonez au sujet d'un de mes patients?

— Il s'agit de Noreen Kensington, la cousine de ma défunte épouse...

— Ah, Noreen... J'ai eu du mal à la convaincre de se faire opérer. Je l'ai connue il y a deux ans. Je rendais visite à un ami dans un bel immeuble d'Atlanta quand le gardien a découvert une jeune femme évanouie dans l'escalier et m'a demandé mon aide. Je l'ai examinée et l'ai accompagnée à l'hôpital. Le médecin des urgences a ordonné des radios et nous avons vu tout de suite que quelque chose n'allait pas. Elle était à peine consciente et nous avons procédé à des examens plus poussés qui ont révélé qu'elle souffrait d'un prolapsus mitral. J'ai recommandé une opération chirurgicale, mais elle était assez lucide pour refuser. Elle n'arrêtait pas de marmonner quelque chose à propos d'une cousine malade qu'elle devait absolument rejoindre. Jugeant son état critique, je lui ai injecté un sédatif et l'ai gardée à l'hôpital toute la nuit, jusqu'à ce qu'elle soit stabilisée.

Pendant qu'Isadora mourait... Ramon ferma les yeux. Seigneur ! Ainsi, Noreen n'était pas en cause. Elle était à l'hôpital.

— Elle avait eu une crise cardiaque ?

— Une petite crise, oui, bien que ni l'électrocardiogramme ni l'échocardiogramme n'ait rien montré de probant. Elle s'en est remise et a refusé l'opération, mais j'ai tenu à garder l'œil sur elle et lui ai demandé de venir me voir tous les trois mois. Il y a environ un mois, son état s'est brusquement aggravé et j'ai insisté pour qu'elle se fasse opérer avant qu'il ne soit trop tard... Comment va-t-elle ?

— Elle a perdu connaissance dans l'autobus ce matin. Elle avait laissé son sac dans sa voiture avec ses papiers, et ne sachant pas qui elle était, je l'ai opérée en urgence.

— Quelles que soient les circonstances, elle ne pouvait pas mieux tomber. Je suis soulagé de la savoir en de si bonnes mains. Elle va bien se remettre ?

— Pour l'instant, tout est satisfaisant, dit Ramon. Elle a repris conscience. Nous verrons comment les choses évoluent, mais je suis optimiste... Vous savez, j'ignorais tout de son état. Elle ne m'avait rien dit.

— Elle n'en avait parlé à personne. C'est une jeune femme très indépendante, et elle n'a pas de proche famille.

— Elle a un oncle et une tante qui l'ont recueillie à la mort de ses parents...

— Bien sûr, mais vous savez ce que c'est quand des gens héritent d'un enfant dans ces circonstances... Ils ne le considèrent jamais vraiment comme le leur.

Sous le choc, Ramon s'efforça de se ressaisir.

— Elle vous a dit qu'elle vivait avec les parents de sa cousine ?

— Oui. Elle avait fait une demande de passeport et elle avait son certificat de naissance la dernière fois qu'elle est venue à mon cabinet. Elle envisageait de chercher un emploi à l'étranger, dans un pays du tiers-monde. Heureusement qu'elle a eu ce malaise avant de quitter les Etats-Unis.

— Oui.

— Eh bien, je suis content d'apprendre qu'elle va s'en remettre. Soyez gentil de lui dire que j'aimerais la voir quand elle sera sur pied.

— Je n'y manquerai pas. Merci de ce que vous avez fait.

— Je n'ai pas fait grand-chose, à part l'examiner.

— Vous lui avez permis de rester en vie. Venez me voir la prochaine fois que vous passerez à Atlanta. Je suis à St Mary.

— Comptez sur moi. Et, de votre côté, venez me rendre visite quand vous viendrez à Macon.

— Bien sûr. Bonsoir, mon cher confrère.

Ramon raccrocha et son sourire s'effaça. Il ignorait tant de choses sur Noreen. Les Kensington étaient-ils au courant de son problème cardiaque ?

Il fallait qu'il en ait le cœur net. Il décrocha le téléphone et composa leur numéro, mais il tomba sur le répondeur. Ils s'étaient absentés et ne rentreraient pas avant la semaine prochaine.

Sautant dans sa voiture, il se rendit chez Noreen et fit appel à un serrurier pour se faire ouvrir son véhicule et récupérer son sac à main. Puis, avec l'aide du passe prêté par le propriétaire, il pénétra dans l'appartement pour y déposer les affaires et récupérer le chaton. A peine eut-il ouvert la porte que le petit animal se précipita pour se frotter contre ses jambes. Le prenant dans ses bras, il le glissa sous sa veste pour qu'on ne le voie pas l'emporter et, refermant la porte derrière lui, s'en alla.

Sur le chemin du retour, il s'arrêta dans une épicerie pour acheter de quoi le nourrir. C'était une adorable petite bête qui, pendant tout le trajet, demeura sagement couchée sur le siège, ronronnant.

Arrivé chez lui, Ramon se rendit compte que le chaton était une agréable compagnie. Jusqu'à aujourd'hui, il n'avait pas pris conscience à quel point il se sentait seul dans son vaste appartement. Il se prépara du café et, confortablement installé dans un fauteuil, se plongea dans la lecture d'un magazine médical. Sautant sur ses genoux, le petit chat se mit en boule et s'endormit.

Avant de se coucher, Ramon appela les soins intensifs pour avoir des nouvelles de Noreen et il apprit qu'elle faisait des progrès satisfaisants. Rassuré, il se rendit dans sa chambre et le chaton lui emboîta le pas. Quand il s'endormit, il sentit la petite boule de poils près de sa tête, sur l'oreiller.

⁂

Le lendemain, il eut un emploi du temps très chargé, et il était tard quand il put enfin se rendre aux soins intensifs pour voir Noreen.

Sans un mot, il l'ausculta, scruta les moniteurs, écouta sa poitrine.

— Je... vais bien. Quand pourrai-je rentrer chez moi ?

— Vous êtes amusante...

— On ne veut rien me donner à boire..., marmonna-t-elle. Et cette petite infirmière blonde ignore mes questions.

— Je la ferai passer par les armes, dit-il gentiment. Demain matin, on va vous transférer dans une chambre individuelle. J'engagerai une infirmière pour veiller sur vous.

— Je n'ai pas besoin... de votre aide !

— Merci. Je vous aime bien aussi... Il n'y a pas de doute, vous allez mieux. Je reviendrai vous voir un peu plus tard.

Elle battit des paupières, encore un peu étourdie par l'anesthésie.

— Dormez, dit-il doucement.

Docile, elle ferma les yeux.

La dernière intervention se passa mal. L'état du patient était si grave que toute l'habilcté de Ramon ne suffit pas à le sauver. Le cœur lourd, il quitta le bloc opératoire pour prévenir la famille. Terriblement impuissant devant leur chagrin, il les confia à un aumônier.

Avant de partir, il fit une dernière visite aux soins intensifs. L'équipe de nuit avait remplacé celle de jour, et l'infirmière de garde, une jeune Noire joviale, l'accueillit en souriant.

— Alors, vos patients nous quittent demain, docteur ?

— A vous de me le dire. Pensez-vous qu'ils soient prêts ?

Elle hocha la tête.

— Ils sont en progression constante. Nous avons donné son dîner à Mlle Kensington ce soir et elle a tout mangé.

— Bien. Comment va-t-elle ?

— De mieux en mieux.

— Parfait.

Il s'approcha du lit de Noreen. Elle était bien réveillée maintenant, et avait recouvré toute sa lucidité.

— Vous m'avez opérée, dit-elle d'un ton accusateur.

— Je vous l'ai dit, j'ignorais qui vous étiez.

— J'ai oublié mon sac dans ma voiture et j'ai dû courir pour attraper le bus.

— Cela a probablement précipité les choses. Vous rappelez-vous comment vous vous sentiez quand vous avez perdu connaissance ?

— Je n'ai rien senti. J'ai vu le sol se rapprocher et j'ai pensé que j'allais me casser le nez. Puis tout est devenu blanc.

— Pas de douleur ?

— Je ne m'en souviens pas... Vous avez l'air fatigué, dit-elle machinalement.

Il tressaillit, surpris par sa sollicitude.

— La journée a été longue. Et j'ai perdu un patient.

— Je suis désolée.

— Ça fait partie de mon métier. Mais c'est toujours douloureux.

Il la scruta.

— Vous avez meilleure mine.

— Quand puis-je reprendre mon travail ?

— Quand vous irez mieux.

— Je vais me retrouver à la rue si je ne travaille pas, dit-elle, le foudroyant du regard.

— Aucun risque. Votre assurance-maladie comporte une clause d'incapacité.

— Comment le savez-vous ?

— Je me suis renseigné. Vous êtes déjà dans l'ordinateur. Je me suis occupé personnellement d'établir votre dossier. Au fait, j'ai essayé de prévenir votre oncle et votre tante, mais ils sont absents.

— Inutile de les déranger. Ils n'aiment pas les hôpitaux.

— Vous êtes leur nièce. Ils se soucient de vous.

Elle ne répondit pas. Il se trompait, mais à quoi bon en discuter ?

— On vous transfère aux soins cardiaques demain, reprit-il.

— Hum... Rien que des chambres individuelles, et pas assez de personnel. Je pourrais y mourir, personne ne s'en rendrait compte.

— Mais non. Vous serez reliée au moniteur de la réception qui est sous surveillance constante. Et il y a beaucoup de personnel. Tout ira bien. Néanmoins, une infirmière particulière s'occupera de vous.

— Mais je ne peux pas m'offrir...

— Calmez-vous, c'est mauvais pour votre nouvelle valve. C'est moi qui la rémunérerai. N'êtes-vous pas de la famille ?

— Non, pas du tout ! grommela-t-elle.

Il comprenait son ressentiment. Pendant deux ans, il lui avait reproché une faute qu'elle n'avait pas commise. Il méritait son mépris.

— Pensez ce que vous voudrez, dit-il en glissant les mains dans ses poches. Mais vous aurez quand même une infirmière. Je viendrai vous voir demain matin.

Elle voulut protester, mais, tournant les talons, il quitta la pièce. Furieuse, elle donna un violent coup de poing dans son oreiller... et ne put retenir un gémissement de douleur.

— Vous voulez un antalgique ? demanda l'infirmière.

— Oui, s'il vous plaît...

Le lendemain, elle se rendit compte qu'il ne lui avait pas fait une promesse en l'air. Juste après le dîner, une petite femme rondelette et débordante d'énergie vint s'asseoir à son chevet avec un tricot. Elle se présenta comme étant Mlle Polly Plimm, l'infirmière spécialement engagée par le Dr Ramon Cortero pour s'occuper d'elle. Elle alla lui chercher de la glace, lui prit sa tension, vérifia ses drains, bref, se montra d'emblée d'une redoutable efficacité.

Brad, qui passa voir son amie, se déclara enchanté de la voir en de si bonnes mains. Il effectuait maintenant des gardes de jour et venait lui rendre visite tous les soirs avant de quitter l'hôpital. Il applaudit à ses progrès, mais, en son for intérieur, se demanda avec inquiétude ce qu'elle allait devenir quand elle rentrerait chez elle. Une chose était sûre, elle ne pourrait pas rester seule.

# 6.

Deux jours plus tard, Noreen avait recouvré toute sa tête, et sa première pensée fut pour le chaton qu'elle avait laissé seul dans son appartement. Au bras de Mlle Plimm, elle fit deux fois le tour du service en se lamentant sur le sort du petit animal qu'elle avait complètement oublié.

Elle ne put s'empêcher d'en parler à Brad quand il vint pour sa visite quotidienne.

— Mon petit chat, lui dit-elle, désolée. Il est seul chez moi depuis des jours sans rien à manger ni à boire. Il doit être mort maintenant...

— Ton chat ? Il est déjà une légende, d'après ce qu'on raconte ! Il partage l'appartement du Dr Cortero.

Elle le fixa, bouche bée.

— Ramon ?

— Lui-même. Tu te rends compte ? Je croyais qu'il détestait les animaux.

— Moi aussi.

— Tu n'en reviendrais pas de l'entendre parler de ce chat. Il lui a acheté un collier et toutes sortes de jouets, et il dort avec lui !

— Tu plaisantes...

— Interroge-le quand il viendra faire sa tournée. Tu verras...

Noreen se garda de prendre les choses au pied de la lettre. Elle savait par Isadora que Ramon détestait les bêtes. Elle avait dit aussi qu'il n'aimait pas les enfants et qu'il n'en voulait pas. Il appréciait trop la vie mondaine et les sorties pour fonder une famille, avait-elle ajouté.

Noreen n'avait pas imaginé Ramon ainsi, mais, après tout, elle ne le connaissait pas. Il s'était donné assez de mal pour cela. La seule personne qui l'ait connu intimement était Isadora. Et depuis qu'elle était morte, il vivait replié sur lui-même. Il ne sortait même pas.

Noreen ne s'en étonnait pas car elle connaissait sa passion pour sa femme. Toute sa vie, Isadora avait accaparé l'amour des autres. Il ne restait pas d'affection pour Noreen chez les Kensington, tout allait à Isadora. Maintenant encore, même si elle n'était plus là.

Seule dans sa chambre puisque Mlle Plimm était descendue à la cafétéria pour dîner, Noreen était si absorbée par ses pensées qu'elle n'entendit pas la porte s'ouvrir. Elle sursauta en voyant Ramon se pencher vers elle avec son stéthoscope.

— Ne faites pas ça, dit-il avec impatience tandis qu'il promenait le métal froid sur sa poitrine. Respirez normalement.

Comment l'aurait-elle pu quand il était si proche ? Elle ferma les yeux pour ne plus voir le beau visage aux yeux noirs. Le regarder était une souffrance.

— Je vais bien, dit-elle.

— Oui, je sais. Vous avez de l'appétit ?

— Je mange tout ce qu'on me donne.

— Non. Vous mangez le dessert et la soupe, mais vous laissez le reste. Il vous faut des protéines.

— Je digère mal, répondit-elle d'un ton belliqueux.

— Je vous prescrirai quelque chose pour faciliter la digestion. Mangez, ou je vous fais nourrir par perfusion.

— Très bien... Comment va mon petit chat ?

Il sourit et ses yeux noirs étincelèrent.

— Il dévore comme un tigre.

— Merci de vous occuper de lui.

— Aucun problème.

— Je sais que vous n'aimez pas les animaux.

Ramon fronça les sourcils. Où était-elle allée chercher une chose pareille ? Il aimait les animaux. Et s'il n'en avait pas, c'est parce qu'il n'avait guère de temps à leur consacrer.

— Vous avez mal ? demanda-t-il.

— Ça va.

Il hésita. A l'évidence, elle n'avait guère envie de parler. Il lui prit la main pour examiner les cathéters insérés dans ses veines. Une ride se forma sur son front.

— Quand a-t-on nettoyé ces cathéters pour la dernière fois ? Meredith les date toujours pour qu'on ne les garde pas plus de trois jours.

— Je crois que c'est Annie qui me les a posés. Ils n'ont pas plus d'une journée.

Il nota sur sa fiche que l'un des cathéters semblait bouché. On les posait au malade pour que l'infirmière n'ait pas à chercher les veines en cas d'urgence. Pour les patients relevant d'une chirurgie cardiaque, il était primordial qu'ils ne soient pas obstrués. Il prit l'autre main et la caressa de son pouce.

— Vous avez la peau incroyablement douce.

Elle l'obligea à la lâcher, évitant de le regarder.

— Ce sont des mains qui travaillent.

— Je sais, Noreen.

Il l'appelait rarement par son prénom — jamais quand il pouvait l'éviter. Ne savait-il pas qu'il la torturait ? Elle ferma les yeux en priant pour qu'il s'en aille et la laisse tranquille.

Ramon s'assombrit. Elle n'aimait pas qu'il la touche. Il se rappela son premier anniversaire de mariage, quand elle s'était écartée de lui dans la cuisine. Il en avait été contrarié aussi.

— Je reviendrai vous voir plus tard.

— Merci, mais c'est inutile. Mlle Plimm est très efficace.

Sa froideur l'irrita.

— Préférez-vous que j'envoie John faire la tournée des lits ?

— Ce... serait peut-être préférable, si vous voulez bien.

Furieux, il se détourna sans un mot, remit la fiche à sa place et quitta le service.

Noreen poussa un soupir de soulagement. Encore quelques jours et elle pourrait rentrer chez elle. Quand elle serait remise, elle chercherait un emploi dans un hôpital de la banlieue où elle ne risquerait pas de rencontrer Ramon. Elle lui devait la vie, mais son âme lui appartenait et elle ne voulait plus subir mille tourments à cause de lui. Quelques mois auparavant, elle avait fait une demande de passeport pour partir loin de lui. Aujourd'hui, cela semblait ridicule après ce qui lui était arrivé, mais, à l'époque, sa décision lui avait paru raisonnable.

Elle regarda distraitement par la fenêtre, se demandant si son oncle et sa tante étaient vraiment absents. Ramon avait probablement inventé ce prétexte pour la ménager. Ils n'avaient jamais voulu d'elle. Ils l'avaient recueillie par devoir, pas par amour. Enfant, elle avait souffert d'être écartée du cercle familial, mais elle s'était résignée à en être exclue et affectée aux corvées domestiques. Depuis la mort d'Isadora, ils ne l'avaient invitée qu'une fois. Encore l'avaient-ils fait par obligation, pour mettre un terme aux ragots.

Elle ferma les yeux en soupirant. Elle allait recommencer sa vie de zéro. Et, d'abord, elle allait cesser de soupirer après Ramon et de se lamenter sur l'indifférence de Hal et de Mary. Puis elle trouverait un nouvel emploi, s'achèterait une nouvelle garde-robe, dénicherait un autre appartement et se construirait une nouvelle existence. Maintenant qu'elle avait recouvré la santé, elle pouvait faire des projets d'avenir.

Ramon rentra chez lui, la mine sombre. Il était furieux qu'elle refuse ses visites. Il lui avait sauvé la vie, cela ne comptait-il donc pas pour elle ?

Il se servit un verre et se laissa tomber dans un fauteuil. Immédiatement, le chat sauta sur ses genoux et s'y installa en ronronnant.

— Toi, au moins, tu es content de me voir, murmura-t-il en le caressant d'une main machinale.

Il appréciait la compagnie du petit animal. Sa présence comblait le vide de son existence, chassant la solitude, le chagrin, l'isolement. Du vivant d'Isadora, il trouvait toujours un appartement bruyant et grouillant de monde en rentrant chez lui, car Isadora aimait la fête et recevoir. La paix et le silence étaient un luxe qu'il ne connaissait pas.

Aujourd'hui, il se demandait si elle n'avait pas eu besoin de la compagnie des autres pour compenser le vide de son existence avec lui. Elle n'aimait ni les animaux ni les enfants. Il croyait encore entendre son rire quand il lui avait parlé de fonder une famille. Abîmer sa silhouette et devenir l'esclave d'un nourrisson, non merci ! s'était-elle écriée. Quelle femme saine d'esprit sacrifierait son indépendance pour devenir une médiocre petite femme d'intérieur ? Quant aux animaux, c'était hors de question. Elle ne voulait pas trouver des poils de chat partout sur ses beaux meubles, et les chiens posaient trop de problèmes. Comme les enfants.

Parce qu'il aimait Isadora, il avait abandonné ses rêves après cette conversation. Mais, souvent, il enviait ses collègues en les entendant échafauder des projets pour leurs enfants. Mais quelques semaines de mariage avec Isadora avaient suffi pour qu'ils s'éloignent l'un de l'autre et prennent des chemins séparés. Les derniers mois avant sa mort, elle buvait beaucoup trop. Elle lui mentait, le menaçait, exigeait, accusait. Elle n'était pas heureuse. Elle lui avait juré qu'elle se tuerait s'il allait en France sans elle, l'empêchant ainsi de voir son amant.

Il avait refusé à cause de sa santé, non parce qu'il était jaloux. Qu'il ait des raisons à lui opposer lui importait peu et elle lui avait fait une scène terrible, l'accusant même de convoiter Noreen, mais que celle-ci ne voudrait jamais de lui car elle avait peur des hommes, surtout de lui. Isadora ne s'était pas expliquée davantage et il n'avait plus pensé à ces paroles. Jusqu'à maintenant.

Sirotant son verre, il se rappela d'autres incidents, d'autres disputes prouvant que leur mariage en apparence parfait n'était qu'un leurre. Elle détestait le travail qu'il faisait, son dévouement à ses patients, ses absences répétées. Une fois, elle avait même raccroché au nez de l'épouse affolée d'un patient, refusant d'appeler Ramon au téléphone. L'homme avait fait un arrêt cardiaque et, fort heureusement, un autre médecin était venu à son aide. L'incident s'était produit une semaine avant qu'il ne parte pour la France. Comme il lui reprochait son attitude, Isadora était sortie sous la pluie glaciale sans manteau alors qu'elle avait une bronchite. Pour se venger.

Il était parti pour Paris après avoir demandé à Noreen de prendre soin d'elle. La jeune femme avait accepté de bon gré, renonçant à ses jours de repos pour veiller sur sa cousine.

Tout le monde avait cru que Noreen avait laissé mourir

Isadora. Or, aujourd'hui, Ramon connaissait la vérité. Par un tragique concours de circonstances, Noreen avait été terrassée par une crise cardiaque. Les Kensington et lui ne l'avaient même pas autorisée à se défendre. Pendant deux longues années, ils l'avaient accusée, chassée, punie pour une faute qu'elle n'avait pas commise. Il n'était pas surprenant qu'elle refuse son aide à présent.

Poussé par une arrogance inouïe, il s'était érigé en juge. Comment avait-il pu oublier la bonté de la jeune femme et lui plaquer l'étiquette infamante de meurtrière ? Il était encore plus coupable qu'elle. Il avait laissé Isadora par nécessité, parce qu'elle ne pouvait pas prendre l'avion dans son état. Mais, maintenant, il reconnaissait qu'il n'avait pas voulu l'emmener...

Parce que son mariage de conte de fées tournait progressivement au cauchemar, parce que, las des querelles incessantes, il avait eu besoin de se retrouver seul pour faire le point. Son absence avait conduit Isadora à la mort, mais il n'avait pas été capable d'admettre sa propre culpabilité, ni d'avouer au monde que son merveilleux mariage était un enfer. Et, à présent, il était trop tard. Noreen l'écartait de son chemin. Comme elle l'avait toujours tenu à distance ces six dernières années, surtout après son mariage avec Isadora. Comment le lui reprocher ?

Si seulement il pouvait se racheter, songea-t-il tristement. Il lui était impossible d'effacer les deux années qui venaient de s'écouler, mais il pouvait lui rendre la vie un peu plus facile. Il fallait qu'il parle aux Kensington, pour qu'ils comprennent, eux aussi. Ils avaient causé à Noreen un préjudice considérable. A présent, il jugeait de son devoir de réparer.

⁂

Le lendemain, Noreen réussit à faire trois fois le tour du service avec l'aide de Brad. La marche était la meilleure stimulation pour faire fonctionner sa nouvelle valve, dégager ses poumons et lui redonner des forces. Elle ne doutait pas pouvoir quitter l'hôpital d'ici à quelques jours, et son visage souriant trahissait sa satisfaction.

Du moins jusqu'à l'arrivée de Ramon. Alors, son sourire s'effaça et, baissant les yeux, elle agrippa le bras de Brad.

— Bien, commenta Ramon, ignorant sa réaction. La marche est excellente pour vous, faites-en autant que vous pourrez. Cela accélérera votre guérison.

— C'est notre troisième tour, dit Brad. Elle progresse bien.

— Je vois ça.

— Continuons, Brad, dit Noreen. Je perds l'équilibre quand je n'avance pas.

— Brad, on te demande à la chambre 310, appela une infirmière. M. Sharp voudrait que tu règles son respirateur.

— Je vous remplace, dit Ramon. Allez voir votre patient.

Brad obéit, non sans avoir jeté un coup d'œil désolé à Noreen dont le regard de martyre en disait long.

— Ça ne vous tuera pas de me toucher, dit Ramon en lui prenant la main pour la poser sur son bras. Venez. Marchons.

Elle le suivit, le haïssant de tout son être.

— Souffrez-vous encore ? demanda-t-il comme ils passaient devant le bureau des infirmières.

— Ça va mieux, répondit-elle entre ses dents.

Hochant la tête, il la raccompagna lentement à sa chambre puis l'aida à se coucher et lui enleva ses mules.

Prenant son stéthoscope, il l'ausculta tandis qu'elle s'efforçait de maîtriser son essoufflement dû, elle le savait, à la présence du chirurgien.

Son regard noir rencontra le sien.

— J'ai mal à la poitrine, murmura-t-elle, mal à l'aise.

— On vous donnera quelque chose, dit-il en remontant le drap sur elle. Avez-vous assez chaud?

— Oui, merci.

— Vous ne m'avez pas demandé de nouvelles de votre chat.

— Il va bien? dit-elle, faisant des efforts désespérés pour contrôler son souffle.

— Oui. Vous serez contente de le retrouver à votre retour. Je me suis habitué à lui, ajouta-t-il avec un bref sourire.

— Il y a des tas de chats abandonnés dans le monde.

— J'espérais avoir un droit de visite...

Elle leva vers lui un regard dénué d'expression.

— Je ne pense pas, non, dit-elle, tendue.

Il la scruta.

— Alors, c'est ainsi que les choses vont se passer?

— Je ne vois pas ce que vous voulez dire.

— Mais si, dit-il. Vous deviez bien imaginer qu'un jour ou l'autre je découvrirais ce qui était arrivé. J'ai été anéanti d'apprendre que vous aviez eu un malaise cardiaque et que c'est la raison pour laquelle vous aviez laissé Isadora seule, ce soir-là.

— Vous semblez oublier que j'ai essayé de vous parler, et que vous avez refusé de m'écouter. Comme mon oncle et ma tante... Vous m'avez traitée comme une meurtrière pendant deux ans. Croyez-vous que je peux l'oublier? dit-elle froidement.

— Non, bien sûr. Je pourrais vous demander pardon. Mais de simples excuses ne pourront pas effacer ces deux ans. Sachez néanmoins que je regrette sincèrement.

Elle baissa les yeux, se sentant épuisée.

— Vous ne saviez pas, dit-elle avec lassitude. Et eux

non plus. Oh, et puis, qu'est-ce que ça change maintenant ? Elle est morte ! Par ma faute ! J'aurais dû insister auprès du médecin pour qu'il me laisse retourner auprès d'elle !

— Noreen...

A cet instant, la porte s'ouvrit et Brad entra. S'approchant du lit, il posa sur Ramon un regard accusateur.

— Allez-vous cesser de la torturer ? Grands dieux, vous ne trouvez pas qu'elle a assez souffert comme ça !

— Si, répondit doucement Ramon en regardant les larmes qui ruisselaient sur les joues pâles de la jeune femme. Et je n'ai rien fait pour arranger les choses.

Il se dirigea vers la porte.

— Je vais demander qu'on lui donne un antalgique. Essayez de la faire manger.

Brad ne répondit pas. Il prit un mouchoir en papier dans la boîte et le tendit à Noreen.

Ramon s'engagea dans le couloir dans une sorte de brouillard. Il avait déjà vu des larmes dans les yeux de Noreen, et elles l'avaient laissé de glace. Mais, maintenant, il souffrait de l'avoir fait pleurer.

Il avait cru pouvoir balayer d'un geste des années d'indifférence et d'hostilité. Pour la première fois, il prenait conscience que la route serait longue pour recouvrer la confiance de Noreen.

Mlle Plimm passa trois jours auprès de Noreen, puis la jeune femme lui annonça gentiment qu'elle n'avait plus besoin de ses services. Elle ne tenait pas à se sentir l'obligée de Ramon plus qu'il n'était nécessaire.

Etant donné son état d'esprit, heureusement qu'elle ignorait ce qui l'attendait le lundi suivant, jour de sa sortie de l'hôpital. Elle avait rempli toutes les formalités, l'infirmière lui avait remis les ordonnances nécessaires, et les rendez-vous avaient été fixés pour ses visites obligatoires au groupe chirurgical et chez le cardiologue. Elle n'attendait plus qu'on lui apporte un fauteuil roulant et qu'on appelle un taxi. Tout devait bien se passer ensuite. Il y aurait peut-être un problème avec le petit chat, mais elle espérait que le propriétaire ferait une entorse au règlement pour elle. Après tout, elle savait que lui et sa femme l'aimaient bien.

Quand l'aide-soignant vint la chercher, elle eut la surprise de trouver les Kensington qui l'attendaient dans le couloir. Elle leur jeta un regard froid.

— Ramon nous a dit que tu quittais l'hôpital aujourd'hui, dit l'oncle Hal.

— Oui. Je rentre chez moi. Que faites-vous là ?

Il parut étonné.

— Tu as subi une grave opération.

— Nous étions en vacances, dit Mary. Nous sommes rentrés aujourd'hui. Si nous avions su, nous serions venus...

— A quoi bon faire semblant ? coupa Noreen avec lassitude. Vous m'avez rendu visite et on ne jasera pas sur votre compte... A présent, si vous n'y voyez pas d'inconvénient, je ne me sens pas bien, et j'aimerais rentrer chez moi.

— Tu peux revenir à la maison et retrouver ta chambre, dit Mary avec hésitation. Nous engagerons une infirmière et...

— Je rentre chez moi, tante Mary.

— Mais tu ne peux pas rester toute seule, coupa son oncle.

— Je suis seule depuis des années, commenta-t-elle d'un ton neutre. Et je le veux ainsi. Merci d'être passés.

Elle fit signe à l'aide-soignant de pousser son fauteuil jusqu'aux ascenseurs.

Troublés, les Kensington la regardèrent s'éloigner. Ils pensaient que leur sollicitude serait bien accueillie, mais Noreen n'était plus la fillette timide et effacée qu'ils avaient recueillie à la mort de ses parents.

— Ramon nous a dit qu'elle avait changé, dit Mary. Je suppose qu'il fallait nous attendre à une telle réaction. Nous l'avons traitée injustement.

— Si seulement nous avions écouté ses explications... J'ai honte de moi. Elle avait une maladie qui pouvait lui être fatale, et nous ne le savions même pas.

— Nous la ramènerons, dit Mary.

— Tu crois ? commenta son mari avec un petit rire sans joie. Viens, allons manger quelque chose.

Mary lui prit le bras et ils se dirigèrent vers l'ascenseur. Les portes se refermaient derrière Noreen quand ils virent Ramon sortir de l'autre cabine, vêtu d'un élégant costume.

— Où est-elle ? demanda-t-il.

— Elle est descendue prendre un taxi. Elle n'a même pas voulu nous parler...

— Un taxi ?

Il se précipita dans l'ascenseur avant que les portes ne se referment.

Dans le hall d'entrée, l'aide-soignant avait laissé Noreen à la réception pour se mettre en quête d'un taxi. Arrivant derrière elle, Ramon poussa le fauteuil roulant vers la sortie. Noreen se cramponna aux accoudoirs, trop éberluée pour protester.

— Jack, ouvrez-moi la porte, je vous prie, dit Ramon en hélant l'aide-soignant. Inutile d'appeler un taxi, je l'emmène.

— Bien, monsieur.

La voiture de Ramon était garée devant l'hôpital et, aidé

du jeune employé, il y installa Noreen qui avait recouvré ses esprits.

— Je veux prendre un taxi ! protesta-t-elle quand il s'assit au volant.

— Vous irez où on vous dira, répondit-il en démarrant.

— Pas avec vous ! s'écria-t-elle avec colère.

— *Cálmate* ! dit-il doucement. Perdre votre sang-froid ne vous fera aucun bien.

Elle s'adossa à son siège et ferma les yeux, refoulant une brusque nausée.

— Est-ce vous qui les avez envoyés à l'hôpital ? demanda-t-elle quand ils s'engagèrent sur la voie express.

— Les Kensington ? Non. Je savais qu'ils rentraient aujourd'hui et je les ai appelés pour savoir s'ils étaient au courant de votre opération. Ils ont été très choqués.

— Pourquoi ?

— Vous sembliez en bonne santé quand vous viviez à la maison.

— Cela n'a jamais été ma maison.

Durant un moment, il ne répondit pas, les yeux fixés sur la route.

— Vous sembliez toujours vouloir passer inaperçue..., dit-il enfin.

— Evidemment, soupira-t-elle. Je faisais partie des meubles. Mais cela va changer. Quand je serai sur pied, il se peut que j'aille travailler à l'étranger. Je laisserai tout derrière moi pour repartir de zéro.

Il tressaillit. Il n'avait pas pensé qu'elle pourrait partir. Il se rendit compte avec surprise qu'il ne voulait pas qu'elle s'en aille. C'était une sensation étrange. Il lui jeta un regard perplexe.

— Vous ne ferez rien pendant trois mois, dit-il. Je me suis donné beaucoup de mal pour vous remettre sur pied et je ne vous laisserai pas compromettre mon travail.

— Je serai docile pendant trois mois. Après quoi, je ferai ce qui me plaît.

— Vous devrez vous faire examiner régulièrement. Et il vous faudra prendre des anticoagulants et un régulateur cardiaque sous surveillance médicale étroite.

— Je veillerai à choisir un bon médecin.

Il demeura silencieux. Quelques minutes plus tard, il s'arrêtait devant chez lui. Il fit signe au portier de prendre la valise dans le coffre et, soulevant Noreen dans ses bras, il pénétra dans l'immeuble.

— Que... Mais qu'est-ce que vous faites ? s'écria-t-elle en se débattant.

— Calmez-vous.

Il continua à marcher, suivi du portier qui portait les bagages de la jeune femme.

— Ma cousine vient de subir une intervention à cœur ouvert et elle sort juste de l'hôpital, dit-il à l'homme. Je vais la garder chez moi jusqu'à ce qu'elle puisse se débrouiller seule.

— Une sage décision, monsieur, dit le portier en appuyant sur le bouton de l'ascenseur.

Ils pénétrèrent dans la cabine qui s'éleva sans bruit.

Noreen était au bord des larmes. Impuissante au creux des bras forts qui l'enveloppaient, respirant le parfum épicé d'une luxueuse eau de Cologne, elle se raidissait pour dissimuler son trouble.

Il la serrait contre lui, mais c'était une étreinte impersonnelle. Il s'occupait d'elle uniquement parce qu'elle était une parente et qu'on ne manquerait pas de jaser s'il la laissait seule dans son état. Les Kensington n'étaient-ils pas venus la voir à l'hôpital pour la même raison ?

Voyant le regard sombre de Ramon la dévisager avec compassion, elle prit conscience qu'elle pleurait.

Quand l'ascenseur s'arrêta, il sortit et posa Noreen sur

ses pieds, le temps d'ouvrir la porte de son appartement. Puis il tendit ses clés de voiture au portier pour qu'il aille garer son véhicule.

— Laissez-les à la réception, je vous prie, dit-il en le débarrassant des bagages de Noreen. Je descendrai les chercher plus tard.

— Bien sûr, monsieur. Je vous souhaite un prompt rétablissement, madame.

L'homme referma la porte derrière lui. Soulevant de nouveau Noreen dans ses bras, Ramon l'emporta dans la chambre d'ami et l'allongea sur le lit. Quand elle fut confortablement installée, il disparut quelques instants et revint avec un pichet de jus de fruits, un verre et des médicaments. A travers ses larmes, elle distingua la minuscule silhouette du chat qui trottinait derrière lui. Il sauta sur le lit d'un bond leste et elle le caressa tendrement.

— Il vous tiendra compagnie jusqu'à mon retour, dit Ramon. J'ai encore des patients à voir, mais je rentrerai dès que possible. Le téléphone est là, et si vous avez besoin de quoi que ce soit, appelez la réception de l'immeuble. Je vais prendre mes dispositions pour que Mlle Plimm revienne s'occuper de vous.

— Je ne peux pas rester ici...

— Il n'est pas question de vous laisser seule. Je pensais que vous iriez chez les Kensington comme ils vous l'ont proposé.

— Et je n'ai pas voulu, de sorte que vous m'avez maintenant sur les bras et cela vous pèse, dit-elle, étouffant un sanglot. Ne pouviez-vous... me laisser... rentrer chez moi ?

Les patients, son travail, il oublia tout. S'asseyant sur le lit, il l'attira doucement dans ses bras et la berça contre lui pendant qu'elle pleurait à chaudes larmes.

# 7.

— Je ne voulais pas dire que vous étiez un fardeau, murmura-t-il contre sa tempe en repoussant une mèche blonde de son visage.

— Je ne veux pas rester ici, dit-elle dans un sanglot.

— Je sais.

— S'il vous plaît... Brad pourra... veiller sur moi.

— Il travaille, répondit-il d'une voix tendue. Vous ne pouvez pas rester seule. Et il n'est pas convenable qu'il s'occupe de vous.

— Est-il plus convenable que ce soit *vous* ?

— Les convenances seront sauves quand l'infirmière sera là, dit-il froidement.

Il l'adossa à ses oreillers et, prenant un mouchoir en papier, il essuya ses yeux rougis par les larmes. Elle semblait déprimée, épuisée. Elle était bien trop mince, et son teint blême ne lui plaisait pas.

— J'apporterai le dîner en rentrant et vous mangerez tout, dit-il. Vous ne pouvez pas continuer ainsi.

— Je n'ai pas faim.

— Vous mangerez, dussé-je vous nourrir personnellement.

Elle posa sur lui un regard torturé.

Impulsivement, il tendit la main et effleura sa joue

mouillée de larmes. Elle semblait si vulnérable qu'il avait envie de la protéger.

— Je prendrai soin de vous, dit-il avec douceur. Essayez de dormir. Je rentrerai dès que possible.

Il s'inclina vers elle et, à la profonde stupéfaction de Noreen, il posa un tendre baiser sur sa bouche.

— Avez-vous besoin de quelque chose avant que je parte ? demanda-t-il en se redressant.

Elle secoua la tête sans un mot.

— Restez au lit. Je vous aiderai à marcher à mon retour.

Elle acquiesça en évitant soigneusement son regard.

— Ne voulez-vous pas savoir pourquoi je vous ai embrassée ?

Il la vit rougir. Il sentait son malaise de manière presque palpable. Il était trop tôt, songea-t-il, surpris par sa propre audace. Il ne voulait pas la bouleverser. Dieu sait qu'elle avait suffisamment souffert.

Il se pencha pour caresser le petit chat.

— Je l'ai surnommé Moustique car il passe son temps à ronronner, dit-il.

Comme elle se taisait toujours, il posa la main sur la sienne et la pressa doucement.

— Je suis désolé, je ne voulais pas vous mettre mal à l'aise. A plus tard.

Il sortit, laissant la porte de la chambre ouverte.

Ensuite, Noreen l'entendit téléphoner, mais elle se sentait lasse et elle avait sommeil. Avant même qu'il quitte l'appartement, elle s'était endormie.

Mlle Plimm reprit du service l'après-midi même et Noreen prit conscience que si Polly Plimm était une femme bonne et généreuse, elle possédait également l'autorité d'un adjudant-chef. Elle investit l'appartement sur-le-champ. Quand Ramon revint avec des plats tout préparés, elle sortit les assiettes, fit du café, et remplit un pichet de jus de fruits. Puis, penchée sur Noreen, une fourchette à la main, elle attendit qu'elle se décide à ouvrir la bouche.

Noreen finit par céder.

— Ce poulet grillé n'est-il pas délicieux? dit Mlle Plimm avec satisfaction. A présent, mangez pendant que je vais préparer vos médicaments.

Dès qu'elle fut sortie, Noreen reposa sa fourchette, regardant sans enthousiasme les asperges braisées, la salade de fruits frais et le petit pain croustillant. Elle n'avait pas faim. Comment allait-elle pouvoir manger tout cela? Elle avait l'impression d'être une intruse dans l'appartement de Ramon. Et, pour lui, l'avoir sous son toit ne pouvait que lui faire revivre le cauchemar de la mort d'Isadora. Oh, pourquoi refusait-il de la laisser rentrer chez elle?

— Vous ne mangez pas? demanda-t-il depuis la porte.

Il avait enlevé sa veste et sa cravate et retroussé ses manches de chemise, mais même ainsi, il restait bien trop séduisant.

— J'essaie, répondit-elle, sur la défensive, les yeux fixés sur son assiette.

Il s'assit sur le lit et, lui prenant la fourchette des mains, il piqua un morceau de fruit et l'approcha de sa bouche.

— Non...

Il le glissa entre ses lèvres avec une douceur délibérée, troublante. Mais elle devait sûrement fantasmer, se dit-elle en levant les yeux.

Les paupières mi-closes, il la contemplait. Il était si beau, songea-t-elle avec désespoir. Elle n'avait jamais vu un homme aussi sensuel, aussi désirable, et elle n'avait jamais été aussi laide de toute sa vie.

— Mangez...

Elle croqua machinalement le morceau de pomme et le vit regarder la cicatrice qui dépassait de l'échancrure de sa chemise de nuit en coton blanc. Elle sentait que son cœur battait vite, mais régulièrement.

— La douleur s'estompe ? demanda-t-il. Vous pouvez prendre des antalgiques si vous en avez besoin.

— C'est juste un peu sensible.

— Là ?

De l'index, il suivit la cicatrice qui disparaissait dans le décolleté. Etouffant un cri, elle lui saisit le poignet.

Il sourit, comme si la rougeur qui colorait ses joues le ravissait. Avec la fourchette, il piqua un grain de raisin.

— Vous ne pouvez pas...

— Si, je peux.

Il la nourrit, avec lenteur et sensualité, les yeux fixés sur ses lèvres. Et le cœur de Noreen s'affolait, maintenant. Il ne pouvait pas ignorer son trouble, et elle se maudissait d'être aussi vulnérable.

Ramon se réjouissait. Au moins, il ne lui était pas indifférent. Peut-être pourrait-il réparer le mal qu'il lui avait fait. Il n'était pas encore certain de ses propres motivations, mais la réaction de Noreen lui plaisait, flattait son orgueil d'homme. Il y avait longtemps qu'il ne s'était pas senti aussi viril, aussi vivant.

L'arrivée de Mlle Plimm interrompit le cours de ses pensées.

— Il est l'heure de prendre vos médicaments, dit-elle avec un grand sourire en tendant un verre à Ramon. C'est agréable d'avoir son médecin personnel sous la main, n'est-ce pas ? dit-elle avant de tourner les talons.

Ramon donna ses comprimés à Noreen tout en la soutenant pour lui permettre d'avaler. Involontairement, son regard glissa dans l'échancrure de sa chemise de nuit. Elle s'en aperçut et s'écarta en rougissant.

— Je suis médecin, ne l'oubliez pas, dit-il.

Elle ne répondit pas.

Avec un soupir, il se leva et la regarda pensivement, les mains dans les poches.

— Finissez de dîner. Je reviendrai vous voir plus tard. Du travail m'attend dans mon bureau.

Trop bouleversée pour le regarder, Noreen hocha la tête. Elle se haïssait de réagir ainsi, et, surtout, de le lui laisser voir.

De son côté, Ramon était perplexe car si Noreen avait paru attirée par lui avant son opération, elle faisait tout pour le tenir à distance maintenant.

Il songea aux années écoulées et des images oubliées lui revinrent à la mémoire. Noreen toute jeune et rougissante quand il la regardait, Noreen se détournant vivement quand ses yeux se posaient sur elle. Noreen vêtue de vêtements informes, Noreen le fuyant sans cesse.

Il fronça les sourcils. Il en avait été ainsi depuis sa rencontre avec Isadora. Isadora était belle, éclipsant totalement sa silencieuse cousine. Certains incidents qu'il avait dédaignés à l'époque lui semblaient maintenant curieusement révélateurs. Noreen n'avait jamais rendu visite à Isadora après son mariage. Et lui, elle l'avait évité à l'hôpital, s'arrangeant même pour que leurs heures de garde ne coïncident pas.

Ce souvenir lui procura un sentiment de malaise. Il ne s'était jamais permis de regarder vraiment Noreen, et il n'avait jamais cherché à analyser les raisons de l'hostilité qu'il lui témoignait.

Chassant ces pensées, il commença à travailler.

Il ne retourna la voir que pour l'examiner rapidement,

puis il demanda à Mlle Plimm de lui donner ses médicaments et, sur un bonsoir distant, il alla se coucher.

Quand Brad se présenta ce samedi-là avec un bouquet de fleurs pour Noreen, Ramon sentit la moutarde lui monter au nez. Avec effort, il fit néanmoins bonne figure et l'accompagna à la chambre de Noreen.

Il s'en voulut de ne pas avoir pensé aux fleurs, car, à l'évidence, le geste de Brad la toucha. Son irritation fut portée à son comble quand il vit Brad se pencher pour embrasser la joue pâle de Noreen.

Regagnant son bureau, il ferma un peu brutalement la porte derrière lui. La vie amoureuse de Noreen ne le concernait pas, songea-t-il, irrité. Elle n'éprouvait aucune affection pour lui. Elle semblait le désirer, mais ce n'était qu'une réaction physique, et, de toute façon, elle luttait de toutes ses forces contre cette attirance.

Il avait tout fait pour qu'elle le déteste, à vrai dire. Il l'avait abreuvée de sarcasmes pendant son mariage et s'était montré odieux avec elle après la mort prématurée de sa femme.

Il contempla le portrait d'Isadora accroché au mur. Elle l'avait fait faire par un peintre célèbre juste après leur mariage. Les yeux d'un bleu de porcelaine étaient aussi vides d'émotion que le mur lui-même. L'artiste avait su capturer l'essence d'Isadora, belle et superficielle. Ironiquement, elle avait adoré ce tableau.

Il se servit un verre et s'installa dans un fauteuil. Bondissant sur ses genoux, le chaton se roula en boule en ronronnant et il le caressa doucement.

A cet instant, on frappa à la porte et, à son invitation, Mlle Plimm pénétra dans la pièce. Elle jeta un coup d'œil en direction de la chambre d'où fusaient des rires.

— Dois-je demander à la cuisinière de retarder le dîner d'une demi-heure, monsieur?

— Ça me semble raisonnable, répondit-il en soupirant. Ils ont l'air d'avoir beaucoup de choses à se dire.

— Vous semblez fatigué, monsieur. Voulez-vous que je vous apporte quelque chose?

— Tout va bien, merci.

De nouveau, elle désigna la chambre de Noreen.

— Deux douzaines de roses, alors qu'elle sort juste de l'hôpital! Comme si c'était bon pour ses poumons! ajouta-t-elle avant de sortir.

C'était étrange, songea Ramon. L'amant d'Isadora ne l'avait jamais agacé comme l'ami de Noreen. S'adossant à son fauteuil, il ferma les yeux.

Une demi-heure plus tard, Mlle Plimm le secoua doucement.

— C'est l'heure de dîner, monsieur. M. Donaldson vient de partir.

— Oh...

— Je vais mettre ces fleurs dans la salle à manger, dit-elle en brandissant le bouquet de roses.

— Elle n'y voit pas d'inconvénient?

— Je ne lui ai pas demandé, monsieur...

Gagnant la chambre, Ramon constata que Noreen n'était pas dans son lit. A cet instant, la porte de sa salle de bains s'ouvrit et elle apparut, un peu essoufflée.

— Ne pouvez-vous appeler pour demander qu'on vous aide? grommela-t-il et, sans attendre sa réponse, il la souleva dans ses bras pour la porter jusqu'au lit.

Il perçut sa nervosité et fronça les sourcils.

— Vous avez peur. Pourquoi?

— Reposez-moi par terre...

Il ignora sa requête. Il réfléchissait, l'air pensif.

— Des vêtements informes, aucune coquetterie, toujours à me fuir... pourquoi, Noreen ?

— Vous n'avez pas le droit...

— Mais vous allez quand même me le dire.

— Non.

Il s'assit sur le lit et la prenant sur ses genoux, il la cala contre son épaule, une main sous son sein.

Elle lui saisit alors le poignet, les yeux suppliants. Mais, lentement, sans la quitter des yeux, il tendit les doigts et la sentit haleter quand il frôla la pointe dure de son sein. Elle gémit.

— *Querida*..., murmura-t-il.

Oubliant tout, il fit glisser la chemise de nuit de son épaule et posa tendrement ses lèvres sur la chair tiède et douce qui s'offrait à sa vue.

— Ramon, chuchota-t-elle dans un sanglot. Oh... Seigneur... non !

Mais si elle suppliait, son corps déloyal se cambrait, et elle frémissait de plaisir sous la caresse.

Promenant doucement ses mains sur elle, Ramon l'allongea sur le lit et il prit possession de ses lèvres. Il avait conscience de son souffle tiède et haletant, des battements affolés de son cœur, de son propre corps raidi de désir.

Un cliquetis d'assiettes lui fit relever la tête. Son regard se posa alors sur les jolis seins dénudés, glissa sur la cicatrice rose qui traversait le sternum puis revint plonger dans les yeux gris démesurément agrandis.

Elle voulut se rajuster, mais il l'en empêcha et contempla ses seins, fasciné par leur rondeur parfaite, leur peau crémeuse.

— Le dîner est servi, docteur ! dit Mlle Plimm depuis la salle à manger.

Il avait du mal à recouvrer son sang-froid.

Une nouvelle fois, il dévora Noreen des yeux, comme s'il ne pouvait se lasser du spectacle de sa nudité puis, étouffant un grognement, il la recouvrit et se leva. Il lui tourna le dos et, les yeux fixés sur la fenêtre, s'efforça de maîtriser les démons qui possédaient son corps. Il y avait si longtemps...

Des pas se rapprochèrent.

— Docteur? appela Mlle Plimm.

— J'arrive tout de suite.

— Mlle Kensington a-t-elle besoin de quelque chose?

— Non merci, répondit Noreen, les tempes palpitantes, le sang bouillonnant dans ses veines, honteuse de sa vulnérabilité.

Quand il revint vers le lit, le désir qu'elle vit dans ses yeux la fit frissonner.

Remontant machinalement le drap sur elle, elle ne put retenir une grimace de douleur. Sans un mot, Ramon ouvrit le flacon d'antalgique et prit deux gélules qu'il lui tendit avec un verre d'eau. Elle avala le tout en silence puis croisa son regard troublé.

L'air sombre, il se pencha et lui effleura le front d'un baiser.

Elle voulut parler, mais il posa la main sur ses lèvres.

— Dans la vie, il y a des moments si beaux que les traduire en paroles est une profanation. Dormez maintenant.

Elle ferma les yeux, déconcertée par les besoins nouveaux, inconnus, de son corps et qu'elle ne savait pas comment apaiser. Mais la souffrance et la fatigue eurent raison de son agitation. Elle sombra dans un profond sommeil.

***

Ensuite, elle fit comme si rien ne s'était passé, mais, à présent, Ramon comprenait l'étrange comportement qu'elle avait toujours eu à son égard. Les vêtements informes, l'absence de coquetterie, tout cela était destiné à l'éloigner d'elle, pour qu'il ignore combien il la troublait. Dès qu'il la touchait, le corps de Noreen lui appartenait. Il le savait maintenant. Et elle aussi. A partir de ce jour, il la considéra avec une sorte de tendre arrogance, comme s'il l'avait déjà possédée et qu'il connaissait chaque parcelle de son corps.

Noreen, quant à elle, se sentait de plus en plus mal à l'aise au fil des jours car elle redoutait ses avances. Pour ne rien arranger, sa cicatrice la faisait beaucoup souffrir et elle ne pouvait pas dormir sans analgésique. La présence de Mlle Plimm était un réconfort, non seulement parce qu'elle savait apaiser sa souffrance, mais aussi parce que sa présence la rassurait, la protégeait, en quelque sorte, de Ramon. En effet, malgré la tendresse qu'il lui témoignait ces derniers temps, elle n'avait aucune confiance en lui.

Il était évident qu'il regrettait de l'avoir mal jugée à la mort d'Isadora, mais son chagrin n'avait pas été feint. Si elle avait été là, sa cousine ne serait pas morte, le fait était incontournable. Ramon avait voué à Isadora un amour obsessionnel et sa peine et sa colère ne pouvaient s'effacer comme par enchantement. Noreen savait que, lorsqu'elle serait guérie, il retrouverait son attitude dure et accusatrice et elle ne tenait pas à lui fournir des armes contre elle. Toute faiblesse était dangereuse. Si elle lui montrait ses sentiments, ne risquait-il pas d'exploiter sa vulnérabilité pour se venger d'elle?

Ces craintes l'amenèrent à se replier sur elle-même en présence de Ramon, affichant à son égard une courtoisie distante dont il parut s'accommoder.

*
**

De son côté, Ramon s'étourdissait de travail pour tenter de chasser le souvenir obsédant de Noreen dans ses bras. Relevant d'une grave opération, elle était fragile et vulnérable. En outre, elle était son invitée, et il n'avait pas le droit de profiter de la situation.

Il s'était évertué à ignorer ses sentiments pour elle pendant toutes ces années, et voilà que, maintenant, il devait se battre pour les refouler. Le choc de la soudaine maladie de Noreen avait été le déclic qui l'avait mis face à lui-même. Encore maintenant, il avait du mal à admettre ses sentiments, même au plus secret de son cœur.

Pourtant, il ne lui avait pas fallu deux mois de mariage pour comprendre qu'il avait commis une erreur en épousant Isadora, mais son orgueil l'avait contraint à s'accommoder le mieux possible de cette union bénie par l'Eglise, et il avait été fidèle à ses vœux. Personne n'avait jamais su ce qu'il éprouvait. Il l'avait bien caché, affichant pour sa femme un amour sans faille. Hélas, derrière les sourires, il y avait eu un mariage sans âme entre deux êtres que tout opposait. Il avait été aveuglé par la beauté d'Isadora, ne décelant pas sa vraie nature, et il s'était passé l'inverse avec Noreen.

Entre deux interventions, il alla se restaurer à la cafétéria et dégusta son café avec une lassitude qui ne lui ressemblait pas. La mort d'Isadora lui avait fait prendre conscience de la stérilité de leur mariage. Le sentiment de culpabilité qu'il éprouvait pour l'avoir laissée si souvent seule avait alors pris des proportions inquiétantes, et il lui avait été commode d'accuser Noreen d'avoir abandonné sa cousine. Elle avait payé très cher la mort d'Isadora. Aujourd'hui, il s'en voulait terriblement de s'être montré aussi cruel envers une femme malade qui aurait pu mourir cette nuit-là, elle aussi.

Manifestement, les Kensington se sentaient aussi coupables que lui. Il avait reçu la visite de Hal à son cabinet. Apparemment, Noreen ne tenait pas à voir son oncle et sa tante depuis sa sortie de l'hôpital, et elle avait refusé leur visite sans fournir la moindre explication. Ils désiraient renouer avec elle, tout comme lui. Mais, de toute évidence, elle ne voulait pas.

Il finit son café et, tout en s'étirant, se demanda quels sentiments Noreen portait à Brad. Lui-même n'appréciait guère cet homme, sans raison logique, il en avait conscience, mais c'était ainsi.

Il consulta sa montre et soupira. Il était temps de retourner au bloc. Tout compte fait, il n'était pas mécontent d'avoir quelque chose à faire pour s'occuper l'esprit.

En quittant l'hôpital, il eut la surprise de trouver les Kensington qui l'attendaient à son cabinet. Il les invita à entrer dans son luxueux bureau.

— Nous voulons savoir ce que nous pouvons faire pour elle, dit Hal sans préambule.

— Oui, ajouta sa femme. Il doit y avoir quelque chose, la facture hospitalière, le traitement, que sais-je...

— Elle refuse de nous répondre, coupa Hal. Nous ne lui en voulons pas, évidemment... Mais nous souhaiterions vraiment l'aider. Nous avons tant à nous faire pardonner...

— Moi aussi, dit Ramon d'un air sombre. Nous l'avons accusée de la mort d'Isadora alors qu'elle n'était pas auprès d'elle à cause de cette crise cardiaque. Nous n'avons même pas cherché à connaître ses sentiments. Elle aimait Isadora, elle aussi. Nous l'avons empêchée d'assister aux funérailles et de pleurer avec nous...

Mary se mordit la lèvre pour refouler ses larmes. Son amour excessif pour sa fille l'avait fait repousser cruellement sa nièce. Il ne lui avait pas été facile d'admettre comment tous, surtout Isadora, s'étaient toujours servis de Noreen sans se soucier de ses désirs. Ils l'avaient honteusement négligée.

— Nous ignorions qu'elle avait une maladie cardiaque, murmura-t-elle. Nous n'avons même pas pris la peine de lui faire faire un check-up avant son entrée à l'école d'infirmières.

— Nous ne nous sommes jamais préoccupés d'elle, renchérit Hal avec amertume. Quand elle m'a offert ce portefeuille en lézard qui avait dû lui coûter une semaine de salaire, je n'ai pas pu m'empêcher de faire une plaisanterie douteuse.

Il se prit la tête dans les mains et soupira.

— J'en suis malade. Malade... Savez-vous qu'elle nous a accusés de venir la voir uniquement pour faire cesser les ragots ? Voilà ce qu'elle pense de nous ! Pourtant, nous avons été très choqués par ce qui lui était arrivé. Nous voulons la voir. Ne pouvez-vous nous aider, Ramon ? Plaider notre cause auprès d'elle ? Au moins, nous pourrions l'aider financièrement si elle en a besoin.

— Je trouverai un moyen, répondit Ramon. Pour nous tous.

# 8.

Mais il n'était pas si facile de trouver un moyen d'approcher Noreen. Depuis que Ramon l'avait embrassée, elle se méfiait de lui, et même Mlle Plimm le remarqua. Elle s'en ouvrit à lui un soir.

— A son âge, elle devrait se remettre plus rapidement, lui dit-elle sans ambages. On la sent très énervée, et son agitation s'accentue quand vous êtes à proximité.

Il s'installa dans son fauteuil de cuir et soupira, fatigué par sa longue journée en salle d'opération.

— Je l'ai constaté aussi, dit-il en lui faisant signe de s'asseoir. Je suppose que vous savez qu'un grave malentendu nous a opposés pendant des années ?

— Elle m'en a parlé.

— C'était ma faute. J'ai cru qu'elle avait abandonné ma femme dans une situation critique et l'avait laissée mourir. Je sais maintenant que Noreen n'y était pour rien. J'ai commis une grave erreur, je le reconnais. Comme son oncle et sa tante... Mais Noreen est devenue si distante que nous n'arrivons plus à l'approcher. Je la comprends, bien sûr, mais nous voudrions faire la paix avec elle, et elle ne nous le permet pas.

— Elle souffre encore beaucoup, répondit Polly Plimm. Et vous le savez aussi, monsieur, une période de confusion suit souvent une importante opération chirurgicale.

— Je sais. Mais je n'en avais jamais fait personnellement l'expérience.

— Elle a besoin de temps pour s'adapter. Soyez patient.

— La patience n'est pas mon fort, je le crains, sauf en chirurgie, répondit-il en souriant. Mais j'essaierai.

Elle se leva.

— Au fait, monsieur, j'ai demandé à M. Donaldson de ne plus apporter de fleurs. Ce n'est pas sain après une opération. Il devrait être au courant...

Les yeux de Ramon se plissèrent.

— Il est revenu la voir ?

— Il vient tous les après-midi, dit-elle d'un air gêné. Je croyais que vous le saviez.

Mlle Plimm sortie, Ramon resta à ruminer de sombres pensées. Non, il n'était pas au courant des visites de Brad, et la nouvelle le mettait en rage. C'était lui qui s'occupait de Noreen maintenant, pas Donaldson. Il allait s'arranger pour être chez lui à sa prochaine visite et lui dire son fait.

Il ne lui vint pas à l'idée qu'il se montrait déraisonnable. Du moins pas avant le vendredi suivant quand, ouvrant la porte à Brad, il lui déclara sans préambule que Noreen ne devait pas recevoir autant de visites.

— Pourquoi ? demanda Brad.

Ramon ne trouva rien à répondre. De fait, il n'avait pas de raison de s'opposer à ses visites.

— Je fais attention à ne pas la fatiguer, reprit Brad. Je sais combien elle est fragile.

Oui, elle était fragile, songea Ramon. Elle l'avait toujours été, mais son esprit d'indépendance lui avait masqué sa vulnérabilité.

— Elle ne se remet pas aussi vite que je l'espérais, dit-il. Elle ne dort pas la nuit, et elle est très agitée.

— Peut-être est-ce dû à son environnement, dit Brad. Je sais que vous ne pouvez pas changer vos sentiments, monsieur, mais même voilée, votre hostilité ne l'aide pas. Cela explique sa tension.

Le coup fut rude, mais Ramon eut la bonne grâce de l'encaisser sans se mettre en colère. Il avait montré tant d'animosité envers Noreen et pendant si longtemps, que le ressentiment qu'elle éprouvait n'était un secret pour personne. En l'installant chez lui, il avait espéré se rapprocher d'elle, mais c'était trop présomptueux de sa part. Même si elle s'était abandonnée entre ses bras, ses tentatives d'approche représentaient une menace pour elle, un moyen sournois de profiter de sa vulnérabilité pour l'atteindre. Comment aurait-elle pu savoir qu'il ne lui voulait aucun mal? Donaldson avait raison, il était le principal obstacle à sa guérison. Il avait fallu un étranger pour lui ouvrir les yeux...

— Allez lui parler, dit-il à Brad. Voyez si elle préfère rentrer chez elle. Mlle Plimm pourra rester avec elle et elle aura toute l'aide dont elle aura besoin.

— C'est très bien de votre part, monsieur

— Je vous surprends, Donaldson ?

Brad toussota nerveusement.

— Tout le monde sait combien vous détestez Noreen.

Hochant la tête, Ramon retourna dans son bureau et referma la porte derrière lui. Mais il était bien trop préoccupé pour se concentrer sur son travail.

En pénétrant dans la chambre, Brad adressa un grand sourire à Noreen.

— Alors, toujours déprimée ? dit-il en s'asseyant sur le

lit. J'ai une bonne nouvelle pour toi. Le Dr Cortero vient de me dire que tu pouvais retourner chez toi. Mlle Plimm viendra avec toi, et tu auras toute l'aide nécessaire.

Elle poussa un soupir. Quel soulagement... Vivre auprès de Ramon était une torture.

— Quand? demanda-t-elle.

— Dès que tu voudras. Il m'a chargé de te le dire. Tu ne te sens pas bien ici, n'est-ce pas?

Elle secoua la tête.

— Il est très gentil, mais j'aimerais me retrouver chez moi, dans un cadre familier. Je suis sûre que je le dérange, même s'il ne le montre pas. Il ne peut même pas recevoir... des gens...

— Des gens?

Elle haussa les épaules.

— Des femmes, quoi!

— Ce serait nouveau. On ne lui connaît pas la moindre aventure. Il ne sort avec personne. Je suppose qu'il pleure toujours sa femme.

— Oui, dit-elle, le cœur serré. Il était obsédé par elle.

— Il devait l'aimer beaucoup.

— Plus que sa vie. C'est pourquoi il me déteste tant. Il ne me juge pas aussi mal depuis mon opération, mais il n'en demeure pas moins qu'il m'a chargée de prendre soin d'elle et que je l'ai laissée mourir, dit-elle, le regard perdu. J'aimais Isadora, moi aussi. Elle pouvait être gentille quand elle voulait. Tout le monde la gâtait parce qu'elle était très jolie. Même moi...

— La beauté est superficielle, dit Brad d'un ton froid. Elle ne reflète pas le caractère. Si j'étais libre, c'est toi que je choisirais sans hésiter.

— Merci, dit-elle en souriant avec douceur.

Il lui tapota la main.

— Tu ne sors jamais non plus, murmura-t-il. Ton cœur

se consume-t-il pour quelqu'un que tu ne peux pas avoir, toi aussi ?

Elle ne répondit pas. Elle ne devait pas faiblir. Si Ramon acceptait de la laisser partir, c'était qu'il commençait à se lasser de sa présence. Elle devait lui rappeler constamment Isadora. Elle refusait de s'appesantir sur ses baisers. Il était seul depuis si longtemps que n'importe quelle femme aurait éveillé la même réaction chez lui.

Elle s'adossa à ses oreillers. Elle devait emmener Mlle Plimm avec elle et, d'une manière ou d'une autre, elle se débrouillerait pour lui payer son salaire.

— Demande-lui quand je peux partir, dit-elle.

Le visage de Ramon demeura impassible quand Brad lui posa la question.

— Je vais prendre mes dispositions et je la tiendrai au courant, dit-il en le raccompagnant à la porte. Le plus tôt sera le mieux.

— Merci. Je crois sincèrement qu'elle se remettra plus vite dans un environnement familier. Si agréable que soit la demeure des autres, on n'y est jamais chez soi.

— Je m'en rends compte.

Il referma la porte derrière Brad et hésita avant de se rendre dans la chambre de Noreen. Très droite, elle était adossée à ses oreillers, les mains sur ses genoux. Mlle Plimm était partie déjeuner et en avait profité pour faire des courses.

— Vous pourrez partir demain matin, si vous voulez, dit-il sans préambule. Je parlerai à Mlle Plimm à son retour. Une chose cependant, vous ne pourrez pas prendre Moustique avec vous.

— Je sais, dit-elle tristement, consciente qu'elle ne

pourrait pas dissimuler longtemps l'existence du petit chat à son propriétaire.

— Je prendrai bien soin de lui.

Elle hocha la tête en silence.

— Mais pourquoi ne restez-vous pas ? reprit-il avec irritation. Vous avez tout sous la main ici, et Donaldson vous rend visite. Pourquoi tenez-vous tant à regagner cet appartement vide ?

Elle leva vers lui son visage las.

— Parce que c'est chez moi. C'est tout ce que j'ai.

La réflexion le toucha profondément.

— Que voulez-vous dire ?

— Que je vis seule. Et cela me convient. Je me sens mal à l'aise avec les gens.

— Avec moi, vous voulez dire.

— Oui.

Il s'approcha du lit et la dévisagea.

— Je vous mets mal à l'aise.

Elle détourna les yeux, le cœur battant à tout rompre.

— Répondez, dit-il plus durement qu'il ne l'aurait voulu.

Il avait envie de la secouer de toutes ses forces. Elle avait toujours éveillé en lui des émotions violentes, mais, maintenant, il se sentait plus vulnérable.

— Ce n'est pas que je n'apprécie pas ce que vous avez fait pour moi, dit-elle au bout d'un moment. Je vous en suis très reconnaissante, au contraire. Vous n'étiez vraiment pas obligé de sacrifier votre vie privée à cause de moi.

— Ma vie privée, comme vous dites, est un désert. Je ne reçois pas. Je croyais que vous le saviez.

— Mais autrefois...

— Du vivant d'Isadora, oui. Elle aimait les mondanités. Elle ne pouvait vivre sans être entourée de gens. Je passais de plus en plus de temps à mon cabinet, car ici, je n'avais jamais le calme nécessaire pour étudier mes revues médicales ou faire mes papiers. Elle n'a jamais aimé mon travail. Elle voulait que je fasse autre chose, le saviez-vous ?

Elle secoua la tête.

— Vous auriez eu tort d'abandonner la chirurgie. Vous êtes le meilleur dans votre branche. Ignorait-elle combien de vies vous aviez sauvées ?

— Elle s'en moquait. Le seul et unique intérêt d'Isadora était Isadora. C'est souvent le cas chez les enfants gâtés. Ils n'ont pas de compassion pour les autres et ne pensent qu'à leurs propres désirs. Puis ils se marient et ne sont pas préparés à l'abnégation qu'implique la vie de famille. Ils finissent pas craquer. Comme Isadora.

— Elle semblait pourtant heureuse. Et vous aussi.

— Nous jouions la comédie, pour ne pas admettre l'échec de notre mariage. Nous incarnions le couple idéal, n'est-ce pas ? Mais derrière, il y avait la jalousie et l'insatisfaction d'Isadora, et sa dépendance croissante à l'alcool et à la fête pour s'étourdir pendant ses jours et ses nuits solitaires.

Il n'avait jamais parlé ainsi, et Noreen le dévisageait avec surprise.

— Aimer ne lui suffisait pas, poursuivit-il. Elle voulait posséder. Mais il n'y avait que froideur en elle. Elle n'avait rien à offrir sinon sa beauté et son affection vide de sens.

Il poussa un soupir.

— Au lit, il n'y avait pas femme plus froide qu'elle. Elle voulait en finir au plus vite et elle était obsédée par la contraception.

— Mais elle m'a dit que vous ne vouliez pas d'enfants.

— Oh si, j'en voulais.

Instinctivement, Noreen sut qu'il était sincère. De nature passionnée, il ne pouvait pas ne pas adorer les enfants. Seulement, il ne lui en avait jamais parlé avant ce soir.

— J'avais faim de passion. J'en ai été privé si longtemps. C'est pourquoi j'ai perdu tout contrôle avec vous. Une bouche offerte, des bras autour de moi, c'était presque trop... Je n'avais jamais connu cela, voyez-vous. Isadora voulait ma renommée, ma fortune, mon nom. Mais elle ne m'a jamais voulu, moi.

— Elle vous adorait, protesta-t-elle.

— Elle adorait mon argent, dit-il avec un rire cynique. Savez-vous qu'elle avait eu un amant avant moi ? Elle n'a jamais rompu avec lui, et à sa mort, leur liaison durait toujours. Elle voulait m'accompagner à Paris parce qu'il devait s'y rendre. Elle m'a prévenu que si je l'obligeais à rester, elle se vengerait. Et elle l'a fait, ajouta-t-il avec amertume. De la manière la plus ignoble qui soit. Elle est morte, me laissant avec ma culpabilité.

— Vous m'avez pourtant accusée, moi.

— Je me sentais responsable, et c'est toujours le cas. Mais pendant longtemps, rejeter la faute sur vous était le seul moyen de vivre avec mes remords.

Il scruta son visage avec gravité.

— Comme si vous, vous pouviez laisser mourir quelqu'un... Je me maudis pour toutes les horreurs que je vous ai dites. Vous n'avez rien fait, sinon me montrer ce qu'était Isadora, ou plutôt ce qu'elle n'était pas.

— Je ne comprends pas.

— Comment le pourriez-vous ? Vous ne me connaissez pas. Nous ne pouvions pas être proches l'un de l'autre, cela aurait été trop dangereux... Vous ne saisissez toujours pas ? demanda-t-il avec amusement devant son air perplexe.

— Non.

S'asseyant sur le lit, il lui caressa les lèvres d'un doigt sans la quitter des yeux.

— Comprenez-vous maintenant ? murmura-t-il. Là... Sentez.

Il prit sa main et la posa contre sa poitrine où son cœur battait à tout rompre, comme le sien. Ses yeux noirs brûlaient d'une fièvre qu'elle connaissait bien. Mais en scrutant le visage tant aimé, elle ne vit que du désir. Il avait envie d'elle, oui. Mais il ne s'agissait pas d'amour, seulement d'une attirance purement sensuelle.

— Je vois, dit-elle en poussant un soupir.

— Non, je ne pense pas. Vous avez peur de voir. Je sais que vous êtes attirée par moi, Noreen, et que vous ne le voulez pas. Je me suis donné tant de mal pour que vous me haïssiez...

Etrangement, elle n'avait pas envie de rire. Il n'avait pas la moindre idée de ce qu'elle éprouvait. Il croyait qu'elle le désirait seulement. Elle détourna les yeux pour qu'il ne puisse lire en elle.

— N'ayez pas peur, dit il, se méprenant sur sa réaction. Je ne vous ferai pas d'avances. Tout le monde semble croire que c'est à cause de moi que vous mettez du temps à guérir. Alors, si vous voulez rentrer chez vous, je ne vous retiens pas. Vous aurez tout pour votre confort. Tout sauf Moustique, ajouta-t-il avec un pâle sourire à l'adresse du chaton qui se léchait avec application.

Elle remarqua la tendresse avec laquelle il regardait le petit chat et son cœur se serra à la pensée des enfants qu'il n'avait pas eus avec Isadora.

— Vous me plaignez, *querida* ? demanda-t-il avec douceur.

— *Quizás un poco,* murmura-t-elle. Peut-être un peu.

— Vous avez un très bon accent... Comprenez-vous l'espagnol aussi bien que vous le parlez ?

— Ça dépend. C'est l'accent cubain que je saisis le mieux car mon professeur d'espagnol était de La Havane.

— Vous me comprenez donc quand je parle espagnol... Si vous restiez ici jusqu'à votre guérison, je pourrais vous lire Baroja le soir.

— Je me souviens qu'Isadora vous a offert *Paradox, Rey*.

— Que vous aviez choisi pour elle, précisa-t-il à sa profonde surprise. Elle ne parlait pas un mot d'espagnol. Elle trouvait que c'était une langue mortellement ennuyeuse et n'avait que du mépris pour les auteurs hispaniques comme Baroja.

— Il fait partie de mes romanciers préférés, dit-elle. C'était un renégat, mais il avait connu la souffrance et la misère et comprenait bien les hommes.

— Oui. Il avait été médecin avant d'être romancier, dit-il en souriant. Aimez-vous Zorilla ?

— *Don Juan Tenorio,* cita-t-elle en souriant.

— C'est amusant que vous vous rappeliez précisément ce livre, murmura-t-il. Contrairement au don Juan qui est damné dans la version de Tirso de Molina, le don Juan de Zorilla est sauvé de l'enfer par l'amour d'une femme de bien.

— Oui, c'est une merveilleuse histoire, commenta-t-elle.

Elle s'adossa à ses oreillers en soupirant. Machinalement, sa main se posa sur sa cicatrice.

— Votre cicatrice sera très discrète, dit-il, remarquant son geste. Je suis fier de mon travail.

Elle sourit.

— Vous avez été très gentil avec moi.

— Et vous pensez que ma gentillesse vient d'une conscience coupable ?

— Ça m'a traversé l'esprit.

— Ce n'est plus de la culpabilité, dit-il en la dévisageant. J'aime prendre soin de vous, n'est-ce pas étrange ? Je n'ai jamais eu personne qui m'attende à la maison, qui ait besoin de moi. Je me suis... habitué à vous avoir ici.

Son sourire s'effaça.

— Vous allez détester votre appartement. Même avec Mlle Plimm pour vous tenir compagnie.

— Vous croyez la vôtre indispensable ? demanda-t-elle avec agacement.

— Peut-être. Vous ne vous rendez pas compte combien vous vous êtes intégrée à ma routine. Vous faites partie de la maison.

Le cœur de Noreen s'affola. Elle se sentait entravée, prisonnière. Et il n'avait même pas fait un pas vers elle.

— Restez, dit-il d'une voix sourde.

Enervée, elle n'arrivait pas à réfléchir normalement.

— Je vous gêne... et vous n'aimez pas que Brad vienne...

— Je le supporte. Et vous ne me gênez en rien.

Elle hésita. Elle ne voulait pas rester, mais elle ne tenait pas non plus à partir. Si elle demeurait près de lui, il ne tarderait pas à prendre conscience de ses sentiments pour lui. D'un autre côté, elle avait eu très peur au moment de son attaque, et elle était rassurée d'avoir auprès elle un médecin de sa trempe. Et puis, il y avait Moustique. Le chaton lui manquerait. Par ailleurs, elle était comme un coq en pâte ici, avec les petits plats de la cuisinière. Et sa chambre était agréable...

Elle le toisa, furieuse de se sentir tentée.

— Restez, répéta-t-il en souriant. Je vous ferai la lecture tous les soirs.

— Baroja ?

— Ce que vous voudrez.

Elle imagina sa belle voix grave lisant de la poésie espagnole à la lueur tamisée de la lampe de chevet.

— Rien de sensuel, la taquina-t-il en la voyant rougir. Je veux que votre cœur batte normalement, pas qu'il s'emballe. Pas encore, du moins.

Elle comprit qu'elle avait perdu la partie.

— Si vraiment je ne vous gêne pas...

A cet instant, le petit chat étouffa un bâillement et se nicha au creux de son cou, dérangeant son chignon d'où s'échappa une longue mèche blonde.

— Vous aimeriez peut-être qu'on vous lave les cheveux, dit-il. Mlle Plimm peut le faire demain, si vous voulez. Vous ne les laissez jamais dénoués ?

— Pas souvent. Ils me gênent dans mon travail. J'ai déjà pensé à les faire couper, mais j'aime les cheveux longs.

— Moi aussi.

Il la contempla un moment en imaginant cette superbe toison glissant entre ses doigts, caressant son torse nu...

Il se détourna avec brusquerie.

— Je vais prévenir Mlle Plimm que vous restez.

Elle avait beaucoup de choses à lui dire, mais rien ne vint. Elle ferma les yeux. Brusquement, vivre avec Ramon était devenu un mode d'existence. Elle n'avait pas vraiment eu envie de partir. Et quelles que soient ses raisons, il ne voulait pas qu'elle s'en aille. Seul le temps dirait si elle avait pris la bonne décision.

— Il y a autre chose, dit-il depuis le seuil. Votre oncle et votre tante aimeraient venir vous voir. Je connais vos sentiments à leur égard, mais, à leur façon, ils regrettent ce qui s'est passé et voudraient se racheter.

Elle le regarda, se rappelant toutes ces années sans amour, sans tendresse. Sans qu'elle en ait conscience, la douleur était là, dans ses grands yeux gris, comme une plaie ouverte.

Alors, il revint vers elle et, s'asseyant sur le lit, lui prit la main.

— Le pardon n'est jamais facile, Noreen. Mais sans lui, les guerres ne finiraient jamais. Nous devons cesser de vivre dans le passé et repartir de zéro. Pouvez-vous me pardonner ?

Elle sentit ses doigts se crisper autour de sa main.

— Bien sûr, dit-elle sans oser rencontrer son regard. Je ne vous ai jamais vraiment reproché vos sentiments.

— Vous n'avez jamais su ce que je ressentais, Noreen.

Elle scruta les yeux sombres, étrangement doux.

— Tout le monde le savait. Vous me détestiez.

— J'essayais seulement. Mais ça n'a jamais vraiment marché. Vous connaissez le dicton qui dit que le chagrin creuse en nous un trou profond pour contenir le bonheur futur ? J'espère qu'il en sera ainsi pour nous. Je serais content de vous voir heureuse. Votre oncle et votre tante aussi. Ne nous repoussez pas.

Hal et Mary n'auraient pu avoir meilleur avocat pour plaider leur cause. Elle ferma les yeux.

— Très bien. J'essaierai.

Il lui baisa tendrement la paume de la main et elle s'empourpra.

— J'ai du travail ce soir, mais demain, si vous voulez, je vous ferai la lecture.

Elle sentit son cœur bondir dans sa poitrine à cette pensée.

— J'en serai ravie.

Il se leva et la considéra avec une indulgence amusée.

— Moi aussi. A plus tard.

Elle le regarda quitter la chambre avec l'impression que sa vie venait de prendre un tournant décisif. Quelles étaient les véritables motivations de Ramon ? Elle savait qu'il était attiré par elle et qu'il la plaignait. Mais, dernièrement, il y avait autre chose dans ses yeux quand il la regardait. Et il s'occupait d'elle avec une tendresse nouvelle, exquise. Elle ne se rappelait pas l'avoir vu aussi soucieux du confort d'Isadora, pas même au début de leur mariage. Tout cela la rendait perplexe. Mais elle se sentait si bien dans le cocon qu'il avait tissé autour d'elle qu'elle n'avait pas envie de s'en échapper. Pas encore, du moins.

Juste avant de se coucher, ce soir-là, il s'arrêta à la porte de sa chambre et la contempla un long moment.

— Comptez-vous reprendre votre travail quand vous serez guérie ? demanda-t-il soudain.

— Bien sûr, répondit-elle, surprise par la question. J'aime ma profession, Ramon.

— Je sais. Mais si vous aviez d'autres activités pour vous occuper...

— Je ne comprends pas.

Il soupira.

— Non, bien sûr. N'y pensez plus. De toute façon, il est trop tôt. Dormez bien, ajouta-t-il en souriant.

— Vous aussi. Vous ne semblez jamais vous reposer, dit-elle impulsivement.

Emu par sa sollicitude, il lui sourit avec douceur.

— Ça n'avait pas vraiment d'importance. J'ai trouvé mon salut dans le travail pendant ces longues années de solitude.

— Vous avez eu une vie difficile en arrivant dans ce pays, n'est-ce pas ?

— Oui. Vous-même avez connu les privations, je crois ?

— Oui. Mes parents étaient très pauvres. Nous avions à peine de quoi vivre.

— Certains trouvent qu'ils n'ont jamais assez d'argent, dit-il avec amertume. Isadora avait dix fois plus que la plupart des femmes de sa condition, mais elle était toujours insatisfaite. Elle trouvait les indigents mortellement ennuyeux... Je me rappelle votre expression le jour où nous avons servi un repas à ces malheureux. Il y a tant de gens qui ont froid et faim, Noreen, et si peu de monde pour s'en soucier...

— Je sais, dit-elle en scrutant son visage las. Je sais aussi que vous soignez souvent des patients qui ne peuvent pas vous payer faute de moyens.

— Si j'ai un talent, il me vient de Dieu. C'est un don précieux que je dois partager avec les moins favorisés. Je remercie d'autant plus Dieu de me l'avoir accordé qu'il m'a permis de vous sauver la vie, ajouta-t-il sans la quitter des yeux.

— Mon heure n'était pas venue, apparemment.

— Vous ne pouvez pas savoir ce que j'ai ressenti en découvrant votre visage débarrassé du masque à oxygène, en salle de réveil. Toute ma cruauté à votre égard est revenue me hanter. Nous vous avons fait beaucoup de mal aux obsèques d'Isadora. Je n'oublierai jamais ce que je vous ai dit. J'espère qu'un jour, vous me pardonnerez. J'étais rongé par le remords. Elle m'avait dit qu'elle se vengerait si je la laissais. Et elle n'était pas si mal quand je l'ai quittée.

— Non. Mais elle est restée plusieurs heures sous la pluie glaciale en chemise de nuit. Délibérément... C'est pour cela que son état s'est aggravé. La bonne a dû partir, et je commençais à me sentir mal. J'aurais dû téléphoner à ce moment-là pour demander de l'aide.

— Doux Seigneur, commenta-t-il, atterré, pourquoi ne me l'avez-vous pas dit ?

— Vous ne m'auriez pas écouté. Elle devait ignorer la gravité du risque qu'elle courait. Quoi qu'il en soit, il y a eu une coupure d'électricité et je suis sortie à tâtons pour tenter de descendre l'escalier et aller chercher de l'aide. La dernière chose dont je me souvienne, c'est d'avoir perdu l'équilibre...

— Oh, mon Dieu, Noreen ! murmura-t-il.

Bouleversé, il se détourna et s'enfuit.

— Je suis désolée, dit-elle.

Mais il n'était plus là pour l'entendre.

# 9.

Le lendemain après-midi, Mlle Plimm aida Noreen à prendre une douche. Les bains lui étaient encore interdits, car elle avait eu plusieurs incisions, une à l'aine où le cathéter cardiaque avait été inséré, deux à la poitrine à l'emplacement des drains, et une au milieu de la cage thoracique, pour l'intervention chirurgicale proprement dite.

Elle devait se contenter de bassiner doucement les cicatrices avec un savon antiseptique et ne pouvait pas encore les immerger. Elle le regrettait d'autant plus qu'elle avait remarqué un gigantesque bain à remous équipé d'une belle robinetterie en cuivre dans la salle de bains principale. Ce serait pour plus tard. En attendant, elle pouvait se doucher maintenant qu'elle avait repris des forces, et Mlle Plimm en profita pour lui laver les cheveux.

Enfilant une jolie chemise brodée, elle avait regagné son lit quand Ramon rentra de l'hôpital plus tôt que d'habitude. Le sèche-cheveux à la main, Mlle Plimm était occupée à sécher son épaisse toison dorée.

— Laissez-moi faire, dit-il en lui prenant l'appareil. J'ai envie de manger italien, ce soir, et une bonne pizza ou des pâtes à la carbonara me raviraient. Pas vous, mesdames ?

— Bonne idée, répondit Mlle Plimm, et Noreen acquiesça. Je vais voir ce que la cuisinière peut nous concocter. Et je dois faire un saut dans les magasins avant de dîner, je n'ai plus de savon antiseptique.

Il prit son portefeuille et lui tendit un billet.

— Achetez aussi un bandeau ou un ruban pour lui attacher les cheveux.

Hochant la tête, Mlle Plimm sortit et referma la porte.

Noreen le dévisagea.

— Vous allez bien ? demanda-t-elle.

Toute la journée, elle s'était inquiétée pour lui. Il avait dû recevoir un choc terrible en apprenant les véritables circonstances de la mort d'Isadora.

— Oui, répondit-il. Je regrette seulement de n'avoir pas été mis au courant plus tôt. Et pas seulement de l'ultime vengeance d'Isadora. Je comprends mieux votre amertume.

— Comme vous l'avez dit si justement, nous ne pouvons vivre dans le passé. Isadora est morte. Rien ne la ramènera.

— Je sais. Nous n'étions pas assortis, mais un homme est souvent aveuglé par le désir. Et vous étiez si effacée.

— Volontairement. Je n'aimais pas la façon dont Isadora réagissait quand je me faisais remarquer, surtout des hommes. Non que cela me soit arrivé souvent, ajouta-t-elle avec un petit rire. Et vous me détestiez.

— Non, dit-il, les yeux brillants. Vous n'avez jamais su la vérité, mais Isadora la connaissait. Elle m'accusait d'être obsédé par vous.

— Pardon ? s'exclama-t-elle, stupéfaite.

Il rit.

— Vous ne comprenez pas ? Mes sarcasmes étaient

destinés à vous tenir à distance. J'éprouvais à votre égard des sentiments violents. Et c'est toujours le cas.

— Vous me détestez toujours ?

— Mon Dieu..., commenta-t-il en secouant la tête.

Il s'assit près d'elle et, allumant le sèche-cheveux, souleva les longues mèches blondes pour les sécher. Il était tout proche. Il avait enlevé sa veste et sa cravate et ouvert le col de sa chemise blanche immaculée. Il sentait bon l'eau de Cologne et le savon, et la proximité du beau visage tant aimé la troublait profondément. Il avait les cheveux et les yeux les plus noirs qu'elle ait jamais vus, les cils les plus épais...

Il sentit qu'elle l'observait et tourna la tête. Quand leur regard se croisa, elle eut l'impression de recevoir une décharge électrique. Un soupir lui échappa.

Le souffle court, il éteignit le sèche-cheveux. Lentement, il plongea les doigts dans la masse soyeuse de sa chevelure et, fermant les yeux, il y posa ses lèvres.

— Je rêvais de faire ça, murmura-t-il dans le silence. J'étais content que vous les portiez en chignon car la tentation de les toucher était irrésistible.

Il baisa les longues mèches blondes avec une sorte de vénération.

— Je m'imaginais les tenant dans mes mains, les portant à ma bouche...

Relevant la tête, il abandonna sa chevelure à regret et soutint son regard.

— Vous ignoriez que j'étais fou de désir pour vous, n'est-ce pas ?

— Oui... je... je n'en avais aucune idée !

— Je ne pouvais pas vous le dire, bien sûr. Mais c'est la raison pour laquelle je me suis montré aussi odieux avec vous après mon mariage... D'une façon ou d'une autre, Noreen, j'ai passé les six dernières années à faire de votre vie un calvaire.

Elle le fixait avec curiosité, presque avec fascination.

— Me garder ici est-il pour vous une sorte de pénitence ?

— Au début, peut-être, mais plus maintenant. J'ai vécu dans l'ombre si longtemps que j'avais oublié ce qu'on éprouve en levant son visage vers le soleil. Aujourd'hui, j'aime rentrer chez moi.

— Auprès d'une autre patiente, dit-elle avec un rire nerveux.

— Vous n'êtes pas une patiente. Vous êtes un trésor. Je vous garde sous clé et je déteste vous partager avec les autres.

Elle vit qu'il ne plaisantait pas. Son regard était sombre, possessif. Il la rendait nerveuse, car elle se méfiait encore de lui.

Il sentit sa défiance.

— Très bien, reprit-il. Je respecterai davantage les convenances, si c'est ce que vous voulez. Mais quand vous serez sur pied, prenez garde. Je ne renoncerai pas facilement à vous.

Elle fronça les sourcils, intriguée, mais, déjà, il s'écartait.

— Avez-vous envie de voir votre oncle et votre tante ?

Il y eut un petit silence.

— Oui, dit-elle avec une grimace.

— Vous les trouverez changés.

Puis il se tut, la contemplant.

— Quelle image... Je dois sans cesse me rappeler combien vous êtes encore fragile.

— Pourquoi ? demanda-t-elle sans réfléchir.

— Parce que j'aimerais vous coucher sur la couverture et parcourir votre corps de baisers pour vous faire gémir de plaisir.

— Ramon ! protesta-t-elle, rouge d'embarras.

— Je sais que vous n'êtes pas en état de subir un tel traitement. Je vous préviens simplement de ce qui vous attend.

— Une menace ?

— Oh, non. Une douce promesse. Et vous pouvez commencer à songer à la bague que vous aimeriez porter.

— Mais... je ne porte pas de bague, balbutia-t-elle.

Il prit sa main gauche et regarda les longs doigts aux ongles courts.

— Aimez-vous l'or blanc ? Avec des rubis, peut-être, pour rappeler le feu qui couve en vous.

— Pourquoi m'offreriez-vous une bague ?

— J'aime vous avoir dans ma vie. Vous n'avez personne, sauf Donaldson. Et je ne crois pas que vous l'aimiez.

— Je l'aime... beaucoup.

— Moi aussi. Mais ce n'est pas un homme pour vous. Vous n'êtes pas tremblante et rougissante quand il quitte votre chambre.

— Pourquoi en serait-il ainsi ?

— Un amant en puissance doit vous faire une certaine impression. Il doit vous faire trembler d'aspirations délicieuses et interdites. Il doit vous faire rougir de désir. Vous devez éprouver du plaisir rien qu'en le regardant. Vous ne montrez aucun de ces symptômes pendant les visites de Donaldson... mais vous les avez tous en ma présence.

Elle le foudroya du regard.

— J'ai froid, et je crois que j'ai la fièvre !

— Oui, la fièvre des sens, dit-il gravement. Et je ressens la même chose pour vous, avec du respect, de l'admiration, de la tendresse et du désir.

— Je ne coucherai pas avec vous, dit-elle d'un ton sec.

— Ça me paraît difficile, dans votre état.

— Je veux dire, jamais !

— C'est une longue période, et je suis très persévérant.

— Je partirai aujourd'hui même !

— Non, dit-il en souriant de sa fureur. Vous avez besoin de repos. Quand Mlle Plimm sera de retour, nous déjeunerons, puis votre oncle et votre tante viendront vous rendre une brève visite. Et ce soir, je vous lirai Baroja.

Elle avait envie de fuir, mais où aller ?

Il se pencha vers elle.

— Jamais plus je ne vous ferai du mal, Noreen... Et je ne vous mentirai jamais.

— Qu'attendez-vous de moi ? demanda-t-elle dans un souffle, bouleversée de le sentir si proche.

— Ne le savez-vous pas, Noreen ?

Il lui donna un baiser, une caresse tendre, dénuée de désir. Et quand il s'en alla, elle se demanda si elle n'avait pas rêvé.

Elle avait avalé un bol de soupe et Mlle Plimm venait de le rapporter dans la cuisine quand son oncle et sa tante arrivèrent. Ils se montrèrent agréables, mais elle les sentit nerveux.

— Nous voulions venir plus tôt, dit Hal, mais Ramon nous a conseillé d'attendre que tu ailles mieux. As-tu tout ce qu'il te faut, Noreen ?

— Oh, oui. Ramon prend bien soin de moi. Je suis sa patiente, s'empressa-t-elle d'ajouter pour qu'ils ne croient pas qu'elle essayait de prendre la place de leur fille.

Mary Kensington avait vieilli et elle avait perdu de son assurance.

— Isadora est morte, dit-elle calmement. Quand elle

nous a quittés, nous avons tant souffert que nous en avons fait une sainte, mais ce n'était qu'une femme. Nous savons quels rapports elle entretenait avec Ramon, alors ne crois pas que tu portes atteinte à sa mémoire en vivant chez lui.

Elle sourit tristement et ajouta :

— Je regrette seulement que nous n'ayons pas su que tu étais si malade. Nous avons conscience de la manière indigne dont nous t'avons traitée après la mort d'Isadora et j'espère que tu pourras nous pardonner.

— Nous aimerions faire quelque chose pour toi, intervint son oncle. Tout ce que nous pourrons. C'est dur d'admettre quels idiots nous avons été.

Ils semblaient très malheureux et Noreen avait le cœur trop tendre pour persister dans sa rancœur.

— J'aurais peut-être dû insister pour que vous m'écoutiez, dit-elle gentiment. Je ne suis pas entièrement innocente. Isadora est morte à cause de moi.

— Elle est morte parce que Dieu a décidé que son heure était venue, dit Mary d'une voix calme. Nous avons changé ces deux dernières années. Tu ne le sais peut-être pas, mais ce n'est pas pour faire taire les mauvaises langues que nous t'avons invitée avant l'anniversaire de ton oncle. Nous voulions nous réconcilier avec toi.

— Nous n'avons pas fait de gros efforts, ajouta Hal avec un sourire gêné. Mais cela va changer. Nous aimerions que tu viennes nous voir quand tu en auras envie. Nous nous sentons bien seuls maintenant.

— Moi aussi, dit Noreen qui se rendit compte que le chagrin les avait prématurément vieillis. Je serai heureuse de vous rendre visite quand je le pourrai.

— Nous pourrions faire un voyage aux Caraïbes, suggéra Mary en souriant. Cela te ferait du bien de te détendre et de paresser au soleil. Tu as une profession fatigante.

— Oui, mais je l'aime.

— Néanmoins, tu ne pourras pas travailler pendant au moins deux mois, n'est-ce pas ? dit son oncle. Il n'y a pas de mal à prendre des vacances d'ici là.

Elle hésita, non par ingratitude, mais parce qu'elle venait de prendre conscience qu'il lui faudrait quitter Ramon tôt ou tard.

— Réfléchis, dit Mary. Tu n'es pas obligée de décider maintenant.

— D'accord. Merci.

Ils étaient encore un peu mal à l'aise en partant, mais jamais leurs relations ne s'étaient présentées sous de meilleurs auspices. Avec le temps, Noreen n'en doutait pas, ils se rapprocheraient d'elle.

Dès qu'ils furent sortis, Ramon pénétra dans la chambre, son stéthoscope autour du cou. Mlle Plimm l'accompagnait et sa présence surprit Noreen. Regrettait-il déjà les déclarations qu'il lui avait faites plus tôt pour avoir besoin d'une tierce personne ?

— Cette valve fonctionne très bien, dit-il après l'avoir examinée. Néanmoins, il va falloir vous surveiller de près les premières semaines.

— Mon oncle et ma tante voudraient m'emmener en vacances aux Caraïbes.

Le visage de Ramon s'assombrit.

— Pas maintenant. Vous devez rester à proximité de l'hôpital. Non parce que je redoute des complications, mais parce qu'il est imprudent de quitter le pays quelques jours après une opération de cette importance !

— Je vois.

— Je n'en jurerais pas..., dit-il sèchement. Je viendrai vous examiner de nouveau tout à l'heure. Que ce soit clair. Pas de voyage pendant au moins trois mois après la date d'intervention !

Tournant les talons, il sortit, la laissant perplexe. Elle ne comprenait pas sa colère. Il ne pouvait que se réjouir de sa réconciliation avec sa famille, non ?

Il ne revint la voir que tard dans la soirée, les traits tirés par la fatigue.

— J'ai eu une opération en urgence, dit-il en s'affalant dans le fauteuil proche du lit. Trop tard... Le patient n'a pas survécu. J'ai dû annoncer la nouvelle à sa femme enceinte. Bon sang, les gens ne réfléchissent pas ! Il savait depuis des années qu'il avait le cœur malade, mais il refusait de voir un médecin, malgré les alertes. Il a eu une attaque à son bureau, et quand on l'a amené, la majeure partie de son cœur était déjà morte. On ne peut remplacer le tissu cardiaque mort, et il ne se regénère pas. Je n'ai rien pu faire pour lui. Bon sang de bois !

Il était hors de lui, mais, surtout, il souffrait de n'avoir pu sauver cet homme.

Noreen lui tendit les bras.

Il parut d'abord surpris puis, poussant un soupir, il enfouit son visage dans les longs cheveux soyeux en prenant garde de ne pas appuyer sur sa poitrine. Lui caressant la joue, elle sentit une moiteur suspecte sous ses doigts et sourit tristement. Voilà une des raisons pour lesquelles elle aimait Ramon. Il ne cherchait pas à cacher ses émotions, ni à jouer les indifférents. Généreux, compatissant, il n'en était pas moins homme.

Elle caressa les épais cheveux noirs.

— Je sais que vous avez fait l'impossible. Mais c'est Dieu qui décide de la mort et de la vie. Le meilleur chirurgien ne peut se mesurer à lui. Ce n'est pas votre faute, Ramon.

Elle avait une voix rassurante. Il inspira profondément et se détendit.

— Vous avez été élevée dans la religion catholique, n'est-ce pas? demanda-t-il soudain.

— Oui. Mais ensuite, j'ai fréquenté l'église presbytérienne avec mon oncle et ma tante. Et je le fais toujours, quand je ne travaille pas.

Il leva la tête pour la regarder. Il avait les yeux pleins de larmes, mais ne semblait pas s'en soucier.

— Je ne vais pas à la messe aussi souvent que je devrais, mais j'ai la foi, et dans des moments comme celui-ci, elle me soutient.

Elle lui effleura la joue d'une caresse furtive.

— Je sais qu'il est douloureux de perdre un patient, mais vous devez penser à toutes les vies que vous avez sauvées, murmura-t-elle avec douceur. Moi aussi je souffre quand je perds un malade, même si je ne suis qu'infirmière. Il est impossible de ne pas s'attacher à certaines personnes.

— C'est vrai, dit-il, et il lui sourit. Vous aimez les enfants, n'est-ce pas? ajouta-t-il. A Noël dernier, je me rappelle vous avoir vue jouer avec des bambins du service de cancérologie pédiatrique et vous avoir surprise ensuite en larmes dans le couloir.

Elle se souvenait de l'incident. Malgré leur inimitié, Ramon s'était arrêté pour bavarder avec elle, et il avait passé plusieurs minutes à lui parler des nouveaux traitements et des médicaments expérimentaux. Il s'était montré très gentil. Elle n'avait même pas trouvé cela étrange de la part de son pire ennemi.

— Ils étaient si jeunes, dit-elle. Beaucoup trop jeunes pour connaître tant de souffrance et de désespoir...

— Un jour, la recherche viendra à bout du cancer.

— Je l'espère. Ça va mieux? demanda-t-elle en le dévisageant avec tendresse.

— Beaucoup mieux.

— Vous avez dîné ?

— Non, je n'avais pas faim. Mais je mangerais bien quelque chose maintenant. Pas vous ?

— J'ai eu droit à un succulent potage de la cuisinière.

— J'en prendrais volontiers. Puis-je vous rapporter quelque chose ?

— Non merci, répondit-elle.

Il lui prit la main et la porta à ses lèvres.

— Avez-vous remarqué comme nous nous faisons mutuellement du bien ?

Elle rougit.

— J'aurais fait la même chose pour...

— Pour n'importe qui ? Sans doute. Mais peut-être pas de la même manière.

Il se pencha et déposa un baiser sur ses lèvres.

— Voulez-vous que je vous lise Baroja quand j'aurai dîné ?

— Oui, répondit-elle en souriant.

— A tout à l'heure.

Il se leva et la regarda, songeant que jamais personne ne lui avait apporté le tendre réconfort qu'il trouvait auprès d'elle. Au début de son mariage, il avait perdu un patient, et sa tristesse n'avait fait qu'irriter Isadora. Comme elle se préparait à aller à un dîner, elle lui avait reproché de prendre la chose à cœur.

— Ça va ? demanda Noreen.

Il lui sourit.

— Oui, ça va. Je reviens dans quelques minutes.

Il tint sa promesse. Il lui lut le premier chapitre de *Paradox, Rey* de Baroja, s'arrêtant de temps à autre pour traduire et expliquer les termes qu'elle ne connaissait pas.

— J'aime particulièrement le passage où la féministe jure que Shakespeare était une femme, dit-elle en riant.

— Oui. C'est un ouvrage merveilleux, n'est-ce pas? Baroja était génial, malgré ses petites manies.

— Vous lisez merveilleusement l'espagnol. Je pourrais vous écouter toute la nuit. Mais vous devez vous reposer.

Il ferma le livre.

— Vous aussi. Souffrez-vous encore?

— J'ai des démangeaisons à l'emplacement des points et c'est désagréable.

— En fait, j'ai utilisé des agrafes.

— Quoi qu'il en soit, ça me gratte.

— Ça signifie que les tissus cicatrisent. Voulez-vous quelque chose pour vous aider à dormir?

— Je veux bien un antalgique. Ça ne va pas entraîner une dépendance, j'espère?

— Vous croyez que je vous laisserais vous intoxiquer?

Il prit deux comprimés et les lui tendit avec un verre d'eau.

— Désolée. Je devrais mieux vous connaître.

— Je crois..., dit-il en reposant le verre. Dormez bien.

— Quand pourrai-je sortir de nouveau?

— Peut-être la semaine prochaine, s'il fait beau. Nous en reparlerons.

— J'ai envie de revoir le monde extérieur.

— Vous le reverrez, mais je ne peux pas vous laisser prendre froid. Il faudra vous habiller chaudement. Avez-vous un manteau confortable?

— Juste une veste, répondit-elle en grimaçant.

Il murmura quelque chose d'inaudible et sortit.

⁂

Une semaine plus tard, par une belle journée ensoleillée, il lui apporta un long manteau de cachemire camel de toute beauté. Comme elle protestait, il lui expliqua qu'il l'avait trouvé en solde et que si elle y tenait, elle pourrait toujours le rembourser plus tard. Fort heureusement, elle ne pouvait se rendre à l'élégante boutique où il l'avait acheté pour en connaître le prix.

Elle consentit à mettre le magnifique pardessus et, agrippée à son bras, gagna lentement l'ascenseur. Dans le hall d'entrée, le gardien observa leur progression prudente avec un grand sourire. Comme tous ceux qui connaissaient Ramon, il avait appris qu'il prenait soin de sa cousine par alliance, et il se réjouissait de la voir debout après une opération aussi grave.

Ramon aida Noreen à franchir les portes vitrées, et elle était dehors quand elle faillit être renversée par un homme d'affaires pressé qui la foudroya du regard.

— Elle vient de subir une opération à cœur ouvert, lui dit Ramon d'un air menaçant. Vous pourriez quand même regarder où vous allez !

L'homme regarda plus attentivement Noreen et rougit en voyant au prix de quels efforts elle se tenait debout.

— Pardon, grommela-t-il avant de s'engouffrer dans l'immeuble.

— Le type même de l'homme d'affaires souffrant d'hypertension..., marmonna Ramon.

— Seriez-vous de mauvaise humeur ? dit-elle, amusée.

— Il aurait pu vous faire mal, répondit-il, furieux.

Emue, elle sentit les larmes lui monter aux yeux.

— Ne pleurez pas, Noreen, dit-il, se méprenant. Vous allez y arriver.

— Ce n'est pas ça. J'étais seulement touchée par votre sollicitude à mon égard.

— J'aurais dû assommer ce rustre.

— Tout va bien tant que vous êtes là pour me soutenir, dit-elle avec un sourire radieux. Oh, Ramon, c'est si bon de se retrouver dehors !

Le visage qu'elle leva vers lui était resplendissant et il en resta sans voix, le souffle coupé.

— Quelque chose ne va pas ?

— Non, rien. Je me disais que vous étiez ravissante.

— Grâce à ce magnifique manteau, dit-elle en rougissant.

— Non, c'est la femme qui est belle. Et pas seulement physiquement. Je pensais aussi que ce serait merveilleux si nous avions une petite fille avec vos grands yeux gris et votre doux sourire.

# 10.

Elle sentit le sol se dérober. Immédiatement, le bras de Ramon l'entoura, rassurant.

— Il est encore trop tôt, dit-il d'un air inquiet. Je n'aurais jamais dû vous laisser marcher autant.

— Je vais bien, dit-elle en s'appuyant contre lui. Ce n'est pas la marche. J'ai cru vous entendre dire... Peu importe. Je dois être un peu désorientée.

— J'ai dit que j'aimerais avoir une fille avec vous. Je me rends compte qu'il est prématuré d'aborder ce genre de sujet. Mais je vous ai déjà parlé de bague, alors pourquoi pas de bébé ?

— De bague... vous voulez dire... d'alliance ?

Il se renfrogna.

— A quoi d'autre pensiez-vous ? Mais je suppose que je ne peux guère espérer regagner votre confiance si vite, et qu'il est trop tôt pour vous parler mariage, dit-il avec une impatience à peine dissimulée.

Elle secoua la tête, persuadée qu'elle était en train de perdre l'esprit.

— La vie d'un chirurgien est mouvementée, dit-il en la tenant contre lui pour la protéger des passants qui se hâtaient autour d'eux. Mais j'ai du temps pour moi, comme vous le voyez, et je gagne largement de quoi entretenir une famille.

Elle sentit ses joues s'empourprer.

— Vous vous culpabilisez et vous me plaignez...

— Je ne vois pas en quoi cela m'inciterait à vous demander en mariage, Noreen. Nous sommes parfaitement assortis, ne l'avez-vous pas remarqué? Vous êtes heureuse avec moi, n'est-ce pas?

Elle était inquiète.

— Oui. Mais il est trop tôt. Je veux être parfaitement remise avant de... Puis-je avoir un bébé?

En voyant ses yeux briller, elle le foudroya du regard.

— Pas maintenant, bien sûr! Je voulais savoir si je pourrai enfanter, avec une valve artificielle?

— Evidemment. Vous m'avez causé un choc, pardonnez-moi. J'ai immédiatement pensé à ce que nous pourrions faire... mais c'est impossible pour le moment, de toute façon.

Ce fut au tour de Noreen de rougir.

— J'adore les bébés, dit-elle.

— Je sais. Moi aussi.

— Je suppose qu'il vaudrait mieux qu'ils soient conçus au sein d'un mariage. Mais mon oncle et ma tante...

— Seraient ravis. Ils adorent les enfants. Ils ont toujours espéré avoir des petits-enfants. Ils n'en auraient jamais eus avec Isadora car elle ne les supportait pas.

Elle le scruta. Elle avait du mal à voir en lui un amoureux. Il représentait plutôt une sorte de protecteur qui aimait prendre soin d'elle. C'était agréable, mais il ne s'agissait pas d'amour. Et elle ne voulait pas se marier sans amour.

Il lui caressa doucement la joue.

— Prenez votre temps. Je vous demande seulement d'y réfléchir.

— D'accord.

— Et maintenant, murmura-t-il avec un coup d'œil ironique autour de lui, marchons, car nous bloquons le passage.

Elle lui prit le bras en riant.

Ils continuèrent lentement leur promenade. Les joues rosies par le grand air, elle avait bonne mine. Instinctivement, les doigts de Ramon cherchèrent le pouls à son poignet. Il était fort et régulier. Il sourit.

— L'exercice sera de plus en plus facile au fil des jours, dit-il.

Il lui fit faire sa promenade chaque jour, sauf quand il avait une urgence. Les jours devinrent des semaines, les semaines des mois. Elle recouvra ses forces et son énergie et les douleurs disparurent. Il continua néanmoins à lui faire la lecture le soir d'une voix douce, dans la chambre seulement éclairée par la lampe de chevet. Une tendre complicité les unissait. Il partageait ses inquiétudes avec elle, il la chérissait, mais il gardait ses distances, et elle en vint à se demander s'il ne regrettait pas de lui avoir parlé mariage.

Il avait déjà connu une union malheureuse. Pourquoi voudrait-il prendre de nouveaux risques ? Même s'il protestait, elle ne pouvait s'empêcher de penser qu'il voulait se racheter pour l'avoir cruellement traitée.

Néanmoins, il la surveillait de près, s'assurant qu'elle allait à ses rendez-vous avec le cardiologue, faisait contrôler chaque semaine sa vitesse de coagulation et prenait ses médicaments. Son associé, qui la voyait en consultation, convint avec le cardiologue que non seulement elle était assez bien pour conduire, mais qu'elle pouvait reprendre son travail. Mais, dès qu'elle en parla à Ramon, il entra dans une fureur noire.

Mlle Plimm les avait quittés, Noreen n'ayant plus besoin de ses services, et c'était heureux car Ramon se mit à jurer dans toutes les langues de la création.

Elle essaya de le raisonner.

— Je te suis très reconnaissante de ce que tu as fait pour moi, mais tu n'es pas responsable de mon entretien. Je veux gagner ma vie. J'ai gardé mon appartement et...

— Tu ne peux pas vivre seule. C'est trop tôt.

— Je suis ici depuis trois mois ! Tout le monde dit que je peux recommencer à travailler. Mes résultats sont bons, je marche tous les jours, je mange comme un ogre... pourquoi fais-tu tant d'histoires ?

— J'ai l'impression de discuter avec un mur, grommela-t-il en espagnol.

— Je ne suis pas un mur ! protesta-t-elle, les mains sur les hanches.

Il réprima un sourire. Pendant sa maladie, elle n'était que l'ombre d'elle-même et il s'inquiétait toujours en la quittant. Maintenant, elle avait bonne mine, son cœur fonctionnait merveilleusement bien, et elle pouvait sans aucun doute travailler, au moins à temps partiel. Néanmoins, il aurait aimé trouver un prétexte pour la garder. Il ne savait pas comment il allait pouvoir vivre sans elle.

— Tu ne peux pas prendre Moustique, dit-il en désespoir de cause. Il sera malheureux.

— Sottise..., dit-elle sans conviction.

Elle regrettait de quitter Moustique, mais surtout Ramon. Cependant, elle devait être sûre de son attachement. Il fallait qu'ils se séparent pour faire le point. Le temps qu'ils avaient passé ensemble avait pu aveugler Ramon sur ses véritables sentiments.

— Tu ne seras pas heureuse toute seule, dit-il avec colère.

Elle ne le nia pas.

— Récemment, tu as appris beaucoup de choses que tu ignorais sur le passé, dit-elle avec hésitation. Il était inévitable que tu te sentes coupable. Et, comme tu l'as dit toi-même, tu n'as jamais eu à t'occuper de quelqu'un.

— En d'autres termes, tu penses que ta présence m'a aveuglé sur mes propres sentiments, dit-il sèchement.

Elle acquiesça.

Il poussa un long soupir.

— Je vois...

— Je te suis infiniment reconnaissante d'avoir si bien pris soin de moi, dit-elle. Mais je sais que tu aurais montré la même sollicitude à une étrangère. C'est dans ton caractère.

— Tu me flattes. Et tu te sous-estimes. C'est peut-être ma faute si tu attends si peu de la vie. Je t'ai rendue amère.

Il semblait si abattu qu'elle s'en voulut de sa franchise.

— Je ne le suis plus, dit-elle. Oncle Hal et tante Mary ont été merveilleux avec moi. Je serai ravie d'aller les voir.

— Ne les laisse pas t'emmener à l'étranger. C'est trop tôt.

— Ton associé m'a dit que je pouvais ! protesta-t-elle avec exaspération.

— Que sait-il de ton état ? C'est moi qui t'ai opérée ! s'écria-t-il, ses yeux noirs lançant des éclairs.

— Je plains tes enfants quand ils seront en âge de quitter la maison, commenta-t-elle sèchement.

— Comment puis-je avoir des enfants ? Tu me quittes !

Son cœur bondit dans sa poitrine, mais elle tint bon.

— Laisse-moi du temps. Tu ne seras pas malheureux.

— Pas malheureux ! Qui sera auprès de moi quand j'aurai besoin de parler ? Qui me réconfortera quand je perdrai un patient ?

Elle posa doucement une main sur son bras.

— Je ne serai pas plus loin que le téléphone. Tu pourras m'appeler quand tu voudras. Tu es mon ami maintenant...

Sans un mot, il prit son visage entre ses mains et déposa un tendre baiser sur ses lèvres.

— Tu veux être mon amie ? Alors, tue-moi tout de suite, tu me rendras service.

— Ne sois pas ridicule. Jamais je ne pourrai te faire du mal.

— Et que crois-tu me faire en me quittant ?

— Je suis mon instinct de conservation.

Il la prit dans ses bras et l'étreignit tendrement.

Elle s'abandonna contre lui, avide de sentir ses bras autour d'elle, même si elle savait qu'elle avait raison de vouloir s'en aller.

Inévitablement, sa bouche prit possession de la sienne pour un baiser léger qui se fit peu à peu insistant, passionné. Elle fut incapable de lui résister. Nouant les bras autour de son cou, elle lui rendit son baiser avec fougue. Puis elle le sentit frémir contre elle et s'écarta légèrement.

— Si j'étais moins scrupuleux, dit-il d'une voix rauque, je te porterais sur le lit et je t'aimerais jusqu'à ce que tu me supplies de te garder ici. Mais tu n'as jamais fait l'amour, n'est-ce pas ?

— Non.

Un frisson le parcourut. Posant son front contre le sien, il la berça contre lui.

— Tu t'es gardée pour moi ?

— Présomptueux...

— J'ai tellement faim, murmura-t-il contre sa bouche. Faim d'être aimé, désiré, réconforté... tu me montres le paradis et tu m'envoies en enfer, tout cela pour un travail !

— Oh, non. Pas pour un travail. Je t'aime !

— *Querida !*

Il l'embrassa avec avidité, savourant le tendre aveu qu'il n'avait jamais espéré entendre après tout le mal qu'il lui avait fait.

Elle enfouit le visage au creux de son cou.

— Tu dois me laisser partir, murmura-t-elle, misérable.

— Pourquoi ?

— Pour connaître tes véritables sentiments.

Il eut une légère hésitation, puis il l'obligea à lever la tête et plongea son regard dans le sien.

— Mes véritables sentiments ?

Elle hocha la tête.

— Comment peux-tu les ignorer ? Même Isadora le savait. Elle me harcelait avec ça. Je te l'ai dit.

— Tu m'as dit qu'elle t'accusait d'être obsédé par moi. Physiquement...

Il eut un petit rire.

— Physiquement ? Comme je chante faux, je me garderai de te la chanter, *enamorada*, mais il y a une chanson qui dit que lorsqu'un homme aime vraiment une femme, il voit ses futurs enfants dans ses yeux.

Elle hocha la tête, trop émue pour répondre.

— A ma grande honte, continua-t-il, j'ai vu mes fils dans tes yeux le jour où je t'ai trouvée dans la cuisine, chez ta tante, chuchota-t-il. Et j'étais marié. Vivre avec un tel péché a été l'enfer, d'autant que j'étais incapable de m'en repentir. Mais j'ai payé pour ça, et toi aussi. Et nous payons encore pour ça.

Toute pâle, les yeux écarquillés, elle le regarda fixement. Et dans son regard noir, elle vit enfin son cœur à nu.

— Tu veux m'épouser parce que tu m'aimes ? demanda-t-elle d'une voix sourde.

— Oui... Je t'aimerai toujours. De tout mon cœur, de toute mon âme, de toute ma vie.

Elle se mit à pleurer.

— Non, murmura-t-il en essuyant ses larmes sous ses baisers. Non, ne pleure pas. Si tu veux vraiment partir, je ne te retiendrai pas. Mais nous devons continuer à nous voir... Noreen !

Sanglotant éperdument, elle s'accrochait à son cou avec tant de force qu'il craignit qu'elle ne se fasse mal.

— *Enamorada*... Ne pleure pas. Je ne supporte pas de te voir pleurer ainsi.

— Je croyais que tu me haïssais...

— Je devais te le laisser croire. Il aurait été déshonorant d'admettre de tels sentiments. J'étais marié et, dans ma religion, on se marie pour la vie.

— C'est pour cela que je tenais à partir. Je ne voulais pas être une charge pour toi lorsque tu aurais recouvré tes esprits. Je croyais que tu avais seulement pitié de moi.

Il poussa un profond soupir.

— Je t'aime. Je pense chaque mot que je t'ai dit. Je veux passer le reste de ma vie avec toi. Je veux des enfants de toi.

— Moi aussi.

Levant la tête, il plongea son regard dans ses yeux pleins de larmes.

— Nous devrions nous marier dès que possible.

— Vraiment ?

— Oui. Tu as trop tendance à vouloir prendre la fuite, dit-il en souriant. En m'épousant, peut-être accepteras-tu de rester à la maison ?

Elle enfouit les doigts dans ses épais cheveux noirs.

— Je pourrai travailler pour une cause humanitaire.

— Jusqu'à l'arrivée des enfants ?

— Oui, répondit-elle en souriant timidement. Et quand ils seront à l'école. J'aime mon métier.

— Tu le fais très bien.
— Tu n'as pas toujours dit cela.
— Ne remue pas le fer dans la plaie, dit-il avec une grimace.
Elle l'embrassa sur la bouche.
— Pardon.
— Oh, il en faut davantage pour que je t'absolve...
Il y eut un silence car elle lui donna un long baiser, tendre et sensuel.
— Ça va comme ça?
Il s'écarta, essoufflé.
— Eh bien... S'embrasser est dangereux..., dit-il en la contemplant. Nous nous marierons à l'église. Tu porteras une robe blanche et un voile. Et ensuite seulement, nous aurons notre nuit de noces.
Elle rosit délicatement.
— D'après Brad, la plupart des gens pensent que c'est déjà fait.
Il haussa les sourcils.
— Il est revenu te voir?
— Juste quelques instants, répondit-elle avec un sourire. Et avant que tu ne tires des conclusions, laisse-moi te dire qu'il est très amoureux d'une personne de l'hôpital, et que ce n'est pas moi. Nous sommes amis, c'est tout.
— Vous pourrez l'être de loin à partir de maintenant.
— Tu es jaloux, ma parole!
— Très. Et je suis aussi très amoureux. J'ai tellement rêvé de te tenir dans mes bras dans l'obscurité de la nuit. Je n'arrive pas à croire que mon rêve va se réaliser! Dire que je serai le premier... J'espère en être digne. Tu n'as pas peur?
— Non. Je t'adore.
— Moi aussi.

⁂

Les bans furent publiés, et les inquiétudes de Noreen s'évanouirent dans l'euphorie de son amour partagé. Tout se mit en place. La plus grande surprise fut la joie de Hal et de Mary quand ils leur apprirent la nouvelle. Mary prit immédiatement en charge les préparatifs du mariage, et, en une semaine, elle avait tout réglé, depuis le texte des faire-part jusqu'au déroulement de la réception. Noreen ne put qu'admirer son sens de l'organisation.

Bien entendu, il n'était pas question qu'elle retravaille maintenant. Toute son existence semblait centrée autour des essayages de sa robe de mariée et de la rédaction de la liste des invités. Pendant cette période, elle se rapprocha beaucoup de Mary, Ramon ayant insisté pour qu'elle s'installe chez son oncle et sa tante à présent qu'ils étaient fiancés. Il ne voulait pas que le moindre ragot vienne entacher leur bonheur et se montrait très à cheval sur les convenances, au grand amusement de Noreen.

Il alla même jusqu'à refuser de la toucher tant qu'ils n'avaient pas échangé leurs vœux, mais la tendresse qu'il lui témoignait était pour elle une source inépuisable de plaisir.

Leur nouvelle relation l'avait épanouie. Et Ramon aussi. A l'hôpital, les infirmières le taquinaient, et il remarqua avec amusement que Brad Donaldson hésitait à l'approcher maintenant qu'il le savait fiancé à Noreen. Néanmoins, il se réjouissait qu'il ait cessé ses visites. Il était tolérant, mais pas quand il s'agissait de la femme de sa vie. Et il décida que, dorénavant, Noreen n'aurait plus que des amies femmes.

Il l'emmena dîner plusieurs fois et se montra d'une correction exemplaire, mais un tel feu couvait dans son regard qu'elle commença à s'inquiéter.

La veille de la cérémonie, il la raccompagna chez sa

tante, et alors qu'elle s'apprêtait à descendre de voiture, il lui prit la main.

— Je te sens de plus en plus nerveuse. Dis-moi pourquoi.

Elle se blottit contre lui.

— Je ne sais rien des hommes... Tu me regardes comme si tu voulais me dévorer toute crue et je ne suis pas sûre de te suffire...

Il rit doucement.

— Tu me suffiras. Mais je te confesse que, moi aussi, j'ai des craintes.

— A mon sujet ?

— Ton innocence m'intimide, avoua-t-il avec douceur. Il faudra que tu aies suffisamment envie de moi pour que je ne te fasse pas mal.

Elle frotta sa joue contre la sienne.

— Tu n'as rien à craindre. Ce n'est pas ça qui m'inquiète.

— Ah, nous y voilà..., chuchota-t-il à son oreille. Tu crois que les femmes se sont succédé dans ma vie ?

— Tu avais la trentaine quand tu as épousé Isadora.

Il prit son visage entre ses mains pour l'obliger à le regarder.

— J'étais fidèle à ma femme et, depuis sa mort, il n'y a eu personne. Et après toi, il n'y en aura plus jamais d'autre.

Elle noua les bras autour de son cou avec un soupir ravi.

— Nous vivrons heureux jusqu'à la fin des temps.

— Un mariage se forge au fil des ans et chacun doit travailler à sa réussite.

— Le nôtre durera toujours.

— Oui, je le crois, dit-il gravement.

Elle l'embrassa sur les lèvres et le sentit se raidir.

— Tu n'aimes plus m'embrasser ?

— Au contraire, j'aime trop. Demain soir, tu auras tous les baisers que tu voudras, et plus encore.

— J'aime ce « plus encore »...

— Moi aussi. Et maintenant, bonne nuit !

— Bonne nuit.

Lui jetant un dernier regard plein de tendresse, elle descendit de voiture.

# 11.

Le mariage fut un événement, même s'il ne figura pas dans les chroniques mondaines. Ramon et Noreen échangèrent leurs vœux devant un prêtre, en présence de Mary et Hal Kensington, et de leurs collègues et amis. La cérémonie fut suivie d'une réception très réussie chez les Kensington.

Noreen s'éclipsa discrètement pour se changer. Dans sa chambre de jeune fille, elle troqua sa splendide robe de mariée de soie sauvage pour un élégant tailleur de lainage offert par Mary, plus pratique pour voyager car ils partaient à Charleston, en Caroline du Sud, pour leur brève lune de miel. Scrutant son visage dans le miroir, elle se trouva presque belle avec son teint animé et ses grands yeux gris qui brillaient d'un bonheur tout neuf.

Elle songea à Isadora qui n'avait jamais vraiment été heureuse. Quelle tristesse que sa vie se soit achevée de façon si brutale, si tragique ! Elle se sentirait toujours un peu responsable de sa mort. Si seulement elle avait pu convaincre le médecin de la laisser rejoindre sa cousine malade... Mais le destin en avait décidé autrement. Désormais, elle devait vivre avec ce souvenir et l'accepter pour construire sa vie avec Ramon sur des bases saines.

La porte s'ouvrit et Mary Kensington entra, très élégante comme toujours. Elle sourit à sa nièce.

— Je peux t'aider?

— Merci, c'est fait. J'étais en train de penser à Isadora, dit-elle tristement.

Le regard de Mary se voila un instant.

— Nous ne pouvons pas changer le passé, Noreen. Avec l'âge, je deviens fataliste. Nous avons tous quelque chose à nous reprocher dans la mort d'Isadora. Ton oncle et moi n'aurions jamais dû partir en te laissant seule pour t'occuper d'elle. Ramon non plus. Tu as probablement une responsabilité moindre car toi-même tu as failli mourir ce soir-là. J'espère que tu sais que plus personne ne rejette la faute sur toi. J'aimerais trouver les mots pour te dire combien nous regrettons la manière injuste dont nous t'avons traitée.

— Vous ne saviez pas...

Mary eut un sourire las.

— J'ignorais beaucoup de choses. Je me suis servie de toi sans vergogne pendant des années. Tu aurais dû me faire prendre conscience de mon égoïsme au lieu d'accepter docilement les responsabilités que je t'imposais.

— Je vous ai toujours rendu service avec plaisir. Vous m'avez donné un foyer à la mort de mes parents, et vous n'y étiez pas obligés. Vous auriez pu me placer dans un orphelinat.

— Jamais nous n'aurions fait une chose pareille. Tu es de la famille. Mais nous ne t'avons pas rendue heureuse, j'en ai conscience... J'espère sincèrement que tu le seras maintenant, avec Ramon.

Impulsivement, Noreen s'approcha d'elle et l'embrassa sur la joue.

— Merci, tante Mary.

Cette dernière l'étreignit affectueusement.

— Tu es la seule fille qui nous reste désormais, dit-elle, un peu intimidée. J'espère que tu viendras nous voir souvent, surtout quand vous aurez des enfants.

Noreen sourit.

— Nous en voulons plusieurs.

— De merveilleux projets en perspective... Et maintenant, tu devrais aller rejoindre ton mari. Il commence à s'impatienter !

Le trajet en voiture jusqu'à Charleston fut long, mais Ramon s'arrêta souvent pour permettre à sa jeune femme de se dégourdir les jambes et rendre le voyage un peu moins fatigant.

Ils firent halte dans un restoroute pour déguster une quiche et boire un café, et il ne lâcha pas sa main, comme s'il craignait de la voir disparaître.

La façon dont il la couvait des yeux montrait clairement des sentiments qu'il ne cherchait plus à dissimuler. Et le cœur de Noreen s'accéléra quand elle croisa son regard.

— Tu m'appartiens entièrement, désormais, murmura-t-il. C'est le plus beau jour de ma vie.

— Et de la mienne, renchérit-elle d'une voix rauque. Je t'aime.

— Je t'aime, *querida*. De toute mon âme.

Elle s'empourpra, encore un peu intimidée malgré l'anneau d'or qu'elle portait au doigt, à côté de sa bague de fiançailles, un saphir entouré de diamants qui scintillaient de mille feux à la lumière.

Ramon aussi avait choisi de porter une alliance, comme pour montrer au monde qu'il lui appartenait.

— J'espère que Moustique ne fera pas trop de dégâts chez tante Mary, remarqua-t-elle.

— Il y sera très heureux. Ils l'aiment déjà.

Elle posa sur lui un regard de pure adoration.

— Je n'arrive toujours pas à le croire... C'est comme si tous mes rêves se réalisaient. Dis-moi que je ne rêve pas.

— Attends que nous soyons arrivés à destination et je te le prouverai.

— Je veux être aussi proche de toi qu'on peut l'être...

— C'est ce que je désire, moi aussi, sentir que nous ne faisons plus qu'un...

Peu après, ils arrivaient au luxueux hôtel de Charleston où ils avaient fait leurs réservations. La fin du voyage s'était déroulée dans un silence lourd de désir et d'attente.

Ramon remplit tranquillement leurs fiches et donna un pourboire au garçon d'étage qui avait monté leurs bagages dans leur suite. Mais à peine la porte se fut-elle refermée derrière lui qu'il souleva Noreen dans ses bras et la porta jusqu'au grand lit. Il ne prit même pas la peine de rabattre le couvre-lit tellement il avait hâte de la sentir, de la toucher, de la goûter.

— Tu n'es pas fatiguée ?

Pour toute réponse, elle l'embrassa fougueusement. Son appréhension s'était évanouie pour laisser la place à une passion irrésistible, explosive, et elle n'arrivait plus à penser.

En quelques secondes, leurs vêtements furent arrachés, et ils se retrouvèrent peau contre peau. Elle sentait chaque centimètre de son corps, le touchait avec émerveillement, se délectant du contact de sa chair ferme et chaude sous ses doigts.

De la bouche, des mains, des yeux, il savourait sa douce et tiède nudité. Quand il pressa ses lèvres sur ses seins ronds, happant goulûment les pointes érigées pour mieux les taquiner, le gémissement sourd qui échappa à Noreen attisa encore son désir. Mais il le refréna. Tout en la caressant, il la contemplait et savourait les émotions qui se succédaient sur son visage, de la surprise à l'émerveillement.

— Est-ce ce que tu attendais, *querida* ? murmura-t-il contre sa bouche. Tu n'as pas peur de moi ?

Les yeux fermés, les mains crispées sur ses épaules, elle secoua la tête. Alors il se glissa sur elle, la caressant avec une infinie douceur jusqu'au moment où il la sentit se cambrer sous les assauts du plaisir.

— Ramon ! cria-t-elle dans un sanglot.

Ses jambes l'étreignirent et elle commença à bouger avec lui, à se soulever...

Rien ne pouvait décrire les sensations qui parcouraient Noreen tandis que leurs corps se mouvaient dans leur lente ascension vers l'extase. Il y eut une légère hésitation accompagnée d'une douleur brève, puis il fit complètement partie d'elle.

Insensiblement, le rythme s'accéléra, la fièvre s'enfla. Noreen s'agrippa à lui en sentant un plaisir aigu la traverser. Elle étouffa un sanglot, les yeux fixés sur son visage transfiguré par une jouissance égale à la sienne. Ils s'immobilisèrent et se regardèrent, à bout de souffle.

— Incroyable..., murmura-t-il. Je n'ai jamais connu cela. Jamais !

Avec une exquise tendresse, il remua en elle, et le désir flamboya de nouveau. Ce fut une étreinte lente et douce, qu'ils s'efforcèrent de maîtriser.

Quand l'extase l'emporta, Ramon plongea son regard dans celui de Noreen et lui sourit tandis que le plaisir se répandait en lui en vagues brûlantes, intarissables.

C'était comme chevaucher un arc-en-ciel, se noyer

dans la volupté, respirer le bonheur à l'état pur. Elle gémit, s'accrocha à lui, frissonnante, avec l'impression que cet instant d'éternité ne finirait jamais. Puis elle retomba, épuisée, sur le lit défait.

Penché sur elle, il la contempla en souriant et repoussa tendrement une mèche humide de sueur de son front moite.

— J'avais tant envie de toi, murmura-t-elle avec un petit rire.

— Moi aussi, *mi esposa*, dit-il en lui mordillant les lèvres. Nous ne faisons plus qu'un maintenant, mon amour. Nous sommes vraiment mari et femme. Un seul corps. Une seule âme.

— Je t'aime tant. Es-tu sûr...

— *Querida!* coupa-t-il, choqué. Comment peux-tu encore douter de mes sentiments pour toi ? Crois-tu donc que tous les couples connaissent des ébats aussi passionnés ?

— Ce n'est pas le cas ?

Il l'embrassa avec douceur.

— Non.

Il caressa son corps encore intimement uni au sien et elle frémit sous sa main.

— Le mariage est une fusion de deux êtres qui s'aiment. Ce n'est pas seulement une union physique, même exquise. C'est aussi une communion d'esprit, de cœur et d'âme. Je n'ai jamais connu cela avec personne. Uniquement avec toi.

Elle se détendit et s'agita, troublée, en sentant son désir se réveiller.

— Je t'aime, dit-elle doucement.

— Moi aussi, je t'aime, mon cœur. Mais tu dois te reposer à présent. Je ne veux pas te fatiguer, malgré le plaisir infini que me dispense ton délicieux petit corps.

Il s'allongea, la gardant serrée contre lui, une main posée sur sa poitrine. Un rire étouffé lui échappa.

— Comme il bat bien, pour un cœur qui a tant souffert.

— Il ne souffre plus. Il est fort, fidèle, et t'est entièrement dévoué.

— Quel merveilleux avenir nous attend, Noreen ! Nous avons tant à partager, et tellement en commun. Et si Dieu le veut, nous aurons une ribambelle d'enfants. Mon bonheur est complet.

Elle se blottit contre lui et ferma les yeux. Les mauvais souvenirs étaient effacés, seule demeurait la promesse des années à venir.

— Je n'imaginais pas qu'on pouvait être aussi heureux, murmura-t-elle en soupirant.

— Moi non plus. Essaie de dormir maintenant. Nous avons tout le temps pour nous découvrir. Tu es fatiguée, et je dois prendre soin de toi.

Elle sourit.

— Et moi de toi, murmura-t-elle.

Dehors, une pluie fine tombait. Elle crépitait doucement sur les vitres, toutefois Noreen n'avait conscience que du cœur de Ramon qui battait à grands coups sourds sous sa paume et du sien, un peu plus rapide, mais qui en avait bel et bien fini de souffrir.

FRANCES CROWNE

# Le chemin de la guérison

HARLEQUIN

COLLECTION BLANCHE

*Cet ouvrage a été publié en langue anglaise*
*sous le titre :*
THE ROAD TO RECOVERY

*Traduction française de*
C. LEMARÉCHAL


83-85, boulevard Vincent-Auriol, 75013 Paris — Tél. : 01 42 16 63 63

# 1.

L'avion s'élevait lentement dans la lumière rose du soleil levant. Le front appuyé contre le hublot, Isabelle Buckingham regardait la ville devenir de plus en plus petite. Ce départ lui déchirait le cœur et emplissait ses beaux yeux bleus de larmes amères. Tant de souvenirs l'attachaient à l'Ethiopie...

La gorge nouée, elle contemplait les dernières images aériennes de ce beau pays, avec ses hauts plateaux creusés de canyons et ses grandes plaines dévastées par la sécheresse, quand, soudain, son cœur se serra : elle avait cru reconnaître, minuscule, le camp de réfugiés où elle venait de passer six mois comme infirmière puéricultrice parmi les volontaires de l'équipe d'assistance médicale.

Une main se posa sur son épaule, et elle se rappela brusquement la présence réconfortante du Dr Alistair Fraser à son côté. Lui aussi quittait le camp de Kotebie pour retourner à Londres. Un sourire enjoué éclairait son visage, mais ses yeux clairs montraient qu'il partageait l'émotion de la jeune femme.

— Je sais que vous pensez à la petite Chana, dit-il doucement. Vous avez fait tout ce que vous étiez en mesure de faire pour elle. Bien plus, même... Vous lui avez donné de l'amour, et un avenir qu'elle n'aurait probablement jamais pu espérer.

Isabelle baissa la tête et serra plus fort la petite statuette d'ébène qu'elle tenait dans sa main, dissimulant ses yeux humides et le tremblement de son menton derrière ses beaux cheveux blonds. Ces larmes étaient absurdes ! Elle avait pris soin de centaines d'enfants comme Chana, en s'efforçant de ne pas fléchir face à leurs grands yeux affamés. Mais Chana, du haut de ses quatre ans, avait réduit à néant ces sages résolutions. La petite statuette qu'Isabelle serrait dans sa main représentait toute la richesse de la petite fille. Et, le matin même, quand l'enfant avait appris que sa grande amie s'en allait pour toujours, elle lui avait donné la poupée. Qui avait-il de plus beau que ce cadeau ?

— Je crois que je ne cesserai jamais de penser à toi..., murmura Isabelle.

De nouveau, elle avait oublié la présence d'Alistair. Elle ne pouvait chasser de son esprit ni le rire de Chana ni les images inoubliables de Kotebie. Peu après son arrivée, des trombes d'eau s'étaient abattues sur le camp, noyant la piste qui menait au dispensaire sous des torrents de boue. Durant des semaines, le camp était resté isolé, quasiment inaccessible. Et puis, un matin, quelques rayons de soleil avaient déchiré les nuages. Des senteurs suaves avaient envahi la savane, et les montagnes étaient apparues sur l'horizon soudain dégagé. Sous un ciel comme on n'en voit nulle part ailleurs au monde, immense et vide, l'Afrique s'était remise à vivre.

Et une femme était arrivée. Elle avait traversé le camp de sa démarche féline, portant fièrement son bébé dans ses bras. Malgré la fatigue du voyage, malgré le poids de l'enfant et du ballot fixé sur ses reins, elle semblait marcher sans effort, grande et belle dans sa robe aux couleurs vives. Au seuil du dispensaire, elle avait marqué un temps d'arrêt, réticente, comme toutes les Ethiopiennes, à l'idée d'entrer dans un temple qui n'était pas le leur. Dans ses beaux yeux noirs, immenses dans son visage creusé, se lisaient la peur et le doute, puis elle s'était décidée à franchir les derniers mètres qui la séparaient de l'entrée. Une fois à l'intérieur, elle s'était appuyée contre le mur puis s'était écroulée, entraînant dans sa chute le bébé qu'elle tenait toujours serré dans ses bras.

Isabelle et Alistair s'étaient précipités et avaient transporté la mère et l'enfant dans la petite salle de consultations, déjà bondée. Là, la femme avait raconté son histoire au médecin, qui maîtrisait parfaitement sa langue. Elle se nommait Aregash et venait d'avoir trente ans. La famine lui avait enlevé son mari et sa famille, la laissant seule avec son bébé. Alors elle s'était résolue à quitter son village, à parcourir près de trois cents kilomètres à pied à travers la savane pour rejoindre le camp et tenter de sauver Chana, sa petite fille. Il lui avait fallu des mois pour venir jusque-là.

— Mon Dieu, avait murmuré Alistair, abasourdi. Elle a traversé des régions où même un commando armé ne survivrait pas !

Ils avaient fait tout ce qui était en leur pouvoir pour sauver Aregash. Mais la mère, se sachant condamnée, ne désirait plus qu'une chose : faire vivre son enfant, cette petite fille qu'ils avaient prise pour un bébé de quelques mois et qui avait en réalité plus de trois ans. Le lendemain, au petit matin, Aregash était morte. Isabelle avait pris dans ses bras son enfant sans défense, et dont les grands yeux reflétaient toute la détresse de l'Afrique affamée.

Peu à peu, Chana avait repris des forces, malgré les multiples infections dont elle souffrait et provoquées par la malnutrition. Elle s'était attachée à Isabelle comme à une seconde mère, peut-être parce que celle-ci l'avait serrée contre son cœur dès que celui de sa mère avait cessé de battre. Et son grand sourire avait fait chavirer le cœur d'Isabelle. La nuit où la petite fille avait failli succomber à une attaque de pneumonie, c'était elle qui lui avait tenu la main. C'était elle qui l'avait nourrie et soignée jusqu'à ce qu'elle pût de nouveau tenir assise, puis marcher et courir. Et quand Chana avait quitté le dispensaire, Isabelle s'était démenée pour la faire entrer dans un orphelinat tenu par les Sœurs de la Miséricorde. Entre leurs mains, l'avenir de l'enfant était assuré.

Isabelle essuya ses larmes, rangea la petite statuette dans son sac, et détourna les yeux du hublot. Elle sourit à Alistair.

— Je suis désolée. Je sais que je ne devrais pas... Il y a des centaines d'enfants comme elle. Mais à travers elle, c'est à tous les enfants d'Afrique que je pense...

— Bien sûr, répondit Alistair d'une voix chaleureuse. C'est très difficile de faire abstraction de nos sentiments dans le travail que nous faisons.

Ils se mirent à bavarder, et Isabelle se détendit peu à peu. La compagnie de cet homme calme et posé lui apportait un réel réconfort. Alistair était pédiatre, et ils avaient beaucoup travaillé ensemble à Kotebie. Isabelle n'avait que vingt-six ans alors qu'il approchait de la quarantaine, mais elle oubliait facilement leur différence d'âge grâce à l'enthousiasme dynamique dont il faisait preuve en permanence. Ils étaient unis par une solide complicité, une amitié profonde qui avait aidé la jeune femme à remettre de l'ordre dans ses sentiments.

Son départ soudain en mission humanitaire avait pour origine une rupture difficile avec un homme marié, un gynécologue qu'elle avait décidé d'oublier en s'éloignant quelque temps pour se consacrer à une noble cause. Le remède s'était révélé efficace : elle ne ressentait plus le moindre pincement au cœur en pensant à lui. Elle n'éprouvait pas non plus le besoin de s'engager dans une nouvelle relation amoureuse. Pour le moment, elle voulait s'épargner de nouvelles blessures.

L'hôtesse, qui déposait sur sa tablette un plateau-repas, la ramena à la réalité. Alistair commanda deux jus de fruits, et s'assura que la jeune femme ne manquait de rien. Ils commencèrent à manger, en parlant de choses et d'autres, quand soudain, Alistair reposa sa fourchette et fronça les sourcils.

— Mon Dieu ! s'écria-t-il, j'avais oublié ! J'ai reçu une lettre juste avant de partir. Je n'ai même pas pris le temps de la lire. Excusez-moi, Isabelle, si ça ne vous ennuie pas...

— Bien sûr que non, coupa-t-elle.

Il parcourut les quelques pages couvertes d'une écriture serrée, puis replia la lettre. Il paraissait soucieux.

— Le médecin qui devait me remplacer à Kotebie ne pourra pas venir, expliqua-t-il en reprenant ses couverts. Il est retenu en Angleterre par des problèmes familiaux. Un brillant diplômé d'Oxford, spécialiste en pédiatrie, qui a passé plusieurs années dans le tiers-monde, paraît-il... Un de mes confrères a écrit un article sur lui et affirme que c'est un personnage hors du commun, entièrement dévoué à son métier. Je me demande ce qui peut l'empêcher d'honorer son engagement.

— Comment s'appelle-t-il ?

— Fawcett-Brown, si je lis bien, Peregrine Fawcett-Brown.

— Est-ce que cela signifie que vous allez retourner à Kotebie ?

— Non, je ne pense pas, répondit Alistair. Mon père est sur le point de s'arrêter de travailler, et il a toujours désiré que je reprenne son cabinet de médecine générale, à Aberdeen. Et le médecin qui m'écrit pense pouvoir trouver quelqu'un d'autre.

Alistair tendit les deux plateaux à l'hôtesse avec un sourire. Celle-ci leur proposa des cafés qu'ils acceptèrent avec plaisir.

— A propos, reprit Alistair, vous m'avez bien dit que votre mère venait vous chercher à l'aéroport?

Isabelle se mit à rire.

— Entre ce que ma mère promet et ce qu'elle fait, il y a un monde!

Alistair lui jeta un coup d'œil, visiblement soulagé de voir sa gaieté revenue.

— Vous êtes tellement jolie quand vous cessez de vous ronger les sangs, Isa! Je ne veux plus vous voir pleurer.

Elle sourit en s'entendant appeler par le diminutif que tout le monde employait à Kotebie.

— C'est promis, répondit-elle. Je me sens beaucoup mieux maintenant.

— Dans ce cas, laissez-moi vous inviter à dîner si jamais votre mère n'est pas là pour vous accueillir.

Isabelle accepta avec enthousiasme. La complicité qui s'était nouée entre les huit membres de l'équipe médicale lui manquait déjà; elle était heureuse de retarder encore un peu la rupture définitive avec l'atmosphère de Kotebie. Et le sourire d'Alistair était tellement réconfortant...

Déjà, le pilote annonçait la descente de l'avion sur Londres.

Dans le hall de l'aéroport, Isabelle balaya du regard les visages réjouis des gens venus accueillir leurs proches. Sa mère ne se trouvait pas parmi eux. Alistair proposa gentiment d'attendre un peu plus longtemps, mais Isabelle avait la conviction que c'était inutile.

— Nous pouvons y aller! décréta-t-elle d'un ton enjoué. Elle a dû être retenue!

Alistair l'emmena dans un petit restaurant calme situé dans le quartier de Knightsbridge. Après un bon dîner, ils s'installèrent dans le salon et, pour la première fois depuis des mois, s'offrirent un verre de whisky. Fatigués mais détendus, ils savourèrent ce plaisir en silence.

— Vous avez l'air bien songeur, observa Isabelle au bout d'un moment.

— Je pensais au jour où vous êtes arrivée à Kotebie. J'ai eu l'impression que vous étiez... malheureuse. Est-ce que je me trompe ?

Isabelle baissa les yeux.

— Non, pas tout à fait.

— C'est étrange, quand nous partons comme ça, loin de chez nous, on dirait que c'est toujours pour fuir quelque chose. Moi, je venais de vivre un divorce particulièrement pénible.

Elle regarda l'homme blond séduisant à son côté, dont les yeux pétillants s'étaient soudain voilés.

— Je suis désolée, dit-elle. J'étais un peu dans la même situation, mais tout va mieux maintenant.

Il lui sourit et hocha la tête.

— Kotebie vous a transformée, Isabelle. D'ailleurs, je crois qu'il en est ainsi pour tout le monde. Une expérience comme celle que nous avons vécue rend à nos vies leur véritable sens.

La jeune femme acquiesça tout en reposant son verre vide sur la table.

— Qu'allez-vous faire maintenant ? demanda Alistair.

— Puisque ma mère n'est pas venue me chercher, je vais rester à Londres. J'ai un entretien d'embauche ici après-demain.

— Pour quel genre de poste ?

— Oh, ce serait seulement un remplacement de six mois, mais cela me permettrait d'attendre de trouver autre chose.

— Dans quel hôpital seriez-vous affectée ?

— A Woodstock, près d'Oxford. Et vous, allez-vous prendre des vacances avant de reprendre le cabinet de votre père ? s'enquit-elle.

— Je ne sais pas encore. Mais je pense que quelques jours à la maison ne me feraient pas de mal. J'irai à la pêche le matin, au golf l'après-midi. Un emploi du temps idéal pour se reposer...

Isabelle jeta un coup d'œil à sa montre.

— Je ferais bien d'appeler ma mère pour la prévenir que je suis bien arrivée, dit-elle.

— Oui, vous avez raison.

Puis il s'interrompit un instant pour l'observer.

— C'est drôle, reprit-il, la vie dans le camp ne nous a même pas laissé le temps de faire connaissance. Nous ne savons rien les uns des autres. Venez-vous d'une famille nombreuse ?

— Oh non, soupira Isabelle. J'avais une sœur qui est décédée à l'âge de cinq ans d'une méningite foudroyante. Mon père exportait des semences agricoles et voyageait beaucoup. Il est mort subitement, à l'étranger, l'année dernière. Depuis, maman et moi sommes seules.

Elle avait achevé sa phrase d'une voix légèrement tremblante. Alistair lui prit alors doucement le menton et l'obligea à tourner vers lui ses grands yeux bleus embués de larmes.

— Souriez, ordonna-t-il gentiment. Vous me l'avez promis.

Isabelle fit un effort pour lui obéir.

— Ecoutez, reprit-il. Je vais moi aussi rester à Londres quelques jours. Je suis occupé demain, mais nous pourrions dîner ensemble demain soir pour que vous puissiez me raconter comment ça s'est passé. Qu'en pensez-vous ?

— Mais vous avez probablement d'autres personnes à voir...

— Pas du tout ! Je serai très heureux de passer une dernière soirée avec vous. Je viendrai vous chercher à votre hôtel vers 8 heures. Et maintenant, je crois que nous ferions bien d'aller nous coucher !

Quand elle se laissa tomber sur le lit de sa petite chambre d'hôtel, Isabelle était effectivement morte de fatigue. Elle tenta de joindre sa mère, sans succès, et n'insista pas. Tout ce qu'elle désirait à présent se résumait à une bonne nuit de sommeil.

Le lendemain soir, après une journée de repos bien mérité, Isabelle composa de nouveau le numéro de sa mère. Cette fois, celle-ci lui répondit.

— Isabelle, ma chérie ! Où es-tu ?

— A Londres, maman, depuis dimanche. Je t'avais écrit pour te donner la date et l'heure de mon arrivée.

— Ah oui, c'est vrai. Je suis désolée, Isabelle, je ne pouvais pas venir te chercher. Je suis impatiente de te voir, tu me raconteras ton séjour.

Ce fut seulement en raccrochant qu'Isabelle s'aperçut que sa mère ne lui avait même pas demandé pourquoi elle était restée à Londres. Une vague de nostalgie l'envahit. Soudain, elle éprouva le besoin de retrouver la petite maison où elle avait grandi dans le sud de l'Angleterre, d'aller marcher le long des falaises abruptes, sur la grande plage blanche où elle se promenait avec son père quand elle était enfant...

En même temps, elle savait qu'il était temps de tourner la page et de prendre un nouveau départ. Depuis quelque temps, elle se sentait mal à l'aise dans la maison de son enfance, où sa mère vivait toujours. Peut-être à cause du souvenir de son père... Pendant des années, elle s'était demandé pourquoi il avait passé tant de temps au-delà des mers, loin de son foyer. Mais, à présent, elle commençait à comprendre qu'il avait décidé de vivre hors de sa propre maison parce que sa femme préférait qu'il en fût ainsi. Cette pensée affectait profondément Isabelle. Elle en voulait terriblement à sa mère de ne pas avoir su aimer son père comme il le méritait.

La jeune femme fit un effort pour chasser ces idées noires et décida qu'elle retournerait chez elle uniquement pour se ressourcer quelques jours. Ensuite, dès qu'elle aurait trouvé du travail, elle s'installerait dans un petit nid bien à elle, et tout irait mieux.

Le lendemain soir, à la même table que l'avant-veille, Isabelle raconta à Alistair comment s'était déroulé son entretien du matin.

— Il s'agit de deux frères, Charles et Henry Holroyd, qui ont repris le cabinet que leur père leur a légué à sa mort, expliqua-t-elle. J'ai connu Charles Holroyd il y a quelques années. C'est un homme sympathique qui doit approcher de la cinquantaine. Son frère est un peu plus âgé que lui. Ils ont l'intention de moderniser le cabinet et de travailler de concert avec l'hôpital du secteur. Ils pensent que je pourrais les aider à assurer le lien entre les deux structures pendant les six premiers mois. C'est certainement intéressant, mais je ne peux m'empêcher de rêver d'un poste dans un grand hôpital moderne.

Alistair hocha la tête d'un air compréhensif, et lui servit une seconde tasse de café.

— Et votre mère ? s'enquit-il. Va-t-elle influencer votre choix ? Désirez-vous rester près d'elle ?

— Non, pas particulièrement. Elle n'a pas encore cinquante ans et reste très active, elle peut très bien se passer de moi. Je vais aller la voir demain et rester quelques jours à la maison, le temps de prendre ma décision. Charles Holroyd m'a conseillé de bien réfléchir.

— Je ne pense pas que vous fassiez une erreur en acceptant ce poste, Isabelle, déclara Alistair d'une voix posée. Mais si vous décidez de refuser, sachez que vous serez la bienvenue à Aberdeen. Mon cabinet n'a rien d'un grand hôpital moderne, mais je peux vous assurer que je vous trouverai quelque chose d'intéressant à faire.

Isabelle le remercia d'un sourire chaleureux.

— Je n'oublierai pas votre proposition... Maintenant, il faut que j'aille me renseigner sur les horaires de train. Je voudrais partir tôt demain matin.

— Je peux vous accompagner à la gare.

— Oh non, Alistair. Vous avez déjà tant fait pour moi ! Je ne veux pas continuer à abuser de votre temps.

Un peu plus tard, quand ils se séparèrent, ils se promirent de garder le contact.

— Bon voyage ! lança Alistair alors que le taxi emmenait Isabelle vers son hôtel.

Elle le quittait à regret, après ces quelques heures agréables passées en sa compagnie. Elle considérait à présent Alistair comme un véritable ami. Travailler à ses côtés serait certainement très agréable... N'avait-elle pas intérêt à accepter son offre ?

Elle retournait encore la question dans sa tête en se couchant ce soir-là quand un doute s'introduisit dans son esprit. Elle songea à l'attitude d'Alistair, à ses attentions presque excessives envers elle, à son insistance pour retarder leur séparation...

Alistair concevait-il leur relation d'une autre façon ?

Comment n'y avait-elle pas pensé plus tôt ? Si elle décidait de partir pour Aberdeen, il se pourrait bien qu'elle fût accueillie non seulement comme une infirmière, mais comme une future épouse... Et elle ne le souhaitait pas. Pas maintenant, en tout cas.

Elle s'obligea à penser à autre chose. Immédiatement, les images de Kotebie revinrent danser dans sa tête. Elle avait écrit à l'association humanitaire qu'elle n'envisageait pas de repartir dans le tiers-monde pour l'instant, mais qu'elle souhaitait que son nom continuât de figurer sur la liste des volontaires. Peut-être repartirait-elle un jour...

Quand le train entra en gare de Hastings, Isabelle aperçut sa mère sur le quai, toute petite, vêtue d'une petite robe de coton blanc qui la faisait paraître incroyablement jeune. Dorothy Buckingham accueillit sa fille en déposant sur sa joue un baiser rapide, comme si elle pensait à autre chose.

— Tu es bronzée ! observa-t-elle. As-tu fait bon voyage ?

Isabelle s'apprêtait à répondre, mais sa mère ne lui en laissa pas le temps.

— Viens, poursuivit-elle avec excitation, j'ai quelqu'un à te présenter.

Un homme élégant, âgé d'une quarantaine d'années, s'avança vers elles d'une démarche nonchalante. Il donna à Isabelle une solide poignée de main.

— Ravi de faire votre connaissance, dit-il avec obséquiosité. Dorothy m'a beaucoup parlé de vous.

— Voici Arthur, Isabelle, Arthur Hopkins. Nous nous sommes rencontrés à une soirée du Rotary Club...

Dorothy s'interrompit un instant et prit la main d'Arthur dans la sienne. Puis elle ajouta, avec un sourire enfantin :

— Et nous nous marions la semaine prochaine !

# 2.

La route serpentait dans la campagne anglaise sous le soleil de juin et Isabelle avait si chaud au volant de sa petite voiture qu'elle s'arrêta un moment sur le bas-côté pour se reposer et boire un peu d'eau. Appuyée contre le capot de sa voiture, elle songea aux événements des jours précédents.

Elle avait encore du mal à croire qu'elle n'avait pas rêvé. Mais c'était vrai. Elle revenait bien du mariage de sa mère qui venait d'épouser un homme de dix ans plus jeune qu'elle avant de s'envoler avec lui pour Madère en voyage de noces.

Isabelle soupira. Si seulement elle parvenait à se débarrasser de l'impression obsédante que sa mère avait commis une erreur... De toute façon, elle ne pouvait rien faire. Dorothy Buckingham n'avait jamais pris le temps de parler sérieusement avec sa fille. Elle la laissait mener sa vie, sans se préoccuper de savoir si elle était heureuse, sans confier non plus ses propres états d'âme. Elle accueillait tout ce qu'entreprenait Isabelle avec une approbation détachée. Jusqu'à la fin de ses études, elle avait pensé qu'il s'agissait d'une forme de confiance. Ce n'était que plus tard, à force de rencontrer des gens issus de milieux différents, de familles différentes, qu'elle avait commencé à se poser des questions sur sa propre famille. Elle avait compris qu'elle ne pouvait compter que sur elle-même, et qu'il était inutile de chercher à comprendre sa mère.

De nouveau, Isabelle poussa un profond soupir. A présent, elle devait penser un peu à elle. Plus que jamais, elle ressentait le besoin de créer autour d'elle un nouvel équilibre. Se plonger dans un nouveau travail lui ferait certainement le plus grand bien. C'est pourquoi elle avait finalement décidé d'accepter la proposition des frères Holroyd. Elle était en route pour Woodstock, où elle devait commencer à travailler dès le lendemain.

D'ailleurs, il était temps de repartir. Elle avait encore une dizaine de kilomètres à parcourir.

Mais alors qu'elle s'apprêtait à démarrer, un homme se précipita au-devant de sa voiture en courant. Il était grand et bronzé, et portait une chemise de toile passablement élimée, ouverte sur un jean déchiré aux genoux.

— S'il vous plaît, dit-il, haletant, pouvez-vous m'emmener ?

Isabelle se méfiait des auto-stoppeurs, surtout accoutrés ainsi. Et quand l'homme fit mine d'ouvrir la portière, la jeune femme, inquiète, appuya sur l'accélérateur.

— Désolée ! lança-t-elle en enclenchant la première.

Mais l'homme l'arrêta en se jetant de nouveau devant la voiture. Ses beaux yeux de velours sombre se firent implorants.

— Je vous en prie... Si vous étiez sur le point d'accoucher, ne seriez-vous pas en droit de demander de l'aide ? C'est exactement ce que je suis en train de faire. Il faut absolument que je trouve un téléphone. Une femme va accoucher.

Isabelle fronça les sourcils, se demandant s'il disait vraiment la vérité.

— Vite..., reprit l'homme. Je vous en supplie !

Isabelle lui ouvrit la portière. Elle ne pouvait pas prendre le risque de laisser une femme en danger.

Quand il fut installé, elle démarra. C'est alors qu'un éclat de rire la fit sursauter.

— Le coup de la femme qui accouche, ça marche chaque fois ! dit l'homme en étirant ses jambes devant lui avant de poser un bras sur le siège d'Isabelle.

Furieuse, elle freina, et la voiture pila.

— Dehors ! s'écria-t-elle. Trouvez une autre victime pour vos plaisanteries de mauvais goût.

— Oh là ! Ne prenez pas la mouche comme ça ! J'ai simplement tenté ma chance !

— Si vous ne descendez pas de ma voiture immédiatement, je hurle jusqu'à ce que quelqu'un vienne vous en sortir.

Les mains crispées sur son volant, elle sentait le sang lui monter à la tête tandis qu'il demeurait tranquillement assis, un sourire aux lèvres, pas du tout troublé.

— Je vous conseille de ne pas crier trop fort, dit-il posément. Cela pourrait abîmer votre larynx qui est constitué de cartilages fragiles reliés par une fine membrane, le tout enfermé dans les cordes vocales, elles-mêmes surmontées...

— *Taisez-vous!* hurla Isabelle. Je n'ai pas besoin de vos leçons d'anatomie ! Vous êtes le personnage le plus odieux que j'aie jamais rencontré. Pour qui vous prenez-vous ? Vous montez dans ma voiture en vous servant d'un mensonge honteux, et vous vous vantez de vous être moqué de moi ? Les gens comme vous mériteraient d'être envoyés en Ethiopie pour apprendre ce qu'est la vie !

Elle se pencha pour lui ouvrir sa portière, mais il l'arrêta d'un geste, refermant sa grande main sur son poignet. Puis, lentement, il desserra son étreinte.

— Calmez-vous, dit-il d'une voix douce. Je n'aurais pas dû vous taquiner ainsi. Excusez-moi.

Brusquement, ses grands yeux noirs semblaient sincères.

— Mais j'ai réellement besoin d'appeler une ambulance, reprit-il. Juste derrière ces arbres, une femme est sur le point d'accoucher avec un bon mois d'avance. Elle se promenait avec son mari quand elle a été prise de violentes contractions. Quant à moi, je suis tombé en panne à deux kilomètres d'ici avec ma voiture, et j'allais rentrer à pied quand j'ai entendu des cris. Il est encore temps de la transporter à l'hôpital, mais il faut faire vite, et il faut une ambulance au cas où les choses se passent mal !

Isabelle plongea dans les pupilles sombres qui la fixaient sans ciller. Puis, prenant une profonde inspiration, elle remit le moteur en marche. Elle brûlait d'envie de poser des questions sur l'accouchement, de faire demi-tour pour voir ce qu'elle pouvait faire... mais se tut. Si cette invraisemblable histoire était vraie, il valait mieux appeler un médecin au plus vite.

A l'entrée du village le plus proche, Isabelle s'arrêta devant une cabine.

— Vous m'attendez, n'est-ce pas, au cas où elle ne fonctionnerait pas ?

Sans lui laisser le temps de répondre, il se précipita vers la cabine.

Isabelle exhala un soupir. Décidément, cet intrus mal élevé obtenait d'elle tout ce qu'il voulait...

Quelques secondes plus tard, il était de retour.

— Gagné, elle ne marche pas ! s'écria-t-il en remontant dans la voiture. Mais il doit y en avoir une à Woodstock, nous ne sommes pas loin.

Isabelle acquiesça, morose. Elle n'avait d'autre choix que d'y emmener son encombrant passager.

— J'aime bien votre voiture, dit-il lorsqu'elle eut repris la route.

— J'espère que vous êtes bien installé, ironisa Isabelle.

— En fait, le siège est un peu trop avancé pour mes grandes jambes, mais ça va, nous sommes presque arrivés.

Isabelle haussa les épaules sans faire de commentaire. Ils parcoururent les derniers kilomètres en silence, et arrivèrent comme par miracle devant l'hôpital, à l'entrée de la petite ville.

Dès que l'homme fut sorti de l'habitacle, Isabelle claqua la portière derrière lui.

— Bonne chance ! cria-t-elle avant de démarrer.

En jetant un coup d'œil dans son rétroviseur, elle le vit agiter la main dans sa direction avec un sourire avant de disparaître dans l'hôpital.

Peut-être ne lui avait-il pas menti, après tout... Elle ne put s'empêcher de penser que, malgré son attitude insolente, cet homme possédait un charme indiscutable. Et ce fut seulement lorsqu'elle arrêta sa voiture devant la belle maison des frères Holroyd qu'elle put enfin chasser de son esprit le visage malicieux de l'auto-stoppeur.

Sur le portail de l'entrée, un écriteau indiquait « Cromwell House », le nom de la vieille bâtisse qu'habitaient les deux frères.

Charles et Henry Holroyd accueillirent Isabelle à bras ouverts. La jeune femme fit la connaissance d'Henry, qui ressemblait comme deux gouttes d'eau à son frère. Tous deux avaient un visage affable et intelligent, et montraient la même passion pour leur profession.

Avant le dîner, ils firent tous les trois le tour du grand jardin qui entourait la maison, plein de fleurs et de massifs, et les frères Holroyd montrèrent avec fierté à Isabelle la belle piscine qu'ils venaient de faire construire.

Après leur promenade, ils l'aidèrent à monter ses bagages au dernier étage de la maison qui constituait un véritable appartement et auquel on accédait par une entrée indépendante.

Isabelle posa rapidement ses affaires et rejoignit ses hôtes dans la salle à manger où le dîner était servi. Elle fit alors la connaissance de Mme Rainbow, une femme au sourire avenant qui s'occupait du ménage depuis des années. Son mari, quant à lui, prenait soin du jardin.

Quand Mme Rainbow se fut retirée dans la cuisine, les deux frères échangèrent un regard, puis Charles se tourna vers Isabelle.

— Il nous reste un problème à aborder avec vous, Isabelle, commença-t-il. Comme vous le savez, nous travaillons en étroite collaboration avec l'hôpital local. Notre père, en plus de son cabinet de médecine générale, a toujours souhaité ouvrir une maternité dans cet hôpital. Il nous a légués une importante somme d'argent pour que nous puissions mener son projet à terme. Ce service a finalement été ouvert, et nous avions recruté une infirmière puéricultrice capable de diriger le service. Mais son mari a été muté aux Etats-Unis et elle a dû partir. Depuis, nous nous sommes débrouillés avec les autres infirmières de notre personnel et les sages-femmes de l'hôpital, mais il nous faut une véritable surveillante-chef, compétente et responsable pour organiser le fonctionnement de ce service. Et nous avons pensé à vous, au moins en attendant de trouver quelqu'un d'autre...

— Nous sommes bien conscients que ce poste comporte des responsabilités bien plus importantes que celui que nous vous proposions à l'origine, enchaîna Henry. Nous comprendrions que vous refusiez d'assumer une telle charge de travail supplémentaire. Mais étant donné les qualifications et l'expérience que vous avez, nous sommes certains que vous pourrez mener de front vos fonctions au cabinet médical, qui seront relativement réduites, et la direction de la maternité. Nous serions si heureux si vous acceptiez...

Le visage d'Isabelle s'éclaira d'un large sourire.

— Si vous êtes sûrs que je serai à la hauteur, je serai ravie de...

— Oh merci, Isabelle ! s'écria Charles sans la laisser finir sa phrase. C'est formidable !

— L'activité de la maternité est encore relativement réduite, compléta Henry. Nous avons des infirmières très compétentes. Ce qu'il nous faut, au moins pour les six premiers mois, c'est une personne de confiance sur qui nous pouvons compter en toutes circonstances. Quelqu'un comme vous !

— Je ferai de mon mieux pour que vous n'ayez pas à regretter votre proposition ! répondit Isabelle, ravie.

— Ne vous inquiétez pas, dit Charles, nous n'avons aucun doute à ce propos !

A la fin du repas, ils se levèrent pour aller prendre le café sur la terrasse. L'air du soir paraissait délicieusement doux après la chaleur de la journée.

— Il ne nous restera plus qu'à vous présenter notre troisième associé, le Dr Winston, dit Charles. Il sera là demain. Je suis sûr que vous vous entendrez bien avec lui. C'est quelqu'un de très particulier, mais qui gagne à être connu. Du moins est-ce mon opinion..., ajouta-t-il en jetant un regard à son frère. En tout cas, à trente-six ans, il a plus d'expérience en gynécologie obstétrique que beaucoup de nos confrères en fin de carrière. Il dirige la maternité d'une main de fer, vous vous en rendrez compte par vous-même !

« S'il a tant d'expérience, songea Isabelle, pourquoi vient-il s'enterrer dans un petit hôpital de campagne ? »

L'intervention d'Henry la tira de sa rêverie.

— Vous sommes heureux de voir la fin de ces mois d'angoisse, vous savez !

Les deux frères expliquèrent à Isabelle que l'année qui venait de s'écouler avait été particulièrement difficile. Outre la démission de leur infirmière chef, ils avaient dû affronter le ministère de la Santé qui voulait fermer l'hôpital. Ils s'étaient battus corps et âme, et avaient remporté la victoire avec l'aide de la population locale.

— Maintenant, nous allons enfin reprendre une vie normale, conclut Charles. Et cela en grande partie grâce à vous. Bienvenue parmi nous, Isabelle !

Quand Isabelle se coucha ce soir-là dans sa petite chambre mansardée, elle se sentait presque chez elle. Le papier peint fleuri lui semblait déjà familier, de même que le couvre-lit et les rideaux assortis. La fenêtre donnait sur les champs qui s'étendaient à perte de vue, au-delà de la haie du jardin.

A cet instant, Isabelle retrouvait avec ravissement des sensations familières de son enfance. Enfin, elle allait pouvoir recommencer une nouvelle vie, retrouver un équilibre, des racines. Elle en avait bien besoin !

Entre Alistair et son attitude ambiguë, sa mère qui, à cinquante ans, vivait une passion de jeune fille avec un parfait inconnu, et son propre passé pour le moins mouvementé, la jeune femme se sentait un peu désemparée.

Et cet auto-stoppeur, dont elle ne parvenait pas à oublier le regard pétillant de malice... Comment avait-il réussi, en l'espace de quelques minutes, à lui faire perdre le contrôle d'elle-même, à la manipuler comme une petite fille ? Avait-il réellement l'intention d'aider une femme en difficulté ou s'était-il tout simplement servi d'elle ?

Isabelle poussa un profond soupir et se força à ne plus penser à rien. Elle devait dormir pour se préparer à prendre ses nouvelles fonctions.

Le lendemain matin, Charles lui proposa de l'emmener dans sa voiture pour visiter l'hôpital où elle allait passer le plus clair de son temps et elle accepta avec enthousiasme.

— Je suis certain que vous allez vous plaire dans notre nouveau service, déclara-t-il alors qu'ils pénétraient dans les locaux neufs. Il ne tourne pas encore à plein régime, mais nous en sommes déjà fiers.

Isabelle fut frappée par l'atmosphère gaie et sereine qui régnait dans la maternité installée dans un petit bâtiment de deux étages. Dans les grandes chambres éclairées par de larges fenêtres flottait une odeur délicieusement fraîche. On se serait cru chez soi, et non dans un hôpital.

Alors qu'ils poursuivaient leur visite, une jeune femme vint à leur rencontre.

— Judy, je vous présente Isabelle qui va travailler avec nous pendant six mois, déclara Charles. Isabelle, voici Judy Campbell, notre infirmière en chef.

Un sourire radieux éclaira le visage de Judy tandis qu'elle tendait la main à Isabelle.

— Vous ne pouvez pas savoir comme nous sommes heureux de vous accueillir parmi nous, dit-elle avec chaleur.

Ils conversèrent un moment tous les trois dans la salle de repos quand, soudain, Charles jeta un coup d'œil à sa montre.

— Mon Dieu ! s'écria-t-il. Il faut que je rentre au cabinet médical, j'ai des patients à voir ! Mais ne vous inquiétez pas, Isabelle, je serai de retour dans une petite heure.

Je vous laisse faire plus amplement connaissance avec Judy !

Les deux femmes le regardèrent s'éloigner d'un pas rapide, puis Judy entreprit d'expliquer à Isabelle ce qu'elle devait savoir sur les horaires, la tenue, les salaires, et toutes les petites choses qui règlent le fonctionnement d'un service.

— Venez, Isabelle, dit-elle enfin en se levant, je vais vous montrer le reste du service.

Elles commençaient à peine leur visite quand le téléphone sonna. Comme une bonne heure s'était écoulée depuis le départ de Charles, Isabelle pensa que ce devait être lui.

— D'accord, merci ! dit Judy en raccrochant. Apparemment, vous êtes attendue, Isabelle. Une voiture est là, dehors, pour vous... Nous terminerons la visite demain.

Isabelle la remercia chaleureusement de son accueil avant de partir. Alors qu'elle traversait le hall d'entrée, l'une des infirmières à qui Charles l'avait présentée lui adressa un petit signe amical de la main.

Elle lui sourit en retour. Il lui tardait d'être au lendemain pour commencer à travailler avec ces gens si sympathiques.

Une voiture l'attendait effectivement juste devant l'entrée, et Isabelle se dirigea vers elle. Mais alors qu'elle s'apprêtait à ouvrir la portière, sa main se figea sur la poignée.

Ce n'était pas la voiture de Charles. Et l'homme, au volant, qui lui souriait n'était autre que l'inconnu qu'elle avait pris en stop.

# 3.

— Salut ! lança-t-il d'un ton familier. Il semblerait que les rôles soient inversés ! Cette fois, c'est moi qui vous conduis !

Isabelle resta pétrifiée, incapable de prononcer une parole, tandis qu'il la détaillait sans vergogne. Sa voix railleuse résonnait encore aux oreilles de la jeune femme comme dans un mauvais rêve.

— Pour rien au monde je ne monterai dans cette voiture, répondit-elle enfin. J'attends quelqu'un, de toute façon, alors vous pouvez...

— Dégager ? suggéra-t-il d'un air malicieux. Ecoutez, Charles Holroyd m'a demandé de venir vous chercher, il a été retenu au cabinet médical.

Sans se départir de son sourire, il sortit de la voiture et la contourna pour lui ouvrir la portière. Ses yeux noirs scintillaient d'un éclat moqueur.

A cet instant, Judy Campbell apparut sur le perron de l'hôpital et descendit les marches d'un pas rapide.

— Bonjour, Stan ! cria-t-elle au passage. Je me sauve car je ne veux pas rater le dernier bus. A demain, Isabelle !

— Toujours en train de courir ! commenta-t-il gentiment en la regardant s'éloigner.

Puis il se tourna de nouveau vers Isabelle, qui ne comprenait plus rien.

— Vous voyez, reprit-il, nous avons au moins un point commun, nous connaissons tous les deux Judy ! Venez, maintenant, je vous ramène.

— Il est hors de question que je mette un pied dans cette voiture, répéta Isabelle en jetant un regard méprisant à la vieille guimbarde.

Il poussa un profond soupir.

— Je crois que nous allons commencer par prendre un verre au café d'en face pour que vous m'expliquiez votre problème...

— Je n'ai aucun problème, rétorqua sèchement la jeune femme.

— Bon, d'accord. Le problème est simplement que vous m'en voulez pour ce qui s'est passé l'autre jour, c'est ça ?

Le beau visage de l'homme affichait tout à coup une expression sincèrement désolée.

— Ecoutez, reprit-il, je travaille avec les frères Holroyd. Il se trouve que nous nous sommes rencontrés dans des circonstances un peu particulières, mais c'était le hasard. Ou le destin, comme vous voulez... En tout cas, vous feriez bien d'apprendre à me supporter car nous sommes condamnés à nous revoir.

Tandis qu'il parlait, Isabelle songeait aux paroles de Judy. Elle avait pris le dernier bus, ce qui signifiait qu'elle-même n'avait d'autre choix que de monter dans cette voiture. Et si cet insolent aux cheveux en bataille travaillait effectivement à l'hôpital, elle devait effectivement s'habituer à l'idée de le revoir...

— D'accord, allons boire un verre, dit-elle.

— Je savais que vous redeviendriez raisonnable ! s'exclama-t-il en riant.

Puis il redevint sérieux.

— Recommençons depuis le début, dit-il. Je m'appelle Stan.

— Isabelle...

Elle serra la main qu'il lui tendait et constata avec surprise qu'elle était fine et soignée. Etonnant pour un baroudeur à l'allure aussi peu raffinée.

Au café, ils s'installèrent à une petite table et commandèrent deux jus de fruits.

— Comment va la jeune femme qui devait accoucher hier? s'enquit Isabelle avec ironie, pensant piéger son interlocuteur.

Mais, à son grand étonnement, Stan ne se démonta pas le moins du monde.

— Elle est à la maternité... et dorlote sa petite fille. Vous les avez sauvées toutes les deux!

— C'est plutôt vous qu'elles doivent remercier pour ce que vous avez fait — courir à travers champs, arrêter une innocente conductrice et la terroriser! répliqua Isabelle en riant. Si je n'avais pas été là, vous auriez pris quelqu'un d'autre en otage, j'imagine!

Un sourire éclaira son visage hâlé.

— Probablement, admit-il.

Il tourna la tête en direction de la porte alors que deux énergumènes aux cheveux longs pénétraient dans le café, portant chacun un étui de guitare. Deux dalmatiens les accompagnaient.

— Tiens, Stan! s'exclamèrent-ils en le découvrant. Rendez-vous ce soir, n'est-ce pas?

— Je me serais joint à vous avec plaisir, mais j'ai trop de travail, répondit-il. Je vous présente Isabelle...

Les deux hommes adressèrent un petit signe de tête à la jeune femme.

— J'ai entendu dire que la police avait interdit le

concert de Stonehenge pour des histoires de drogue, enchaîna Stan. Dommage pour nous !

— Oui, c'est bête ! Nous irons probablement au festival de Glastonbury à la place. En espérant te voir là-bas, avec Isabelle ! Salut !

— Vous avez de drôles de fréquentations, commenta Isabelle avec ironie lorsque les deux musiciens se furent installés un peu plus loin.

— Des gens formidables qui ne demandent rien d'autre que de pouvoir jouer et écouter la musique qu'ils aiment, répliqua Stan. Le plus grand s'appelle Steve, il a trente et un ans et deux enfants. Il a monté un groupe de rock quand sa petite entreprise a fait faillite. L'autre s'appelle Smed, et joue aussi dans le groupe de Steve. C'est un excellent bassiste.

Isabelle observait son interlocuteur, se demandant quel genre d'homme il était réellement. Il ressemblait si peu aux frères Holroyd ! Et, pourtant, elle devinait confusément en lui les qualités d'un bon médecin — un souci des autres, une sorte de chaleur qui inspirait confiance.

— Vous avez l'air de bien connaître le milieu du rock...

Stan hocha la tête avec un sourire.

— Un peu... Venez, il est temps que je vous ramène à Cromwell House...

Lorsqu'ils arrivèrent à destination, Isabelle se tourna vers lui avec un sourire.

— Finalement, je suis arrivée vivante ! A propos, cette guimbarde vous appartient ?

— Cette guimbarde ? Vous avez eu l'honneur de voyager à bord d'une superbe Volkswagen de collection que j'ai achetée il y a dix ans et à laquelle je tiens comme à la prunelle de mes yeux ! Certes, il lui arrive de tomber en panne, mais je lui suis fidèle ! Voyez-vous, j'ai choisi de lier mon destin à celui d'une voiture plutôt qu'à celui d'une femme. Au moins, elle m'obéit sans poser de questions !

Isabelle claqua la portière de la voiture en riant.

— Merci, chauffeur ! lança-t-elle en se dirigeant vers la maison.

Mais elle se retourna pour regarder disparaître la vieille voiture au bout de l'allée, songeant qu'elle n'avait même pas pensé à demander à Stan quelles étaient ses fonctions à l'hôpital.

Peut-être était-il infirmier, et qu'ils travailleraient ensemble...

Elle passa le reste de la soirée dans son nouvel appartement après avoir fait quelques courses à l'épicerie du village. Alors que le soleil déclinait, elle sortit flâner un moment dans le jardin où les massifs qui bordaient la piscine exhalaient un parfum suave. Vers 8 heures, elle rentra dîner chez elle, puis décida de téléphoner à Alistair.

— Isabelle ! s'écria-t-il avec chaleur en reconnaissant sa voix. Quelle bonne surprise !

La jeune femme lui raconta comment elle avait finalement décidé de travailler avec les frères Holroyd.

— Je suis sûr que tout se passera très bien, déclara Alistair lorsqu'elle eut fini. Mais je vous attends toujours à Aberdeen, au moins pour un week-end...

Il marqua une pause avant de poursuivre, et le ton de sa voix se fit plus grave :

— J'ai beaucoup pensé à vous depuis que nous nous sommes quittés, Isabelle. J'espère ne pas vous choquer en vous avouant cela. Mais j'ai tant de plaisir à passer du temps en votre compagnie... Vous me manquez beaucoup.

Isabelle fut abasourdie, bien qu'elle ne mît pas en doute sa sincérité.

— Alistair, n'exagérez pas, dit-elle en riant pour éviter que la conversation ne prît un tour trop sérieux. Et que puis-je répondre à ça, maintenant ?

— Chère Isa, je ne plaisante pas. Excusez-moi d'avoir été si direct, vous devez penser que je suis terriblement maladroit.

— Pas du tout, Alistair, répondit-elle doucement. Ecoutez, je vous appellerai dès que j'en saurai un peu plus sur mon emploi du temps, et nous essaierons d'organiser quelque chose.

Ils continuèrent à parler un moment de sujets plus anodins, puis raccrochèrent en se promettant de se revoir.

Allongée sur son lit, les yeux fixés au plafond, Isabelle réfléchit à la conversation qu'ils venaient d'avoir. Elle ne pouvait envisager de s'engager dans une relation intime avec Alistair, mais elle devrait faire preuve de diplomatie pour le lui faire comprendre sans le blesser, et préserver cette amitié à laquelle elle tenait tant.

A la fin de sa première journée de travail à l'hôpital, Isabelle se sentait comme un poisson dans l'eau. Judy avait déployé tous les efforts possibles pour la mettre à l'aise et lui montrer le fonctionnement du service. Elle lui avait présenté également Mary Shipton, l'autre infirmière de la maternité, une jeune femme discrète et à l'air réservé.

— Anne Moore, l'infirmière de nuit, est désolée de ne pas pouvoir vous rencontrer aujourd'hui, précisa Judy. Elle doit partir une heure plus tôt le matin, cette semaine. Son mari, Tom, est ambulancier et ils doivent s'arranger pour ne pas laisser leur petit garçon tout seul. Or, cette semaine, Tom prend son service plus tôt que d'habitude.

— Je comprends très bien, répondit Isabelle. De toute

façon, j'ai l'impression que le service n'est pas surchargé en ce moment.

— Non, c'est plutôt calme, effectivement. Il n'y a eu qu'une admission hier, celle de Mme Johnson. Elle a des contractions très douloureuses depuis plusieurs heures, et vient d'opter pour une péridurale. Venez, je vais vous la présenter.

Mme Johnson semblait détendue, tout comme son mari qui se tenait à côté d'elle. Un capteur placé sur le ventre de la future maman enregistrait la fréquence des contractions.

— Comment vous sentez-vous? demanda Isabelle. Est-ce que l'anesthésie vous soulage?

Un sourire éclaira le visage rond de la jeune femme.

— Je ne sens absolument plus rien dans la partie inférieure de mon corps, répondit-elle timidement, et c'est beaucoup mieux comme ça!

— Tout va bien se passer, ne vous inquiétez pas...

Puis Isabelle jeta un coup d'œil aux courbes enregistrées par l'appareil.

— Tout est normal. Nous reviendrons vous chercher pour vous emmener en salle d'accouchement dans un moment. Vous avez une sonnette, appelez-nous s'il y a quoi que ce soit d'ici là.

Un peu plus tard, quand les enregistrements indiquèrent que la seconde phase du travail était amorcée, Mme Johnson fut conduite dans la salle d'accouchement.

— Je vais prévenir le chef de service, le Dr Winston, déclara Mary. C'est lui qui va assurer l'accouchement. Vous ne le connaissez pas encore, Isabelle?

— Non.

— Vous verrez, c'est un personnage particulier, mais il est très compétent.

Tandis que Mary allait téléphoner, Isabelle enfila des

gants et une blouse spéciale pourvue d'un masque puis s'approcha de Mme Johnson que son mari tenait fermement par la main.

— Vous comprenez, n'est-ce pas, que l'anesthésie limite la réaction naturelle du corps qui est de pousser pour expulser le bébé, alors il faudra le faire quand je vous le dirai, expliqua Isabelle. Essayez, maintenant. Voilà, comme ça, c'est bien !

La jeune femme se concentrait tant qu'elle pouvait, et des gouttes de sueur commencèrent à perler sur son front.

— Voilà, comme ça, c'est très bien ! l'encouragea Isabelle. Je vois la tête du bébé. Il a les cheveux aussi noirs que les vôtres !

Absorbée par ce qu'elle faisait, Isabelle eut vaguement conscience que les portes s'étaient ouvertes brusquement et que le médecin était arrivé. Il prit le dossier que lui tendait Mary.

— Je ne pense pas que nous puissions faire grand-chose de plus sans aide, docteur Winston, murmura Isabelle en s'écartant pour lui laisser la place.

— Merci, je vais voir ça.

Isabelle vit que ses yeux, au-dessus du masque, se plissaient, tandis qu'il souriait à la future mère. Le profil du médecin lui rappelait quelque chose, mais quoi ?

— Bonjour, madame Johnson, dit-il d'une voix enjouée en commençant son examen. Vous savez, l'accouchement sans douleur est un progrès merveilleux, mais la nature ne se laisse pas contrarier sans exiger qu'on en paie le prix. J'ai bien l'impression que nous allons devoir faire une épisiotomie et finir le travail au forceps. Mais ne vous inquiétez pas, il n'y a aucun problème.

La tension monta dans la pièce pendant ces instants décisifs, mais grâce aux efforts conjoints d'Isabelle et du

Dr Winston, le bébé vint au monde et le hurlement vigoureux qu'il poussa détendit l'atmosphère.

Isabelle prit alors le petit être dans ses bras et le déposa doucement sur le ventre de sa mère qui se mit à pleurer à la fois de joie et de soulagement. Son mari semblait paralysé par l'émotion.

— Voilà, dit Isabelle, vous avez une ravissante petite fille.

Elle laissa la jeune mère profiter de cette minute magique avec son enfant nouveau-né, puis le reprit pour lui administrer les premiers soins, le laver et le langer avant de le présenter de nouveau à ses heureux parents. Puis, tandis que le Dr Winston terminait la suture finale, elle emporta la petite fille à la pouponnière, attacha son nom de famille à son poignet et à sa cheville, et la coucha dans un berceau.

Avant de rédiger le rapport d'accouchement, Isabelle s'accorda une pause dans son bureau. En sirotant son café, elle se mit à songer à Kotebie. Le rituel de l'accouchement était si différent là-bas... Tout était différent. Le dispensaire se composait de plusieurs bâtiments de torchis recouverts de tôle ondulée. Chaque matin, le premier travail était de séparer les malades des mourants. Des mères affamées tendaient leurs mains décharnées pour appeler à l'aide et demander un peu d'attention pour leurs bébés au ventre déformé. Des nuages de mouches survolaient en permanence ce spectacle désolant.

Durant les premiers jours qui avaient suivi son arrivée, cette misère avait terriblement choqué Isabelle et elle avait eu envie de s'enfuir pour oublier ces images terribles, ces yeux désespérés qui pleuraient en silence. En effet, il n'y avait pas de cris à Kotebie. Aucun bébé ne trouvait la force de hurler.

Ces souvenirs assaillirent Isabelle avec une telle force

que les larmes lui montèrent aux yeux. Elle enfouit son visage dans ses mains.

— Eh bien, eh bien..., dit soudain une voix grave et chaude.

Surprise car elle n'avait pas entendu la porte s'ouvrir, Isabelle releva les yeux vers l'homme brun qui la dévisageait et crut être victime d'une hallucination. Stan !

— Vous ? s'écria-t-elle, stupéfaite.

S'essuyant les yeux d'un geste rapide, elle se redressa brusquement. Elle venait seulement de comprendre que l'auto-stoppeur qui était venu la chercher la veille, et qui lui avait dit « travailler avec les frères Holroyd », n'était autre que le Dr Winston, leur associé, le médecin qui serait désormais son patron !

Dans la salle d'accouchement, elle ne l'avait pas reconnu à cause du masque et du bonnet.

Il sourit.

— Vous avez fait du bon travail, dit-il avec chaleur. Je suis heureux que vous preniez la tête du service.

Tandis que son cœur reprenait un rythme normal, Isabelle le fixa un instant sans répondre.

— Excusez-moi, dit-elle enfin, je... je ne savais pas que vous étiez le docteur Winston.

— Au départ, j'ai été aussi étonné que vous, répondit-il gentiment. Mais maintenant, je crois que nous en avons fini avec les surprises !

Un sourire éclaira son visage. Un sourire ravageur, qui allumait des étincelles de malice dans ses yeux sombres.

Isabelle fit un effort pour dissimuler son trouble. Trop d'émotions la perturbaient depuis son retour de Kotebie. Sa mère, les déclarations d'Alistair, son nouveau travail... Et, à présent, elle éprouvait le plus grand mal à se faire à l'idée que ce baroudeur de charme était son chef de service. Comment les frères Holroyd avaient-ils pu s'associer avec un homme si différent d'eux ?

D'un autre côté, elle ne trouvait absolument rien à redire quant à son intervention du matin.

— Pourquoi ne m'avez-vous pas dit que vous étiez médecin quand vous êtes monté dans ma voiture l'autre jour ? demanda-t-elle d'un ton un peu abrupt. Cela vous amusait de me prendre pour une idiote ?

Sans se départir de son sourire, il secoua la tête.

— Pas du tout, mais quand je rencontre une jolie femme, j'évite de passer des heures à l'ennuyer en lui racontant ma vie. Ce n'était pas *ma* vie qui importait à ce moment-là.

— Je vois, dit Isabelle en jetant un coup d'œil à sa montre. Maintenant, je crois qu'il est temps que je me remette au travail.

Alors qu'elle prenait le dossier qu'elle devait remplir, Stan se dirigea vers la porte, mais il se retourna au moment de sortir.

— A propos, vous n'aviez pas l'air d'aller très bien quand je suis arrivé. Puis-je faire quelque chose pour vous ?

— Je vous remercie, docteur, répondit-elle avec un sourire. Je ne pense pas que vous puissiez quoi que ce soit pour moi.

— Qu'en savez-vous ? Par ailleurs, vous connaissez mon prénom... Vous pourriez peut-être l'utiliser, non ?

Sans attendre la réponse, il disparut dans le couloir, mais, deux secondes plus tard, il passait de nouveau la tête par l'entrebâillement de la porte.

— J'allais oublier... Les frères Holroyd nous attendent tous les deux pour dîner, ce soir. J'imagine qu'ils ont dans l'idée de nous présenter officiellement l'un à l'autre !

⁂

En se préparant pour le dîner, Isabelle pensa qu'il valait mieux prétendre que Stan et elle s'étaient rencontrés la veille. La vérité risquait d'être trop compliquée à expliquer...

La soirée fut plus agréable et détendue qu'elle l'imaginait. Charles et Henry Holroyd étaient des hôtes parfaits, et Mme Rainbow avait concocté un repas succulent. Quant à Stan Winston, il se montra charmant également. Isabelle le trouva même très sympathique, et s'en réjouit car elle apprit au cours du dîner qu'elle travaillerait également avec lui de temps en temps pour la consultation de médecine générale du cabinet.

Après le dîner, ils s'installèrent dans les transats confortables sur la terrasse pour parler de l'avenir, et de la façon dont Isabelle et Stan allaient organiser leur emploi du temps entre l'hôpital et le cabinet médical. Puis ils définirent ensuite leurs tours de garde respectifs pour les semaines à venir. Il fut convenu qu'Isabelle assurerait les gardes en même temps que Stan.

Au bout d'un moment, sentant la fatigue, la jeune femme jeta un coup d'œil à sa montre et se leva.

— Je vais aller me coucher..., dit-elle. Mais il fait si doux que je veux profiter d'un dernier petit tour dans le jardin. Bonsoir à tous !

Laissant les trois hommes achever leur discussion, elle s'éloigna en direction de la piscine où se reflétait la lune parfaitement ronde. L'air frais et parfumé du soir lui fit du bien, mais ne réussit pas à chasser Stan Winston de ses pensées. Elle se demandait comment allait se passer leur collaboration. Certes, elle devait admettre que, malgré son habituelle désinvolture, il s'était montré attentif au point de vue de chacun durant le dîner, et que ses propres suggestions ne manquaient pas d'intérêt. Mais, de toute évidence, il était très indépendant et suivait ses propres règles.

— Ne me dites pas que vous vous ennuyiez avec nous au point de préférer la compagnie des fleurs !

Elle reconnut immédiatement la voix grave et chaude de Stan. Sa haute silhouette se détachait dans la pâle clarté de la lune. Il franchit les derniers mètres qui le séparaient d'elle.

— Rassurez-vous, je ne me suis pas ennuyée du tout...

Le sentir ainsi tout près d'elle la troublait profondément. Comment l'assurance vaniteuse qu'il affichait en permanence pouvait-elle lui donner autant de charme ? D'ordinaire, elle détestait ce genre de personne.

— J'espère que nous allons nous entendre ! dit-il soudain, comme s'il avait deviné les interrogations de la jeune femme.

Elle se tourna vers lui, un sourire aux lèvres.

— J'avoue que, connaissant les frères Holroyd, je ne m'attendais pas qu'ils s'associent avec quelqu'un comme vous. Vous êtes différent du Dr Winston que j'imaginais...

— C'est comme la vie, dit-il d'une voix posée. Elle correspond rarement à l'idée qu'on s'en fait. Dès la minute où nous venons au monde, il faudrait que nous nous conformions à un modèle unique, que nous nous coulions dans un moule préconçu. La nature en décide toujours autrement. Mais je vous ennuie... Je ne suis pas venu pour vous exposer ma philosophie de la vie.

Isabelle se mit à rire.

— Vraiment ? dit-elle avec une pointe d'ironie. Et pourquoi êtes-vous venu ?

— Je voulais simplement me dégourdir les jambes, et il se trouve que je vous ai rencontrée...

Isabelle sentit le regard de Stan posé sur elle. Brusquement, elle éprouva l'envie de se confier à cet inconnu, sans bien savoir pourquoi. Que lui arrivait-il ?

— Je vais rentrer, dit-elle pour chasser cette dangereuse impulsion. Je veux être en forme demain pour notre consultation. Bonsoir !

Puis elle s'éloigna d'un pas rapide, le laissant seul dans le jardin désert.

# 4.

La consultation prénatale avait lieu le mardi après-midi à l'hôpital. Isabelle fit la connaissance de Janet Miller, la sage-femme du service, une petite femme rondelette, sympathique et dynamique, qui exerçait ce métier depuis plus de vingt ans.

— Vous n'aurez pas le temps de vous ennuyer ici ! dit-elle à Isabelle avec son charmant accent du Yorkshire. Depuis que le Dr Winston a accepté de prendre en charge cette consultation, le carnet de rendez-vous ne désemplit pas.

Judy Campbell entra dans la salle, une pile de dossiers dans les bras, et se joignit à la conversation.

— Le Dr Winston est un homme formidable, affirma-t-elle. Je sais que certains n'apprécient pas beaucoup son caractère, mais il n'en demeure pas moins un excellent médecin.

— Il dit toujours ce qu'il pense, ce qui est plutôt une qualité, à mon avis, rétorqua Janet.

Puis, Judy les ayant quittées, le rituel de la consultation commença car une trentaine de patientes avaient déjà pris place dans la salle d'attente. Isabelle et Judy préparèrent les dossiers un à un, notèrent les éléments particuliers à signaler au médecin, et échangèrent quelques mots avec chacune des femmes enceintes qui attendaient.

Stan Winston entra dans la salle de consultation, dans son accoutrement habituel — jean et T-shirt — dissimulé sous une blouse blanche. Isabelle rougit légèrement en voyant qu'il avait surpris son regard sur lui. Il lui sourit.

— Eh bien, mademoiselle Buckingham, je crois qu'il est temps de nous mettre au travail, dit-il.

Elle attribua l'ironie qui pointait dans sa voix à la façon un peu cavalière dont elle avait pris congé de lui la veille. Loin d'elle l'intention de le vexer. Elle avait brusquement éprouvé le besoin de mettre fin à leur conversation, comme si les choses risquaient de prendre une tournure dangereuse. A présent, il représentait tout autre chose à ses yeux — un médecin, soucieux du bien-être de ses patients —, mais cela lui prendrait du temps pour s'accoutumer à cette idée.

Quelques heures plus tard, après une consultation sans problème, Isabelle tendit le dernier dossier à Stan Winston.

— Ah ! Deborah Stockwell ! s'exclama-t-il avec un sourire. Charles a parlé d'elle hier soir. Vous vous en souvenez ? C'est la femme du pasteur, Mark, qui est un de nos grands amis. Elle entame son huitième mois de grossesse. Faites-la entrer.

Deborah Stockwell respirait la fraîcheur et la santé. De grands yeux bleus éclairaient un visage rond, encadré de mèches brunes.

— Stan, je suis heureuse de te voir ! lança-t-elle avec un sourire radieux. Bonjour Isabelle ! Charles m'a beaucoup parlé de vous. J'espère que vous vous plairez ici !

— Tu as l'air resplendissante de santé, Debby ! dit Stan en l'embrassant affectueusement. Voyons, tu entres dans la trente-sixième semaine, ajouta-t-il en parcourant le dossier. Ta dernière échographie est normale, mais nous allons tout de même faire un examen approfondi. Isabelle va t'aider à te déshabiller.

Quelques minutes plus tard, la future maman était allongée sur la table d'examens.

— Tu n'as pas de souci particulier? demanda Stan en l'examinant.

— Non, il m'arrive seulement d'être un peu essoufflée.

— C'est normal. Tu n'en as plus pour très longtemps maintenant! Ton bébé est bien placé. L'accouchement devrait se passer sans problème.

Pendant que Stan remplissait le dossier, Isabelle aida la jeune femme à remettre ses vêtements.

— Tu ne veux toujours pas connaître le sexe de ton enfant, Debby? demanda-t-il.

— Peu importe, du moment que le bébé est en bonne santé, répondit-elle en riant!

Puis elle les quitta avec un sourire radieux. C'était la dernière patitente et, tandis que Stan terminait de remplir les dossiers, Isabelle remit la salle de consultation en ordre. Soudain, elle sentit le regard de Stan posé sur elle.

— Avez-vous votre voiture? demanda-t-il quand elle se tourna vers lui.

— Oui, merci, répondit Isabelle.

— Ouf! s'exclama-t-il, j'aurais été bien ennuyé si vous m'aviez répondu le contraire! Ma chère voiture est chez le garagiste pour sa consultation annuelle! Je peux venir avec vous?

De nouveau, le baroudeur insolent prenait le pas sur le gynécologue.

— Je crois que je n'ai pas vraiment le choix! rétorqua Isabelle en se dirigeant vers la porte. Je commence à vous connaître!

— Vous me trouvez sans-gêne ?

Elle le fixa droit dans les yeux.

— J'ai du mal à m'habituer à votre double personnalité. Dès que vous quittez votre blouse, vous devenez si...

Il la regardait sans ciller, un vague sourire aux lèvres, attendant le verdict. Mais elle haussa les épaules, ne trouvant pas de mot pour le qualifier.

— Vous dites cela parce que vous êtes tout simplement déstabilisée par mon charme ravageur, Isabelle ! dit-il sans qu'elle pût déterminer s'il plaisantait ou non.

A la fois irritée et troublée, elle tourna les talons.

— Je vous attends au parking...

Dans le bureau des infirmières où elle alla pour récupérer ses affaires, Janet se préparait à partir.

— Isabelle ! s'écria celle-ci en l'apercevant. Je serais heureuse que vous veniez prendre le thé un de ces jours chez moi. Depuis la mort de mon mari, je suis seule, et j'aime avoir un peu de compagnie de temps en temps ! Nous ferons un peu mieux connaissance !

— Merci beaucoup, Janet, ce sera avec grand plaisir.

Sur le parking de l'hôpital, Stan l'attendait, appuyé contre la voiture. Il n'y avait plus rien du médecin dans cet homme à l'allure négligée. Seul son beau regard sombre demeurait immuable.

Isabelle sentit son regard de nouveau posé sur elle tandis qu'elle se penchait pour ouvrir la portière. Il s'installa à côté d'elle, et elle s'étonna encore une fois qu'il parvienne à caser ses grandes jambes à l'intérieur de l'habitacle.

— J'ai une vague impression de déjà-vu ! dit-il avec un sourire malicieux.

— Où dois-je vous déposer cette fois ? s'enquit Isabelle en démarrant.

— Prenez à gauche en sortant de Woodstock, puis continuez tout droit pendant environ un kilomètre jusqu'à Holt's Farm. Ensuite, je vous indiquerai la direction de ma maison.

Ils quittèrent le bourg pour s'engager sur une petite route de campagne. Un vent tiède s'engouffrait par les vitres ouvertes.

— Je crois que nous sommes arrivés à Holt's Farm, observa Isabelle alors qu'ils se rapprochaient d'un village. Où habitez-vous exactement ?

— Là.

Il désignait, au beau milieu d'un champ, à la lisière d'un bois, un vieil autobus repeint en bleu.

— Vous vivez là-dedans ? dit la jeune femme avec stupeur.

— Parfaitement, et si vous voulez prendre un café, vous verrez qu'on y est très bien.

L'intérieur de l'autobus ressemblait à celui d'un bateau de plaisance. Une cloison isolait la cabine de l'espace habitable, confortablement aménagé. L'ensemble constituait un véritable petit appartement, décoré avec goût.

— Voilà ! Quelques litres d'essence, et je deviens citoyen de n'importe quel pays du monde ! déclara Stan. J'ai parcouru des milliers de kilomètres dans cette maison roulante !

Impressionnée, Isabelle se dirigea vers l'une des fenêtres et repoussa le rideau pour contempler la campagne anglaise, charmante et paisible.

Stan brancha la bouilloire et sortit deux tasses, du sucre et un paquet de biscuits. Puis ils s'installèrent dehors pour boire leur café et bavardèrent de choses et d'autres alors que le soleil commençait à disparaître derrière les collines.

Isabelle, pour la première fois depuis qu'elle le

connaissait, se sentait à l'aise en compagnie de Stan. Il lui parlait comme s'ils se connaissaient depuis toujours, de l'hôpital, du cabinet médical, et des projets qu'il nourrissait pour développer la maternité avec les frères Holroyd.

— Nous avons toujours entretenu de bons rapports tous les trois. Ils m'ont beaucoup aidé à l'époque où...

Il hésita un instant.

— ... à une époque où j'en avais besoin, poursuivit-il. Et quand l'administration a menacé de fermer l'hôpital, nous nous sommes battus ensemble.

— Et maintenant que vous avez gagné, vous pensez rester longtemps ici ?

— J'aimerais bien. Mais je n'ai pas l'habitude de me fixer longtemps quelque part. Je dois avoir du sang nomade dans les veines !

Il saisit la cafetière et remplit de nouveau leurs tasses.

— Avez-vous travaillé à l'étranger ou vous êtes-vous contenté de voyager ? insista Isabelle.

— J'ai passé beaucoup de temps dans des équipes médicales humanitaires. Quand on voit la misère de certaines régions, et qu'on a la chance de pouvoir faire quelque chose, on ne peut pas rester les bras croisés.

Isabelle hocha la tête. Elle ressentit soudain le besoin de parler à cet homme, de tout et de rien, et même de Kotebie. Le sourire de la petite Chana lui revint à l'esprit...

Elle brûlait de tout raconter à Stan, de savoir s'il avait lui aussi traversé ce genre d'épreuve. Mais quelque chose la retint. Ce n'était pas le moment. Stan devait attendre qu'elle se décidât enfin à s'en aller pour dîner tranquillement.

— Je vais rentrer, dit-elle en se levant. Je n'ai pas vu passer l'heure, je ne pensais pas rester si longtemps. Merci pour le café.

Il se leva à son tour.

— Revenez quand vous voulez... Grâce aux infidélités de ma voiture, j'ai passé un moment délicieux !

— Avez-vous besoin que quelqu'un vous emmène à l'hôpital demain ? Je commence tôt.

— Ce serait très gentil à vous. Je pourrai aller chercher ma voiture à l'heure du déjeuner.

Ils se séparèrent après s'être donné rendez-vous le lendemain matin.

Deux nuits plus tard, Isabelle fut tirée de son sommeil par la sonnerie stridente du téléphone. Pendant quelques secondes, elle ne put se rappeler où elle se trouvait car un rayon de lune projetait dans la chambre des ombres inconnues.

Enfin, elle reprit ses esprits, et décrocha.

— Isabelle, dit la voix de Stan Winston, je suis désolée de vous réveiller, mais une de nos patientes est sur le point d'accoucher chez elle avec un mois d'avance, et Janet s'est foulé la cheville hier soir en tombant. Elle ne peut plus poser le pied par terre. Est-ce que vous pourriez la remplacer ? Je passe vous chercher, si vous voulez.

— Bien sûr. Je vous attends.

Isabelle s'habilla rapidement et descendit attendre Stan qui ne tarda pas à arriver, annoncé par les crachotements de sa guimbarde. Ils échangèrent un sourire puis Stan redémarra en trombe. La nuit était fraîche et claire. Tous deux portaient un jean et un pull chaud, et la tignasse de Stan était plus ébouriffée que jamais.

— Où allons-nous ? demanda Isabelle pour rompre le silence.

— A deux kilomètres de Bladon. Mme Bird est une femme assez nerveuse qui s'est mariée tard. Elle a trente-sept ans et attend son premier enfant. Sa grossesse s'est déroulée tout à fait normalement, mais l'accouchement se présente mal.

Au bout d'un chemin de terre qui menait à plusieurs petits cottages, ils repérèrent facilement la maison des Bird à ses fenêtres éclairées. La porte d'entrée était ouverte. Stan, aidé d'Isabelle, prit le matériel qu'il avait entreposé dans le coffre, et ils se précipitèrent en direction de la maison. Juste au moment où Stan appuyait sur la sonnette, un cri déchira le silence. Quelques instants plus tard, un homme à la carrure massive ouvrait la porte.

— Dieu merci, vous...

Il s'arrêta net, dévisageant Stan de la tête aux pieds avec une expression d'inquiétude mêlée de mépris.

— Où est Mme Miller ? demanda-t-il d'un ton suspicieux.

— Je suis le Dr Winston, répondit Stan sans se démonter. Mme Miller a eu un petit accident, elle ne pourra pas venir.

Un second cri, plus strident que le premier, parvint du premier étage.

— Pouvons-nous monter ? reprit Stan.

Sans faire mine de bouger, l'homme fronça les sourcils et croisa ses bras puissants sur sa poitrine.

— Je vous connais, vous êtes ce médecin dont tout le monde parle, et qui se compromet avec des groupes de musiciens dégénérés ! Jamais je ne laisserai quelqu'un de votre espèce mettre la main sur ma femme !

Il jeta un regard mauvais en direction d'Isabelle.

— Je suis Isabelle Buckingham, dit-elle doucement, je suis infirmière sage-femme, et je travaille avec le Dr Winston. Je crois que votre femme a besoin de nous.

Les lèvres serrées, l'homme demeura immobile, leur barrant le passage. Stan fit un pas en avant.

— Monsieur Bird, dit-il gravement, soyez raisonnable. Vous risquez de perdre votre femme et votre enfant en vous comportant comme vous le faites.

— Moi vivant, vous ne mettrez pas les pieds dans ma maison ! lança-t-il, les mâchoires crispées. Partez ! Je préfère encore me débrouiller sans vous !

Puis il sembla se raviser.

— Elle n'a qu'à monter toute seule, ajouta-t-il en désignant Isabelle du menton. Je me demande ce que le service public peut avoir dans la tête pour nous envoyer des soi-disant médecins comme vous !

Ignorant sa réflexion, Isabelle s'engagea dans l'escalier avec le matériel. Les cris de la future maman redoublaient d'intensité.

— Appelez une ambulance pour la transporter à l'hôpital ! cria-t-elle avant de disparaître à l'étage supérieur.

En entrant dans la chambre, elle vit immédiatement que la première étape du travail s'achevait, épuisant les dernières forces de Mme Bird. Les yeux de la pauvre femme étaient emplis de détresse.

— Je n'en peux plus, sanglota-t-elle, je n'en peux plus...

— Allons, madame Bird, dit Isabelle d'un ton apaisant. C'est bien, vous avez fait le plus dur ! Je vais vous donner quelque chose pour vous soulager.

De sa trousse, elle sortit un masque à oxygène qu'elle plaça sur le visage de la patiente.

— Voilà, respirez bien fort maintenant, et essayez de vous détendre.

Une heure plus tard, Isabelle dut se rendre à l'évidence. Elle ne pourrait pas continuer longtemps de se passer d'une aide médicale. Les analgésiques qu'elle avait administrés à la future maman ne suffisaient plus à calmer ses douleurs, et elle n'avait plus la force de pousser pour expulser le bébé. Il fallait absolument la transporter à l'hôpital pour lui faire une césarienne ou, tout au moins, aider à la délivrance avec des forceps.

Mais pourquoi l'ambulance n'était-elle pas encore arrivée ?

Elle se précipita au rez-de-chaussée et le spectacle qu'elle découvrit dans la cuisine la consterna. M. Bird était affalé sur une chaise devant une bouteille de whisky qu'il venait manifestement de vider aux trois quarts. Sans lui adresser la parole, Isabelle s'empara du téléphone et composa le numéro de l'hôpital.

Quelques minutes plus tard, la sirène de l'ambulance se fit entendre au loin. Quand les brancardiers installèrent Mme Bird sur la civière, elle n'était plus qu'à demi consciente. Comme son mari n'était plus en état de comprendre ce qui se passait, Isabelle sonna chez les voisins pour leur expliquer qu'ils emmenaient sa femme.

— Nous nous occuperons de lui, promit la voisine. Drôle de couple, n'est-ce pas ? Pauvre Mme Bird ! Elle n'a que quelques heures de répit le matin avant qu'il ne se mette à boire et à devenir violent. Ce bébé naît sous une bien mauvaise étoile !

A l'hôpital, Stan prit Mme Bird en charge et elle fut immédiatement transportée dans la salle d'accouchement. Une heure plus tard, le bébé naquit enfin. Un petit garçon, qui semblait bien faible.

— Quelle vie vas-tu avoir ? murmura Isabelle tout en nettoyant le nourrisson.

Enfin, Stan et Isabelle purent s'accorder une pause, et ils se retrouvèrent en train de boire un café dans la salle de repos.

Stan se laissa tomber sur une chaise, une expression pensive sur le visage.

— J'espérais qu'il n'existait plus d'homme comme ce pauvre type, soupira-t-il. Nous sommes complètement désarmés face à ce genre de problème. Mais je préviendrai l'assistante sociale pour que l'on puisse aider Mme Bird si elle le souhaite... Elle va rester au moins deux jours supplémentaires.

Ils gardèrent un moment le silence, envahis par un terrible sentiment d'impuissance, mais il n'y avait rien à faire.

Stan se leva et sourit à Isabelle.

— Je vais vous ramener chez vous, dit-il gentiment. Vous devez être épuisée.

Ils ne parlèrent pas durant le trajet et, quand Stan la déposa devant la maison des frères Holroyd, Isabelle lui lança un rapide bonsoir et le quitta. Il ne lui restait que quelques heures de repos avant de retourner prendre son service à l'hôpital. Après s'être douchée, elle régla son réveil pour être sûre de se lever à temps.

Quand elle fut de retour dans le service quelques heures plus tard, Stan s'y trouvait déjà. Son beau visage ne portait pas la moindre trace de fatigue. On eût dit qu'il venait de dormir douze heures d'affilée.

— Bonjour! dit-il. Vous avez bien dormi?

— Merveilleusement bien, répondit-elle en étouffant un bâillement.

A cet instant, Judy entra en compagnie de deux jeunes stagiaires.

— Que se passe-t-il, Isabelle? Vous avez l'air épuisée... Avez-vous fait la fête cette nuit?

— Exactement! répondit Stan avec un clin d'œil en direction d'Isabelle.

Judy et les deux jeunes filles le regardaient d'un air incrédule.

— Oh, Stan, taisez-vous ! s'écria Isabelle. Vous allez affoler nos nouvelles recrues !

Pour Judy, elle raconta les événements de la nuit, puis se tourna vers Stan.

— C'est l'heure de la visite, n'est-ce pas ?

Il leva les yeux vers la pendule.

— Oui, mais très rapidement. Je dois partir pour l'hôpital John Radcliffe à Oxford le plus tôt possible. La princesse Anne inaugure leur nouvelle maternité aujourd'hui.

— Oh, j'ai beaucoup entendu parler de ce nouveau service ! s'écria Judy avec une pointe d'admiration. On dit que ses installations sont extraordinaires. Essayez de ne pas vous endormir pendant le discours, après votre folle nuit !

Quand Stan et Isabelle arrivèrent au chevet de Mme Bird, elle reposait dans son lit, les traits tirés, et n'avait pas touché à son plateau de petit déjeuner.

— Bonjour, madame Bird, dit Stan d'une voix enjouée. Félicitations pour votre petit garçon. Comment allez-vous tous les deux ?

Un pâle sourire apparut sur les lèvres de la patiente.

— Merci pour tout ce que vous avez fait pour moi la nuit dernière, docteur... Je... je suis désolée pour..

Ses yeux s'emplirent brusquement de larmes.

— ... pour Bill, reprit-elle en étouffant un sanglot. Tout ira mieux quand je rentrerai avec le petit.

— Ne vous inquiétez pas, madame Bird. L'essentiel, à présent, est que vous repreniez des forces. Vous avez besoin de vous reposer. Vous allez rester avec nous encore un jour ou deux.

Quand ils eurent refermé la porte de la chambre, Isabelle leva vers Stan des yeux pleins d'inquiétude.

— Je crois qu'elle a besoin d'aide, observa-t-elle.

— Oui. Je ne sais pas si Janet vient aujourd'hui, mais peut-être pourriez-vous l'appeler pour la mettre au courant de tout ce qui s'est passé. Elle la connaît bien, elle pourra peut-être la réconforter. Je vais devoir partir, ajouta-t-il. Nous nous retrouvons ce soir vers 5 heures et demie pour la consultation au cabinet médical.

De retour chez elle vers 3 heures, Isabelle s'allongea sur son lit pour faire une sieste, mais elle sombra dans un profond sommeil. Elle eut l'impression que le téléphone sonnait depuis longtemps quand elle se réveilla enfin.

— Avez-vous oublié notre rendezvous? demanda sèchement Stan au bout du fil.

Isabelle jeta un coup d'œil à sa montre. Il était plus de 5 heures et demie.

— Excusez-moi, répondit-elle, confuse, je suis désolée. Je m'étais allongée pour me reposer, et je ne me suis pas réveillée.

— Vous allez être en retard.

Et il lui raccrocha au nez. Elle se mordit la lèvre, furieuse de s'être laissé prendre en défaut par Stan Winston, elle qui pouvait se targuer d'avoir toujours fait preuve d'une conscience professionnelle sans faille.

Quand elle pénétra dans le cabinet médical, la salle d'attente était déjà pleine à craquer. Isabelle s'excusa auprès de Mme Hull, la secrétaire.

— Ne vous inquiétez pas, mademoiselle Buckingham, répondit cette dernière avec un grand sourire. Je l'ai entendu vous téléphoner. Quelque chose doit le tracasser car il n'est pas comme ça d'habitude.

— Si vous avez besoin de moi, reprit Isabelle, je serai dans la salle de soins.

Isabelle se hâta de remettre la salle en ordre avant le début de la consultation.

Quelques heures plus tard, alors que la salle d'attente s'était vidée, une lumière rouge s'alluma dans le couloir, lui indiquant qu'elle était demandée dans le bureau du médecin.

Assis à son bureau, Stan rédigeait un compte rendu.

— Merci d'être venue ! lança-t-il d'un ton ironique sans lever les yeux. Vous avez bien fait de n'arriver qu'à 6 heures moins le quart alors que la salle d'attente était pleine dès 5 heures.

Isabelle se sentit pâlir.

— Je suis désolée. La nuit dernière a été dure.

— Nous avons choisi notre métier, rétorqua-t-il. Il faut apprendre à s'en accommoder, ou en changer.

Elle ravala la réplique acerbe qu'elle avait sur les lèvres.

— Avez-vous autre chose à me dire ? demanda-t-elle d'une voix mal assurée.

— Non. Laissez-moi travailler.

Une fois sortie du bureau, Isabelle poussa un profond soupir de découragement. Elle était à la fois furieuse, désemparée, et offensée au plus profond d'elle-même. Comment pouvait-il se montrer aussi désagréable pour une pareille broutille ? La gorge serrée, elle rangea la salle, verrouilla les portes des placards et salua Mme Hull.

Au moment où elle sortit, Stan démarra en trombe et passa devant elle sans lui adresser le moindre signe.

Une fois rentrée, Isabelle tenta de chasser le malaise qui lui nouait l'estomac et elle éprouva brusquement le besoin de revoir Alistair. Les frères Holroyd lui avaient dit qu'elle pourrait s'absenter un week-end quand elle le voudrait. C'était le moment ou jamais. Elle se promit de leur poser la question dès qu'elle les verrait.

Elle décida de sortir prendre l'air dans le jardin, mais

l'air humide du soir ne fit que raviver son malaise. Même un plongeon dans la piscine ne parvint pas à la réconforter. Elle se rhabilla et rentra chez elle, essayant de se convaincre que tout irait mieux le lendemain. Alors qu'elle s'apprêtait à se coucher avec un bon livre, la sonnette retentit.

Se demandant qui pouvait lui rendre visite à une telle heure, elle descendit pour ouvrir la porte. Elle eut un mouvement de recul en découvrant Stan, appuyé contre le mur, les mains dans les poches. Son visage était grave.

— Je voudrais vous parler, Isabelle...

# 5.

Sans un mot, Isabelle s'effaça pour le laisser entrer puis le précéda dans le salon. Il se laissa tomber sur le canapé, la tête dans les mains. Pour la première fois depuis qu'ils s'étaient rencontrés, il paraissait avoir perdu son assurance. Enfin, il releva les yeux.

— Je suis venu m'expliquer, commença-t-il.

— Très bien... Voulez-vous un café ?

— Oui, merci...

Quand elle revint avec le plateau où elle avait disposé la cafetière et les tasses, Stan examinait une photo d'elle, entourée de membres de l'équipe médicale de Kotebie — un cliché qui aurait pu être pris n'importe où.

Sans faire de commentaire, il reposa le cadre et, quand il se rassit dans le canapé, Isabelle lui tendit sa tasse avec un sourire, espérant ainsi détendre l'atmosphère pesante qui s'était installée dans la pièce.

Il esquissa un vague sourire en guise de remerciement et but une gorgée de café, toujours silencieux. Puis il reposa sa tasse.

— Mon père vient d'apprendre qu'il est atteint d'un cancer en phase terminale, annonça-t-il. J'ai appris la nouvelle cet après-midi, ajouta-t-il en la fixant.

Isabelle hocha la tête, comprenant qu'elle devait attribuer son attitude hostile à cette terrible nouvelle.

— Est-ce que le verdict est définitif ? demanda-t-elle doucement.

— Les cancérologues semblent le penser.

— Et... combien de temps...

— Environ deux mois. Mon père le leur a demandé. Il voulait savoir.

Un soupir échappa à Isabelle. S'il savait à quel point elle comprenait sa peine ! Le souvenir du décès de son propre père demeurait si vif en elle, si cruel...

— Il faut du temps pour accepter, déclara-t-elle avec calme.

Stan ne répondit pas. Peut-être n'avait-il même pas entendu.

— C'était un homme si courageux, reprit-il comme pour lui-même. Après la mort de ma mère, c'est lui qui m'a élevé, tout seul. Il m'a appris une chose essentielle : toujours agir selon ma conscience.

Puis il se leva et se dirigea vers la fenêtre. Son regard se perdit dans la nuit qui tombait sur le jardin.

— Je sais que je ne réagis pas comme je le devrais. Il faudrait accepter, redresser la tête, faire face... Mais je n'en peux plus. Et l'histoire que nous avons vécue la nuit dernière a achevé de me vider de mes forces.

La sonnerie du téléphone interrompit son monologue. Isabelle décrocha le combiné.

— Allô ? Oh, Alistair, juste une minute.

Mais, déjà, Stan se dirigeait vers la porte d'entrée qu'il ouvrit. Il se retourna pour lui adresser un petit signe de la main.

En hâte, Isabelle reposa le combiné.

— Stan, attendez ! s'écria-t-elle en courant vers lui. Je rappellerai Alistair plus tard !

— Non, je m'en vais. Merci pour le café.

La porte claqua. L'espace d'un instant, Isabelle resta figée dans le couloir, stupéfaite de ce départ précipité. Puis elle regagna le salon.

— Alistair?

— Je vous dérange, répondit celui-ci. Il fallait me le dire.

— Non, non, pas du tout... J'avais un visiteur, mais il est parti.

Puis elle écouta Alistair lui exposer ses nouveaux projets, sans parvenir à se concentrer sur ce qu'il lui disait. Le visage décomposé de Stan la hantait encore... Stan, que rien ne semblait pouvoir ébranler, et qui d'un seul coup s'effondrait comme un enfant... Elle entendit à peine Alistair lui proposer de la retrouver le week-end suivant à Oxford où il devait se rendre pour un congrès. Incapable de lui répondre, ellle ferma les yeux, s'efforçant de chasser le malaise qui l'avait envahie.

— Isabelle? demanda Alistair avec une pointe d'inquiétude. Vous êtes toujours là?

Elle fit un effort pour se ressaisir.

— Excusez-moi, dit-elle en s'efforçant de mettre un peu d'entrain dans sa voix, je réfléchissais à mon emploi du temps. Je pense pouvoir me débrouiller pour vous rejoindre à Oxford.

— Oh Isa, c'est formidable, je n'osais espérer que vous accepteriez! C'est trop beau pour être vrai!

Ils raccrochèrent après s'être promis de se téléphoner juste avant le week-end pour organiser un rendez-vous précis.

Isabelle resta un instant assise sur le canapé puis elle se leva et alla s'accouder à la fenêtre. Immédiatement, la voix d'Alistair s'évanouit de son souvenir, remplacée par celle de Stan. Elle ne comprenait pas bien pourquoi, mais l'idée que Stan Winston souffrait lui était insupportable.

Pour se changer les idées, elle alluma la petite télévision posée sur une desserte dans un coin du salon, et regarda distraitement un documentaire sur les châteaux. Sur l'écran défilèrent les paysages magiques de l'Ecosse, puis la caméra s'arrêta au seuil d'une demeure de conte de fées, hérissée de tourelles, trônant au cœur d'un parc immense et sauvage. Elle appartenait à une vieille famille écossaise, les Fawcett-Brown, dont le reporter racontait d'un ton monotone l'interminable histoire. A en croire le commentateur, le dernier des héritiers, lord Peregrine Fawcett-Brown, passait plus de temps à courir le monde qu'à prendre soin de son château.

Isabelle éteignit le poste, incapable de se concentrer plus longtemps. Mais alors qu'elle s'apprêtait à se coucher, les paroles du journaliste lui revinrent à l'esprit. La famille Fawcett-Brown... Mais oui ! Elle se rappelait à présent ! Peregrine Fawcett-Brown était le médecin censé remplacer Alistair à Kotebie, et qui en avait été empêché par des problèmes familiaux ! Comme le monde était petit !

Cette coïncidence l'amusa, apaisant légèrement son malaise, et elle remonta le drap sur ses épaules avant de fermer les yeux.

A la maternité, la matinée du lendemain se déroula sans incident. Lors de la réunion de l'équipe, Stan amusa tout le monde avec ses plaisanteries incessantes, tout en commentant le cas des patientes avec la plus grande rigueur. Le dernier dossier était celui de Mme Bird.

— Le bébé va très bien, déclara Roger, l'interne du service. Mais je m'inquiète pour sa mère. Elle reste très faible et déprimée.

Stan secoua la tête.

— J'ai bien peur que nous ne puissions rien faire pour elle..., soupira-t-il en jetant un regard fataliste à Isabelle.

Après avoir décidé d'attendre encore quelques jours pour autoriser la sortie de Mme Bird, les membres du service quittèrent la pièce un à un pour aller déjeuner. Comme Isabelle se retrouvait seule avec Stan, elle saisit l'occasion pour lui parler franchement.

— Pourquoi êtes-vous parti aussi vite hier soir? demanda-t-elle. J'aurais très bien pu rappeler Alistair plus tard.

— Ne vous inquiétez pas pour ça ! répondit-il avec un sourire malicieux. Je sais que les amoureux n'aiment pas être dérangés !

— Cela n'a aucun rapport ! répliqua-t-elle. Vous êtes venu me voir pour me parler, et j'étais prête à vous écouter. Et vous partez comme un voleur !

— Ne prenez donc pas les choses trop à cœur, dit-il doucement. Vous êtes beaucoup trop jolie pour ça.

Isabelle sut qu'elle rougissait.

— Vous, vous prenez toujours les choses à la légère, commenta-t-elle d'un ton qu'elle espéra désinvolte. On dirait que vous êtes capable de rire de tout !

Le visage de Stan reprit soudain une expression plus grave.

— Je n'ai pas trouvé de meilleur remède...

Ne sachant quoi répondre, elle commença à se diriger vers la porte.

— Bien, je vous quitte... J'ai du travail.

— Moi aussi, dit-il en la rejoignant.

Ell eut un mouvement de recul quand il posa la main sur son bras. Ce contact fit naître au plus profond d'elle-même une sensation étrange et troublante.

— Nous sommes tous les deux conscients de ce qui est en train de se passer, n'est-ce pas, Isabelle ? murmura-t-il. Mais nous savons aussi que ce n'est qu'un jeu... Un jeu dont aucune règle n'est écrite...

Avant qu'elle ait eu le temps de réagir, il avait quitté la pièce. Décidément, Stan Winston était le personnage le plus énigmatique, le plus prétentieux, le plus mal élevé, le plus... chaleureux qu'elle connaissait !

Encore troublée par ce qui venait de se passer, Isabelle quitta la pièce à son tour. Ses malades l'attendaient.

A l'heure de la visite du soir, elle était toujours à l'hôpital alors que son service était en théorie terminé depuis longtemps. Mais elle avait tenu à rester pour aider Mary Shipton car l'une des stagiaires manquait.

Alors qu'elle s'apprêtait enfin à partir, elle entendit du bruit dans le couloir — une voix d'homme qui hurlait des insultes — et se précipita. Sur le seuil, elle aperçut Mary qui venait vers elle, les yeux pleins de larmes.

— Vite, Isabelle, c'est M. Bird ! Il veut absolument emmener sa femme et je n'arrive pas à le retenir. Il devient violent !

— Calmez-vous, Mary, je vais appeler la sécurité. Essayez de trouver un médecin.

Son arrivée dans la chambre, ainsi que celles de Stan et de deux hommes chargés de la sécurité de l'hôpital, mit M. Bird hors de lui.

— Laissez-moi tranquille ! hurla-t-il. C'est ma femme et elle viendra avec moi ! Je ne la laisserai pas une seconde de plus à la merci de bouchers comme vous ! Elle doit se reposer ? Elle se reposera bien mieux chez nous ! Je suis son mari, c'est moi qui décide !

Très calme, Stan Winston se planta devant lui, les bras croisés, et le toisa.

— Nous allons discuter de tout cela dans mon bureau, monsieur Bird. Venez...

M. Bird prit un air menaçant quand les hommes de la

sécurité l'empoignèrent fermement par les bras, mais il se laissa emmener jusqu'au bureau. Isabelle et Stan les accompagnèrent, tandis que Mary restait auprès de la pauvre Mme Bird qui sanglotait dans son lit.

— Merci, vous pouvez nous laisser, murmura Stan aux hommes qui tenaient toujours le fou furieux.

Il les regarda sortir, sachant qu'ils se tiendraient prêts à intervenir de nouveau en cas de problème, puis se tourna vers M. Bird. L'homme était rouge et en sueur, mais ne semblait pas ivre.

— Avez-vous vu votre fils ? demanda Stan posément.

— Non, répondit M. Bird avec un air hargneux, mais je vois où vous voulez en venir ! Vous pensez que quand j'aurai vu le petit, je rentrerai chez moi bien gentiment en vous laissant ma femme... Mais ce genre de stratagème ne marche pas avec moi !

— Très bien, monsieur Bird. Nous ne pouvons pas garder nos patients de force, c'est la loi, alors emmenez votre femme si elle le veut bien. Mais laissez-moi vous dire une chose : si quoi que ce soit arrivait, à elle ou à votre fils, à cause de votre attitude irresponsable, la loi se retournerait contre vous, et vous auriez de très gros problèmes. Que ce soit bien clair !

Une heure plus tard, Mme Bird et son bébé étaient prêts à partir. Isabelle rappela discrètement à la jeune maman qu'elle pouvait prendre contact à tout moment avec Janet Miller ou avec l'assistante sociale, mais elle se contenta d'acquiescer.

— N'oubliez pas, madame Bird, insista Isabelle. Il y aura toujours quelqu'un pour vous aider...

Elle ne put en dire plus. Déjà, le mari entraînait sa femme, qui tenait le bébé dans ses bras, vers la sortie.

— Il y a des moments où il faut accepter de baisser les bras, soupira Stan. En espérant que tout se passera pour le mieux...

En rentrant chez elle, ce soir-là, Isabelle s'arrêta chez les frères Holroyd pour leur raconter les événements de l'après-midi.

Elle ne trouva que Charles qui l'invita à prendre le thé et qui hocha la tête d'un air préoccupé quand elle eut terminé.

— Je crois qu'il valait mieux que ce soit Stan qui s'occupe du problème, dit-il gravement. Je n'ai pas son talent de diplomate. A propos, Stan vous a-t-il parlé de ce qui arrive à son père ?

— Très brièvement. Je crois qu'il en souffre énormément.

— Plus qu'il ne le laisse paraître, c'est certain. Je suis un peu inquiet pour lui, pour tout vous avouer. C'est un homme très brillant, mais... il a eu des moments de faiblesse il y a quelque temps, et j'ai peur que cette épreuve ne le déstabilise de nouveau.

Charles se pencha dans son fauteuil, les coudes sur les cuisses, et ajouta sur le ton de la confidence :

— Vous savez qu'il a des amis... comment dirais-je... un peu marginaux. Jusqu'ici, cela ne me dérangeait absolument pas. Mais je crains que la maladie de son père ne le pousse à se laisser entraîner par ces gens, et à tout laisser tomber. Je le sens terriblement fragile. Je pense qu'il faut le... surveiller un peu.

Isabelle fronça les sourcils, se demandant où il voulait en venir.

— Chère Isabelle, reprit alors Charles, je ne suis pas en train de vous demander de l'espionner, loin de moi cette pensée. Mais je serais soulagé de savoir que vous êtes attentive à lui... Un peu comme une sœur ! Vous voyez ce que je veux dire ? Je pense que vous êtes capable de le dissuader de faire certaines bêtises.

— Je peux essayer de l'aider, répondit Isabelle, mais

je crains d'échouer. Il a une telle personnalité... En tout cas, je vous promets de faire de mon mieux.

Charles lui sourit avec reconnaissance. Ses paroles intriguaient Isabelle, mais elle n'osa pas poser de questions.

— Ne vous faites pas trop de souci, lui dit gentiment Charles sur le pas de la porte, comme s'il avait deviné son malaise. Je ne voulais pas vous affoler. Essayez simplement d'être présente, je suis certain que cela lui fera du bien, même s'il ne le montre pas.

Isabelle venait à peine de remonter chez elle pour se changer quand le téléphone sonna. C'était Judy.

— Bonsoir, Isabelle ! Il y a une sorte de bal à Woodstock, animé par un groupe de rock. J'y vais avec d'autres membres du service, et je voulais vous proposer de vous joindre à nous.

— Comme c'est gentil ! Je crois que c'est exactement ce dont j'ai besoin !

— Formidable ! Nous passerons vous chercher vers 8 heures. Roger nous emmène tous dans son minibus.

— Parfait, je serai prête.

La soirée avait lieu dans la salle des fêtes de la petite ville, et on entendait la musique de loin. Du minibus garé devant le cabinet médical, situé à cinquante mètres de là, sortit une joyeuse bande. Ils étaient une dizaine en tout — médecins, infirmières, personnel administratif.

Il fallut quelques secondes à Isabelle pour s'accoutumer à la pénombre de la salle, où les gens dansaient déjà sur une musique endiablée. Enfin, elle distingua le groupe de musiciens qui jouait sur un podium dans un coin de la salle. Il y avait deux visages familiers parmi eux : Steve et Smed, les deux guitaristes que Stan lui avait présentés dans le café en face de l'hôpital.

— Isabelle, ne restez pas plantée là, venez danser ! lui cria Roger en la prenant par la main.

Elle lui sourit et se laissa entraîner plus près de la scène. C'est alors que son sang se figea dans ses veines. Le guitariste du groupe, vêtu d'un jean effrangé et d'un vieux T-shirt, ressemblait étrangement à Stan Winston.

Le cœur battant la chamade, elle cligna des yeux, aveuglée par les spots multicolores. Elle devait rêver ! Ce ne pouvait pas être lui ! Elle éprouva brusquement le besoin d'aller prendre un peu l'air, et de se rafraîchir le visage.

Dans les vestiaires, elle retrouva Judy.

— Ces lumières provoquent des hallucinations ! dit-elle. J'ai cru voir Stan Winston sur scène !

— C'est lui, répondit Judy en riant. Je ne vous ai rien dit pour vous faire la surprise ! C'est tellement amusant de le voir sortir de l'hôpital en blouse blanche et de le retrouver ici, quelques heures plus tard, au milieu d'un groupe de rock ! C'est un très bon musicien !

Une fois le choc passé, Isabelle éclata de rire. Décidément, il fallait s'attendre à tout avec Stan Winston !

Les deux jeunes femmes retournèrent dans la salle. Isabelle se mit à danser, savourant chacune des minutes de cette soirée qui lui permettait enfin d'oublier un peu ses soucis. A deux reprises, elle eut l'impression que Stan l'avait aperçue, mais elle décida de l'ignorer. Il ne tenait probablement pas à voir les membres de l'équipe médicale manifester leur présence de façon trop évidente.

De toute façon, sur scène, avec sa guitare, il semblait appartenir à un autre monde, et Isabelle ne voulait pas le déranger.

Aussi fut-elle très surprise quand, la soirée touchant à sa fin, elle sentit la main de Stan saisir la sienne pour l'entraîner sur la piste alors que le groupe jouait un slow langoureux. Sans rien dire, il l'enlaça par la taille et l'attira contre lui en souriant.

Elle lui rendit son sourire, envahie par une étrange émotion qu'elle s'efforça de dissimuler.

— Vous êtes bien sûr de vous..., dit-elle d'un ton espiègle. Peut-être cette danse était-elle réservée à quelqu'un d'autre !

— Vous ne pensiez tout de même pas que j'allais laisser tous les hommes de la salle vous manger des yeux tout la soirée sans rien faire ! J'avais prévu de danser ce slow avec vous et j'ai trouvé quelqu'un pour me remplacer le temps d'une chanson... Alors, ce ne serait pas gentil de m'éconduire !

Il posa doucement sa joue contre celle d'Isabelle.

— Attendiez-vous réellement quelqu'un d'autre ? murmura-t-il au creux de son oreille.

Un frisson de plaisir la parcourut. Elle leva les yeux vers lui.

— Disons qu'il y a ce médecin avec qui je travaille, un certain Stan Winston. Je pensais que j'avais une chance de le retrouver ici. J'étais curieuse de voir s'il savait danser...

Les yeux noirs de Stan se mirent à briller d'un éclat nouveau, et il lui sourit presque tendrement tout en la serrant plus fort contre lui.

— Ce Winston ne sait pas ce qu'il est en train de rater, déclara doucement Stan alors que résonnaient les derniers accords de la chanson. Venez maintenant, je vais vous raccompagner. C'était le dernier morceau, tout le monde va partir.

— Non, je ne suis pas venue seule ! Je dois retrouver les autres !

— Ne vous inquiétez pas, je leur ai dit que je vous ramènerais. Venez !

Trop étonnée pour poser des questions, Isabelle le suivit. Dehors, la nuit était claire et tiède. Ils montèrent à bord de la guimbarde de Stan qui démarra en trombe.

Ils avaient parcouru quelques kilomètres quand il freina brusquement.

— Zut, je suis stupide ! s'écria-t-il. J'ai laissé ma mallette d'urgence au cabinet médical ! Je me suis changé là-bas, et je suis allé directement à la salle de fêtes. J'aurais dû la récupérer tout de suite. Il faut que je retourne la chercher !

Les gens s'agglutinaient encore à l'entrée de la salle des fêtes quand Stan s'arrêta devant le cabinet. Il sauta de la voiture, courut jusqu'à la porte tout en fouillant dans sa poche pour trouver la clé puis ouvrit la porte et alluma la lumière. Quelques instants plus tard, Isabelle le vit ressortir, la mallette à la main. Au moment où il la rejoignait, deux silhouettes traversèrent le jardin qui entourait le cabinet. Deux dalmatiens couraient derrière eux.

— Tiens, Steve et Smed ! commenta Stan en remontant dans la voiture, encore essoufflé par sa course. Je me demande ce qu'ils font là. Allons-y !

Il adressa un petit signe aux deux hommes, puis redémarra en direction de Cromwell House.

— Je m'invite chez vous pour un dernier verre, déclara-t-il lorsqu'ils furent arrivés. J'ai envie de vous parler. Cette fois, j'irai jusqu'au bout. A moins qu'Alistair n'ait pour habitude de vous appeler en pleine nuit...

Pour toute réponse, elle se contenta de sourire. Chez elle, elle prépara du café puis rejoignit Stan dans le salon. Elle remarqua soudain qu'il portait la même chemise que le jour où elle l'avait pris en stop, et ce souvenir l'amusa.

Mais sa main tremblait légèrement quand elle versa le café et elle pria pour qu'il ne remarque rien. Elle ne savait pas exactement ce qu'elle ressentait, ni ce qu'elle attendait de cet homme. Elle savait simplement que sa simple présence suffisait à éveiller en elle un trouble profond et délicieux, comme elle n'en avait jamais éprouvé auparavant.

Elle lui tendit sa tasse et s'assit à côté de lui tout en prenant soin de maintenir entre eux une distance respectable.

Il avala une gorgée de café puis il lança un regard inquisiteur à Isabelle.

— Alors, où en êtes-vous avec cet Alistair ? demanda-t-il.

— Où j'en suis ? répéta-t-elle, surprise.

— Allons, Isabelle... Vous savez très bien ce que je veux dire. Etes-vous ensemble depuis longtemps ? Avez-vous commandé vos alliances ?

— Je n'ai pas à répondre à ce genre de questions. Je ne pensais pas que vous étiez venu pour faire une enquête sur ma vie privée.

— Je ne suis pas venu pour ça, rassurez-vous. Mais vous ne m'avez pas répondu.

— Quel rapport avec le travail ?

— Aucun rapport, pourquoi ?

— Dans ce cas, je ne suis pas obligée de vous répondre, répliqua-t-elle en détournant la tête.

Il la saisit doucement par le menton pour l'obliger à le regarder.

— Vous êtes très douée pour mener un homme par le bout du nez, vous savez.

Et avant qu'elle eût le temps de réagir, il passa un bras autour de sa taille pour l'attirer doucement à lui. Quand ses lèvres effleurèrent les siennes, Isabelle ferma les yeux, retenant sa respiration, le cœur battant.

— Vous êtes une ravissante tigresse, murmura-t-il.

Il la serra plus fort contre lui et, doucement, tout doucement, il l'embrassa. Isabelle ne résista pas, incapable d'esquisser le moindre geste, comme envoûtée par la magie de cette délicieuse étreinte.

Au bout d'un long moment, le rire familier de Stan la

ramena à la réalité et elle rouvrit les yeux. Il la regardait de ses beaux yeux noirs, pétillants de malice.

— Une belle tigresse que je dompterai, ajouta-t-il.

A son tour, elle éclata de rire pour tenter de calmer la tempête qui faisait rage en elle. Cette sorte de tempête qui ravage tout sur son passage. Cette même tempête qui avait dévasté son cœur quelques mois plus tôt, quand elle était tombée amoureuse de l'homme qu'il ne fallait pas.

Ce souvenir lui fit l'effet d'une douche froide et éteignit le feu qui brûlait en elle. La situation ressemblait trop à ce qu'elle avait déjà connu. Comme l'homme qu'elle avait aimé, Stan était gynécologue. Pour autant qu'elle sût, il n'était pas marié, mais il était indépendant et préférait, de toute évidence, rester libre.

Et n'était-ce pas ce qu'elle voulait, elle aussi ?

— Je vais refaire du café, déclara-t-elle brusquement en se dégageant. Nous devons parler.

Stan acquiesça d'un hochement de tête.

— J'ai toujours pensé qu'il valait mieux préparer le terrain avant de dire des choses importantes ! répondit-il avec un sourire ironique.

— Etes-vous incapable de rester sérieux cinq minutes ? demanda Isabelle avec une pointe d'irritation. Vous êtes incorrigible !

Stan baissa les yeux, et son sourire s'évanouit.

— On m'a très souvent accusé de ne rien prendre au sérieux... Surtout mon père, quand j'étais jeune. Mais une fois que j'ai su ce que je voulais faire de ma vie, il ne m'a plus jamais rien reproché. Il n'a cessé de m'encourager, jusqu'au bout. Et puis...

Il leva vers la jeune femme des yeux pleins de désespoir.

— Oh, Isabelle, je suis incapable de vous parler de lui maintenant.

Il enfouit sa tête dans ses mains, mais elle avait eu le temps d'apercevoir son visage bouleversé.

— Je suis désolé, reprit-il d'une voix étouffée. J'imagine que vous pensez que je me suis servi de vous comme remède à ma peine. On m'a aussi souvent traité d'égoïste. Mais je vous promets que c'est faux.

Isabelle lutta contre le désir de le prendre dans ses bras, de le serrer contre elle, de l'aider à évacuer cette détresse qu'il tentait de garder pour lui... Elle ne le fit pas car elle savait qu'il la repousserait d'un éclat de rire et se contenta de poser sa main sur son épaule.

— Stan, dit-elle doucement, je pense que vous êtes beaucoup trop fatigué ce soir pour parler de choses aussi terribles. Mais sachez que je serai là pour vous chaque fois que vous en aurez besoin.

Il se redressa et lui sourit. Dans ses grands yeux noirs, elle ne décela aucune trace de malice, cette fois. Seulement une infinie reconnaissance.

— Vous avez raison, dit-il en jetant un coup d'œil à sa montre. Il est presque 2 heures et je travaille tôt demain. Je crois qu'il vaut mieux en rester là pour ce soir.

Sur le seuil, il posa ses mains sur les épaules d'Isabelle et la regarda droit dans les yeux.

— Merci, dit-il gravement. Dites à Alistair qu'il a énormément de chance.

Puis il disparut dans la nuit.

# 6.

Le lendemain matin, quand Isabelle sortit de chez elle pour sa baignade habituelle, une voiture de police stationnait devant l'entrée principale de la maison. Intriguée, elle demeura un instant immobile, puis se dirigea vers la piscine, songeant que cela ne la regardait pas. Mais au moment où elle passait à proximité d'une fenêtre, Charles Holroyd ouvrit la croisée et lui fit signe.

— Isabelle, avez-vous deux minutes à nous accorder? Nous avons besoin de vous.

Elle rebroussa chemin et emprunta l'allée de gravillons qui menait à l'entrée de la maison.

Charles lui ouvrit la porte. Dans le hall d'entrée, se tenaient Henry, trois policiers en uniforme, et, à la grande surprise d'Isabelle, Stan Winston.

— Isabelle, dit Charles avec un pâle sourire qui dissimulait mal son anxiété, nous avons de mauvaises nouvelles à vous apprendre. Le cabinet médical a été cambriolé cette nuit. Ces messieurs sont en train de faire une enquête.

Sentant le regard de Stan posé sur elle, elle lui jeta un coup d'œil. Ses cheveux semblaient encore plus hirsutes que d'habitude. Il portait un survêtement et des tennis.

— Quand Charles m'a téléphoné, je venais juste de

rentrer de mon jogging, précisa-t-il avec un vague sourire, comme s'il avait lu dans ses pensées.

— Je crois que vous étiez au bal hier soir avec le Dr Winston, mademoiselle, reprit le sergent. Est-ce exact ?

— Oui, c'est exact, répondit Isabelle.

— Bien. Le centre médical a été cambriolé entre 2 et 4 heures du matin. Des caisses de médicaments ont été volées, en particulier des amphétamines. Ce genre de concert attire toujours quelques voyous et des trafiquants de drogue. Pouvez-vous me dire à quelle heure vous avez quitté la salle des fêtes ?

— Aux environs de minuit, je crois, à la fin du concert.

— N'avez-vous rien remarqué de particulier en sortant ? Personne ne rôdait autour du cabinet ?

— Non... Je ne crois pas...

Elle se tut, tentant de rassembler ses esprits pour se remémorer la soirée de la veille, quand, brusquement, elle se rappela l'épisode de la mallette, et les deux musiciens que Stan avait salués.

Elle hésita un instant, jeta un regard à Stan, puis secoua la tête.

— J'avoue que je n'ai pas vraiment regardé, dit-elle sur un ton d'excuse. Mais je ne me souviens de rien.

Le policier hocha la tête avec un sourire compréhensif et ferma son petit carnet.

— Très bien, nous n'allons pas vous déranger plus longtemps.

Une seconde plus tard, les trois hommes en uniforme étaient sortis de la maison.

Henry, qui avait gardé le silence jusque-là, explosa soudain.

— Dire qu'ils ont réussi à entrer, à ouvrir les salles et

les placards ! Je n'arrive pas à le croire ! Ces concerts de rock sont des repères de drogués, il faudrait les interdire !

Puis il tourna les talons en direction de la cuisine, d'où provenait une délicieuse odeur de bacon frit.

Charles sourit à Stan et Isabelle.

— Vous allez prendre le petit déjeuner avec nous, n'est-ce pas ? proposa-t-il pour détendre l'atmosphère.

Stan secoua la tête.

— Merci beaucoup, Charles, mais je suis en retard. Il faut que j'y aille. A plus tard, Isabelle.

Elle le suivit des yeux tandis qu'il regagnait sa voiture. Il démarra et leur adressa un petit signe de la main avant de disparaître au bout de l'allée.

— Je ne voudrais pas affirmer des choses fausses, Isabelle, mais je trouve tout cela étrange, dit Charles en poussant un profond soupir. Le festival de rock de Glastonbury approche, et ce ne serait pas la première fois que des substances illicites sont volées à l'occasion d'une telle manifestation...

Il demeura un instant immobile, les yeux fixés sur le jardin, et Isabelle respecta son silence. Enfin, il lui fit face, souriant.

— N'accusons pas sans preuve, reprit-il. En tout cas, nous allons devoir travailler dans des conditions un peu difficiles jusqu'à la fin de l'enquête. La police veut que nous évitions de toucher à quoi que ce soit dans le cabinet médical pour l'instant. Nous ne pourrons utiliser que la salle du fond, qui n'a pas été ouverte.

Isabelle remonta chez elle pour se préparer à aller travailler. L'histoire du cambriolage ne quittait pas son esprit, et une multitude de questions se pressaient dans sa tête. Stan était-il impliqué dans cette affaire ? Touchait-il à la drogue ? Et s'il ne se droguait pas lui-même, se pouvait-il qu'il facilitât l'approvisionnement de ses amis ?

Etait-il suffisamment fou pour se compromettre dans de telles histoires, en pensant qu'il s'en tirerait toujours? Elle se demanda aussi ce qu'avait insinué Charles en évoquant le passé de Stan lors de leur précédente conversation. Et il lui avait demandé de l'aider... Mais comment aider un personnage aussi étrange, dont elle ne savait rien, et qui préférait la dérision à toute discussion sérieuse?

Et puis, après tout, s'impliquer dans les affaires de cet homme pouvait se révéler dangereux... Car qui était vraiment Stan Winston?

Isabelle ne savait que penser. Tout cela n'aurait pas eu tant d'importance si elle ne lui trouvait pas autant de charme... si son intuition ne la poussait pas à croire qu'un homme merveilleux se cachait derrière ce sauvage... si le baiser qu'il lui avait volé la veille ne l'avait pas si profondément envoûtée.

Elle réfléchit longuement, et décida de le considérer dorénavant comme un simple ami. A l'instar d'Alistair, en somme. Et pourtant, ces deux-là se ressemblaient si peu!

Avant de prendre son service à l'hôpital, Isabelle décida de passer chez le pasteur pour prendre des nouvelles de Deborah. La jeune femme avait souffert de contractions très douloureuses pendant la nuit. A tel point que Janet, dont la cheville se remettait doucement, avait décidé d'annuler son week-end afin d'être là, au cas où. La future maman, qui paraissait à présent en pleine forme malgré sa nuit difficile, entraîna Isabelle dans le jardin. Elles s'installèrent dans des chaises longues, sous une jolie tonnelle couverte de roses, et passèrent une bonne heure à bavarder gaiement, évoquant les joies de la maternité et les travaux que Mark avait faits dans la maison pour préparer l'arrivée du bébé. Jusqu'à ce que Deborah abordât le sujet qu'Isabelle redoutait.

— Que s'est-il passé hier soir au cabinet médical ? La voisine m'a dit que des rockers avaient volé des médicaments. Ce n'est pas vrai, n'est-ce pas ?

Isabelle répondit qu'elle ne savait pas grand-chose, mais, qu'en tout cas, personne ne pouvait être accusé pour l'instant.

— Qu'en pense Stan ? demanda Debby.

— Je ne sais pas. Il était là ce matin quand la police nous a interrogés, mais il n'a presque rien dit.

Isabelle hésita avant de poser la question qui lui brûlait les lèvres.

— Vous... vous ne pensez pas que Stan pourrait être mêlé à cette histoire, n'est-ce pas ?

Debby chercha une position plus confortable avant de répondre.

— Vous savez, Isabelle, Stan est un personnage hors du commun... Il refusera toujours de se laisser enfermer dans un carcan. Mais je sais, parce que Mark me l'a dit et qu'ils sont amis depuis toujours, que Stan est un homme droit. Et un médecin formidable, qui donnerait sa vie pour ses malades.

— Je sais cela...

— Mais la rumeur va encore accomplir sa triste mission, reprit Debby. Dès qu'il y a un problème par ici, il se trouve toujours quelqu'un pour mettre Stan en cause parce que tout le monde sait qu'il fréquente des gens marginaux. C'est aussi pour cela que je l'admire autant. Il lui faut un courage extraordinaire pour survivre à ces campagnes de dénigrement. J'espère que la police ne pense pas qu'il puisse être impliqué dans cette affaire de vol. Il n'a pas besoin de ça en ce moment. La maladie de son père lui suffit !

Elles gardèrent un instant le silence, puis Isabelle prit congé de la future maman, juste à temps pour ne pas arriver en retard à l'hôpital. Là, au moins, elle n'aurait pas le temps de ressasser des idées noires !

Judy vint à la rencontre d'Isabelle avec un petit sourire malicieux.

— Est-ce que tout s'est bien passé quand Stan vous a ramenée hier soir ? demanda-t-elle. J'ai eu l'impression qu'il avait quelques idées derrière la tête quand il m'a dit de ne pas vous attendre.

— Mais non, il n'y a pas eu de problème... Ne vous inquiétez pas, répondit Isabelle d'un ton détaché.

— Je suppose que vous avez entendu parler de l'histoire du cambriolage, reprit Judy, redevenue sérieuse. Stan m'a dit que la police était allée voir les frères Holroyd, et qu'il avait lui aussi été interrogé. On se croirait en plein roman policier !

— La police mène une enquête de routine, dit Isabelle un peu sèchement.

Puis elle s'éloigna, prétextant qu'elle était en retard, car elle ne tenait pas à discuter de cette histoire plus longtemps.

Plus tard dans l'après-midi, elle profitait d'un moment de calme pour boire une tasse de thé dans la salle de repos, quand Stan entra en trombe. Sa gorge se serra quand elle découvrit l'expression fermée de son visage.

— Que se passe-t-il ? demanda-t-elle, inquiète.

— Que se passe-t-il ? Je vais vous le dire...

Il se planta face à elle, les poings sur les hanches, une expression sévère sur le visage. Puis, soudain, un sourire las apparut sur ses lèvres.

— D'abord, y a-t-il un peu de thé pour moi ? interrogea-t-il doucement.

Sans dire un mot, elle lui tendit une tasse de thé et

attendit qu'il se décidât à parler. De nouveau, il semblait complètement désemparé.

— Vous vous souvenez de mes amis, Steve et Smed ? commença-t-il. Ces idiots de la police les soupçonnent du vol de médicaments parce que des témoins les ont vus à proximité du cabinet !

Isabelle le regarda droit dans les yeux, tentant de garder son calme.

— Nous les avons vus, Stan, dit-elle doucement, quand vous êtes allé chercher votre mallette.

Stan fronça les sourcils et s'approcha d'Isabelle, l'air presque menaçant.

— Justement ! Pourquoi n'avez-vous pas parlé de cela à la police ce matin ?

— Je... je...

Elle se tut, ne sachant comment formuler sa réponse.

— Quelqu'un s'en est chargé à votre place, enchaîna-t-il avec colère. Maintenant, non seulement je passe pour un filou qui cherche à dissimuler quelque chose, mais, de plus, mes amis sont en tête sur la liste des suspects !

Il la fixait toujours, et ses yeux noirs lançaient des éclairs. Isabelle luttait pour garder contenance, se répétant qu'elle n'était pas responsable de ce dont il l'accusait.

— Je ne peux rien pour eux ! poursuivit-il. A moins que...

Il s'interrompit brusquement, comme si la solution venait de germer dans son esprit.

— A moins que quoi ? demanda Isabelle.

Elle devinait confusément qu'il allait l'obliger à jouer un rôle dans cette affaire.

— Je viens d'avoir une idée. Vous finissez à 9 heures et demie ce soir, n'est-ce pas ? Je dois aller à l'hôpital John Radcliffe pour voir mon père. Je vous attendrai à mon retour, quand vous sortirez. J'ai un petit service à vous demander.

Il disparut avant qu'Isabelle ait eu le temps de répondre.

Elle soupira, exaspérée. Lui demander un service ! Elle savait qu'il ne lui *demanderait* rien. Il lui expliquerait simplement ce qu'il attendait d'elle, et elle le ferait sans discuter ! Mais que lui arrivait-il ? D'où venait l'incroyable pouvoir de cet homme sur elle ?

D'un autre côté, elle éprouvait l'irrésistible envie de savoir ce qu'il voulait d'elle. Peut-être ce « service » lui donnerait-il l'occasion de s'assurer que Stan n'avait rien à voir avec cette sombre histoire...

A 9 heures et demie, Isabelle était prête à quitter son poste, cédant le relais à l'équipe de nuit, quand elle se rappela le rendez-vous fixé par Stan. Elle courut se changer, un peu anxieuse. Qu'allait-il lui demander ?

Il l'attendait dehors, apparemment détendu, et ils se rendirent dans un café proche de l'hôpital. Assis face à elle, il exposa son plan avec enthousiasme, allant droit au but.

— Si, comme le croit la police, les cambrioleurs suivent les groupes de rock pour écouler leur marchandise, ils se rendront sans doute au festival de Glastonbury. Si nous y allons, nous avons de bonnes chances de les trouver. Je pourrais ainsi laver mes amis de tout soupçon. Comme vous êtes de service demain matin, nous pourrions partir pour le festival tôt dans l'après-midi.

Isabelle ouvrit de grands yeux, abasourdie par ce qu'elle venait d'entendre.

— Stan, dit-elle enfin, vous êtes fou ! J'ai lu dans les journaux que dix mille billets avaient déjà été vendus, et que près de quinze mille personnes étaient attendues ! Autant chercher une aiguille dans une botte de foin ! De plus, aller là-bas voudrait dire parcourir près de quatre cents kilomètres, aller et retour, dans votre tas de ferraille !

— Non, dans ma voiture, corrigea-t-il avec un sourire. Il redevint immédiatement sérieux.

— Excusez-moi, je ne devrais pas plaisanter.

— Stan, c'est absurde ! reprit Isabelle. Comment espérez-vous découvrir deux voyous perdus dans une foule de gens ?

— Je connais des gens dans le milieu de la musique, beaucoup de gens. Or, tout se sait dans ce petit monde. Les trafiquants sont connus. Je suis à peu près certain de glaner des informations intéressantes.

Isabelle brûlait d'envie de lui demander qui il était réellement, et s'il trempait dans des affaires louches. Mais elle se retint. Elle ne pouvait s'empêcher d'admirer la détermination de Stan à sauver ses camarades. D'un autre côté, l'entreprise avait si peu de chances d'aboutir...

— Vous êtes fou, Stan..., répéta-t-elle. Je ne veux pas m'embarquer avec vous dans cette galère. Je ne vois pas en quoi je pourrais vous être utile.

Le visage de Stan prit brusquement une expression dure et sévère.

— Vous ne me faites pas confiance, n'est-ce pas ?

— Pour être honnête avec vous, je pense que vous risquez d'aggraver la situation de vos amis si les autorités apprennent que vous êtes allé au festival.

— Ecoutez, soupira-t-il, je n'ai ni l'envie ni le temps de passer des heures à vous convaincre que j'ai raison. Je vous demande simplement, en tant qu'amie, de venir avec moi à Glastonbury. C'est tout.

Isabelle se sentit troublée.

— Si... Si vraiment vous pensez que c'est utile...

Stan se pencha au-dessus de la table et planta ses prunelles ardentes dans les siennes.

— Isabelle, je sais ce que je fais, croyez-moi. Et même si je ne trouve pas les auteurs du cambriolage, j'ai ma place là-bas. Il y a toujours besoin d'aide médicale dans ce genre de grand rassemblement.

Il lui sourit, et ce sourire fit chavirer le cœur d'Isabelle.

— Je vous promets d'être votre guide et de veiller sur vous, ajouta-t-il. Vous verrez, il y a une ambiance formidable dans ce genre de festival. Je suis sûr que vous ne regretterez pas d'être venue.

Elle poussa un profond soupir.

— Je ne sais pas...

— S'il vous plaît, soyez courageuse, insista-t-il.

— Ce n'est pas une question de courage, répliqua-t-elle sèchement en se levant. J'ai besoin de réfléchir. Je vous appellerai ce soir, si vous êtes chez vous.

Elle devinait qu'il était en colère. Visiblement, Stan Winston n'avait pas l'habitude qu'on lui résiste.

— Je serai chez moi, dit-il enfin d'une voix neutre.

— Parfait...

Isabelle sortit du café et s'éloigna à grandes enjambées sans se retourner, regagnant le parking de l'hôpital où était garée sa voiture. Là, enfin seule, elle laissa les larmes couler sur ses joues sans retenue. Des larmes de fatigue, de chagrin ou de colère, elle ne pouvait le dire exactement. Elle ne désirait plus qu'une chose, à présent : rentrer chez elle, loin de Stan Winston et de tous ses problèmes. Elle avait bien assez à faire avec les siens...

Le téléphone se mit à sonner au moment où elle introduisait sa clé dans la serrure. Jetant son sac sur une chaise, elle se précipita pour décrocher le combiné. C'était sa mère.

— Isabelle ! Je suis rentrée de Madère depuis une semaine, mais je n'ai pas trouvé une minute pour t'appeler. Comment vas-tu ? Arthur et moi sommes noirs comme le charbon ! C'est un homme formidable, tu sais ! Nous avons des tas de projets ! Et nous sommes en train de réaliser l'un d'entre eux !

L'espace d'une seconde, Isabelle se demanda si sa mère allait lui annoncer qu'elle était enceinte, ou quelque chose d'aussi absurde. Mais la réalité se révéla bien pire.

— Nous vendons la maison ! poursuivit cette dernière. En fait, elle est déjà vendue, et nous allons acheter un petit hôtel près d'Hastings, une vraie merveille !

Isabelle prit une profonde inspiration et ferma les yeux, essayant d'encaisser le choc de cette terrible nouvelle, tandis que sa mère continuait de parler.

— Nous t'enverrons notre adresse, et tu pourras venir nous voir. L'hôtel est presque habitable, et les affaires marchent bien dans cette région ! De toute façon, je ne me fais aucun souci, Arthur s'occupe de tout !

Quand elle eut raccroché le téléphone, Isabelle se dirigea vers son lit d'un pas d'automate et s'y laissa tomber, décomposée. Tout s'écroulait autour d'elle. Avec la maison de son enfance, elle allait perdre ses dernières racines... Elle n'avait plus rien.

Les larmes se remirent à couler sur ses joues, et elle finit par sombrer dans une somnolence peuplée de mauvais rêves.

Quelques heures plus tard, elle rouvrit les yeux, vaguement consciente que le téléphone sonnait. Elle se leva avec difficulté pour aller répondre, et la voix claire de Janet Miller la ramena à la réalité.

— Isabelle, je voulais juste vous prévenir que Deborah venait d'arriver à l'hôpital pour accoucher. Stan et Mark sont là tous les deux, elle est en bonnes mains !

— Est-ce que tout se passe bien ? demanda Isabelle, que la nouvelle avait complètement réveillée.

— Oui, sans problème, ne vous inquiétez pas. Mark est adorable avec elle, et je crois que ça l'aide beaucoup. Je vais vous laisser vous coucher, il est déjà tard. A demain !

Avant de retrouver son lit, Isabelle prit une douche tiède, comme pour se purifier des idées noires qui avaient hanté son sommeil. Elle aurait voulu être à l'hôpital avec les autres, occupée à aider Debby à mettre son bébé au monde. Au moins, elle se serait sentie utile au lieu de ruminer des pensées stériles. Le travail avait toujours semblé le meilleur remède à tous ses problèmes.

Et, pourtant, elle se demandait parfois si elle avait eu raison d'accepter ce poste. Elle s'y investissait beaucoup trop. Travailler dans un grand hôpital, ou même à Kotebie, exigeait moins d'engagement personnel. On se laissait simplement porter par l'énergie d'une grande équipe, sans se poser de question. La seule chose qui importait était de lutter contre la maladie et la mort, sans faire intervenir ses petits soucis personnels.

Au contraire, depuis qu'elle était arrivée chez les frères Holroyd, sa vie privée était étroitement intriquée à sa vie personnelle, semant en elle un trouble jusque-là inconnu. Par moments, elle aspirait à une existence plus simple, plus sereine...

Peut-être devrait-elle épouser Alistair... et devenir une femme attentionnée qui vivrait une vie tranquille. Peut-être fallait-il tout recommencer de zéro...

Une nouvelle sonnerie la tira de sa rêverie. Elle avait dû s'assoupir de nouveau. Cette fois, ce n'était pas le téléphone, mais la sonnette de la porte d'entrée. Tout en essayant de discipliner ses longs cheveux, Isabelle se dirigea vers la porte.

— Qui est là ? demanda-t-elle.

— J'apporte un message de la part de Debby, Mark... et leur petit garçon ! répondit la voix de Stan.

Isabelle ouvrit grand la porte, et Stan pénétra dans l'appartement, un sourire aux lèvres.

— Ça y est ! s'écria-t-il. Ils forment une vraie famille ! Ils vous embrassent très fort.

Il paraissait épuisé mais heureux. Isabelle sourit à son tour.

— C'est gentil d'être venu me le dire...

Stan demeurait immobile dans l'entrée, sans se départir de son sourire radieux.

— Est-ce que, par hasard, vous avez imaginé prendre un café avant de repartir ? demanda Isabelle, amusée.

— Vous êtes un véritable devin ! s'écria-t-il en riant.

— Venez, je vais faire chauffer de l'eau.

A l'annonce de la bonne nouvelle, toute l'animosité d'Isabelle envers Stan s'était évanouie comme par enchantement. Il la suivit dans la cuisine et elle écouta avec plaisir le récit de la naissance du bébé tout en préparant le café.

— Tout s'est passé de façon idéale ! dit Stan. L'une des naissances les plus faciles que j'aie jamais connues. Pas de forceps, pas d'anesthésie, seulement des sourires et un immense bonheur ! Et ce n'est pas tout, ajouta-t-il en riant, devinez comment Mark et Debby veulent appeler leur bébé ? Stan !

Isabelle éclata de rire, et ils se mirent à bavarder gaiement tout en sirotant leur café. Soudain, l'église voisine sonna 2 heures. Ils n'avaient pas vu passer le temps.

Stan posa sa tasse et se leva.

— Puis-je compter sur vous demain pour le festival ? demanda-t-il d'un air sérieux. Je fais la consultation du matin avec Charles et Henry, et je ne pense pas avoir le temps de vous appeler avant de partir.

Telle était la véritable raison de sa visite, Isabelle n'en doutait pas. Mais il avait abandonné ce ton péremptoire qui l'avait tant exaspérée lors de leur précédente conversation. Pour une fois, il lui demandait si elle voulait venir, sans rien lui imposer.

Et elle savait qu'elle allait dire oui. Le coup de téléphone de sa mère l'avait anéantie, et plus rien ne lui importait à présent. Alors pourquoi ne pas tenter d'aider Stan ? Si elle y parvenait, peut-être se sentirait-elle mieux...

— Je viendrai, répondit-elle, mais ne comptez pas sur moi pour entrer dans une quelconque magouille.

Un sourire triomphant apparut sur les lèvres de Stan.

— Je suis certain que vous allez vous amuser, dit-il. A demain, donc, et ne vous mettez pas sur votre trente et un, vous auriez l'air d'une extraterrestre !

# 7.

Une fois rentrée chez elle, tôt dans l'après-midi du lendemain, Isabelle, conformément aux indications de Stan, enfila en hâte un jean et un T-shirt qui avait connu des jours meilleurs.

Il vint la chercher à l'heure dite, dans une tenue dont l'élégance n'avait rien à envier à celle d'Isabelle. Son jean délavé et sa chemise usée lui donnaient l'air d'un pirate ! Mais il y avait toujours ses beaux yeux noirs et son sourire ravageur, et elle ne put s'empêcher de le trouver beau en dépit de son allure négligée.

— Bonjour, Isabelle ! lança-t-il gaiement. Venez, nous devons nous dépêcher. J'ai donné rendez-vous à des amis. Officiellement, il n'y a plus de place, mais nous devrions pouvoir entrer en escaladant quelques barrières ! Ne prenez pas cet air effaré, je vous promets que nous ne risquons rien. Du moins, je l'espère !

Le voyage parut court à Isabelle. Stan conduisait prudemment, et elle dut admettre que sa voiture marchait très bien. Aux abords de Glastonbury, ils se garèrent dans un chemin de terre, en bordure d'un pré. Presque aussitôt, ils furent rejoints par des amis de Stan et se dirigèrent avec eux vers le cœur du festival, à travers champs, guidés par la musique. Ils enjambèrent des clôtures, franchirent des ruisseaux, traversèrent un petit bois, et finirent par se fondre dans la foule des visiteurs.

Dès lors, Isabelle fut plongée dans une atmosphère de fête, où les gens riaient et s'apostrophaient gaiement, comme s'ils formaient une grande famille. Lentement, la petite troupe se fraya un passage à travers les stands où une multitude de groupes se produisaient dans un joyeux vacarme.

Isabelle s'accoutumait peu à peu à ces rythmes endiablés. Entourée de Stan et de ses amis, elle se sentait protégée. Ce dernier ne la quittait pas d'une semelle. Au bout d'un moment, il glissa même un bras autour de sa taille et ne la lâcha plus jusqu'au soir, tandis qu'ils déambulaient entre les tentes. Peu à peu, la nuit descendit sur le festival. Des torches et des feux de joie furent allumés çà et là, donnant au lieu un aspect féerique. Le temps ne comptait plus. Brusquement, la vie paraissait délicieusement simple.

Un peu plus tard, assis autour d'un feu, ils se rassasièrent de quelques saucisses cuites sur des barbecues. Isabelle se sentait merveilleusement bien. Tous ses soucis semblaient si loin ! Elle remarqua à peine que quelqu'un se penchait à l'oreille de Stan pour lui murmurer quelque chose. Elle avait la tête ailleurs. Les images du camp de Kotebie lui revenaient sans la faire souffrir, pour la première fois depuis son retour.

Ce festival lui rappelait tout ce qu'elle aimait en Afrique. Comme là-bas, les gens réunis autour d'elle savaient vivre ensemble, chanter ensemble, partager des moments de joie. L'égoïsme ne trouvait pas sa place, supplanté par la chaleur humaine.

La main de Stan, se posant sur son épaule, la tira de sa rêverie.

— Je crois que j'ai trouvé ce que nous sommes venus

chercher, murmura-t-il. Je vous en dirai plus tout à l'heure. Nous pouvons rentrer.

Prétextant qu'ils travaillaient tôt le lendemain, ils prirent congé du reste du groupe et regagnèrent la voiture.

Ils roulaient depuis environ un quart d'heure quand Stan rompit le silence.

— Vous êtes-vous amusée, Isabelle ? Vous n'avez pas dit grand-chose...

Elle eut un petit sourire absent.

— J'ai passé une soirée formidable. J'ai oublié tous mes problèmes... pendant quelques heures.

— Avez-vous tant de problèmes que ça ? s'inquiéta-t-il sans quitter la route des yeux.

Isabelle ne répondit pas tout de suite. Elle savait que l'exaltation du festival ne durerait pas, et que les préoccupations qui la torturaient depuis quelque temps reprendraient rapidement le dessus.

— Je me demande à quel âge on cesse de se laisser perturber par des questions sans réponse, dit-elle d'un ton rêveur. Combien d'années il faut pour accepter la vie telle qu'elle est, tout simplement.

— La vie n'est qu'une succession de remises en question, Isabelle...

Elle resta songeuse. Puis une immense lassitude l'envahit et elle ferma les yeux, se laissant peu à peu gagner par le sommeil.

Elle s'éveilla lorsque la voiture s'arrêta devant la maison des frères Holroyd. Comme Stan semblait aussi fatigué qu'elle, ils se séparèrent rapidement. A peine couchée, Isabelle s'endormit.

Le vendredi suivant, Stan annonça que Debby pouvait rentrer chez elle. Mark, tout fier d'être papa, vint chercher sa petite famille. Isabelle, qui les enviait un peu, les aida à s'installer dans leur voiture, et les regarda partir avec une pointe de nostalgie.

Le soir, quand elle rentra de l'hôpital, elle trouva un message d'Alistair sur son répondeur. Elle le rappela immédiatement, et ils organisèrent leur week-end.

Ils se retrouvèrent le lendemain après-midi, à l'hôtel Randolph d'Oxford où logeait Alistair. Le bâtiment conservait un peu de ce charme désuet des hôtels du siècle précédent, et offrait un cadre très romantique pour des retrouvailles.

Alistair accueillit la jeune femme avec un sourire plein de chaleur.

— Isabelle, j'attendais ce moment depuis si longtemps !

— Je suis heureuse de vous voir en pleine forme, répondit-elle gentiment.

Ils parlèrent un bon moment en se promenant dans le jardin, puis se rendirent à la salle à manger. Alistair avait réservé une table près de la baie vitrée ouverte sur le jardin. La brise tiède de l'été faisait danser les flammes des bougies, qui se reflétaient dans l'argenterie. Quand les serveurs s'empressèrent autour d'eux, prodiguant discrètement leurs conseils pour le choix d'un menu, Alistair commanda une bouteille de vin d'un grand crû et Isabelle se sentait presque gênée de voir son ami déployer tant d'efforts pour lui faire plaisir.

Mais elle se détendit ensuite, tandis qu'ils bavardaient de choses et d'autres, car il semblait simplement ravi de partager ces moments avec elle.

On venait de leur servir le dessert quand il la considéra soudain avec une intensité nouvelle.

— C'est étrange, dit-il doucement, à Kotebie, nous travaillions ensemble, nous nous entendions bien, mais jamais je ne vous ai regardée autrement que comme une charmante infirmière, compétente et sympathique. Puis nous sommes rentrés, et j'ai pris conscience que je risquais de ne jamais vous revoir. Et cette pensée m'a brusquement terrorisé.

— Je comprends très bien ce que vous ressentez... Quand des gens vivent ensemble une expérience aussi forte, il se crée entre eux une amitié extraordinaire qu'ils craignent de voir se briser une fois rentrés chez eux.

Sans vraiment s'en rendre compte, elle avait appuyé sur le mot « amitié ».

— C'est vrai, dit Alistair en baissant les yeux.

— Pensez-vous repartir un jour? demanda Isabelle, espérant que la conversation allait prendre un tour moins personnel.

— J'aimerais beaucoup retourner en Afrique. J'avoue que l'idée de reprendre le cabinet de mon père ne me satisfait pas complètement.

Ils continuèrent à bavarder, sans plus aborder le sujet qu'Isabelle redoutait. Mais, à la fin du repas, un serveur apporta deux coupes de champagne sur un plateau d'argent.

Alistair leva la sienne et plongea ses yeux clairs dans ceux d'Isabelle.

— A votre beauté, Isabelle..., déclara-t-il d'une voix pleine d'émotion.

— Merci, murmura-t-elle en rougissant.

Puis elle porta la coupe à ses lèvres, luttant contre la sensation de malaise qui montait en elle.

— Je ne cesse de penser à vous, Isa... Il y a très longtemps que je ne me suis pas senti autant attiré par une femme.

Isabelle prit une profonde inspiration.

— Alistair, je vous aime beaucoup, moi aussi. Nous

sommes amis, et je souhaite que nous le restions. Je ne me sens pas prête à revivre une histoire sérieuse pour l'instant. Je vous ai parlé de ma relation avec cet homme marié — relation qui s'est si mal terminée. Vous-même venez de divorcer. Je pense que vous, comme moi, avons besoin de temps avant de nous engager de nouveau.

Alistair la considéra sans un mot puis il hocha la tête.

— Je ne veux surtout pas vous presser, Isabelle, dit-il en posant sa main sur celle de la jeune femme. Le fait de savoir qu'il y a un peu d'espoir pour que nous puissions un jour construire quelque chose ensemble suffit à me rendre heureux.

Elle lui sourit, touchée de sa sincérité. Alistair leva de nouveau sa coupe.

— A notre avenir, quelle que soit la route que nous choisissons de prendre !

Il lui retourna son sourire, mais Isabelle lut sa déception dans ses yeux.

— Comment se passe votre travail ? reprit-il. Avez-vous rencontré des gens sympathiques ?

— Oh oui ! Mon chef de service est un drôle de personnage, guitariste de rock à ses heures, mais nous... nous nous entendons bien. Nous formons une bonne équipe, c'est l'essentiel !

Alistair acquiesça.

— Comme à Kotebie... J'espère que c'est toujours le cas là-bas. D'ailleurs, c'est amusant, j'ai vu l'autre jour un reportage sur le château de la famille Fawcett-Brown !

— Je l'ai vu aussi ! s'écria la jeune femme. C'est bien le nom du médecin qui devait vous remplacer, n'est-ce pas ?

— Précisément. Quel dommage qu'il n'ait pas pu venir !

Ensuite, la conversation roula sur Kotebie. Il était

11 heures à la montre d'Isabelle quand elle annonça gentiment qu'elle voulait rentrer.

— J'espère que vous trouverez un peu de temps pour venir me voir à Aberdeen, dit Alistair gravement, tandis qu'ils se tenaient dans le hall de l'hôtel.

A cet instant, un petit groupe de personnes passa à côté d'eux, se dirigeant vers la sortie, et Isabelle leur jeta un regard distrait. C'est alors qu'elle sentit ses jambes se dérober quand elle reconnut Stan Winston qui la regardait avec insistance. A son côté, se tenait un beau vieillard à l'allure altière, mais dont les yeux trahissaient la souffrance. L'élégance du vieil homme contrastait avec la tenue négligée de Stan.

— Isabelle ! s'exclama ce dernier en s'avançant vers elle. Comme c'est amusant de vous retrouver ici ! Si j'avais su que vous veniez, nous aurions pu faire la route ensemble !

Son sourire radieux s'atténua imperceptiblement alors qu'il se tournait vers Alistair.

— Stan, je vous présente Alistair Fraser, dit Isabelle d'un ton qui se voulait détaché. Alistair, voici Stan Winston.

Stan termina les présentations, et Isabelle serra la main du vieil homme qui n'était autre que son père.

— Mademoiselle Buckingham, je suis ravi de vous rencontrer ! dit-il avec un grand sourire. Je vous admire de supporter le mauvais caractère de mon fils à longueur de journée !

Ils échangèrent encore quelques propos anodins puis Stan et son père rejoignirent leurs amis. Isabelle les suivit des yeux, tentant de maîtriser les battements de son cœur.

— Isabelle, vous avez l'air perturbée, remarqua Alistair. Quelque chose ne va pas ?

Elle prit une profonde inspiration et se força à sourire.

— Ça va, je suis juste un peu surprise de rencontrer Stan ici, c'est tout.

— Qui est-ce? demanda Alistair avec une pointe de dédain. L'un des infirmiers de votre service?

— C'est un gynécologue-obstétricien diplômé d'Oxford, corrigea-t-elle avec un peu trop de hâte.

— Ah bon! commenta Alistair. Venez, je vous raccompagne jusqu'à votre voiture!

Quand ils atteignirent le perron de l'hôtel, il semblait déjà avoir oublié l'incident. Dehors, il commençait à pleuvoir.

— Restez ici, Alistair, dit Isabelle. Nous n'avons pas besoin d'être deux à nous faire tremper! Je peux très bien me débrouiller seule.

Alistair déposa un bref baiser sur sa joue.

— Merci, Isa, d'être venue... Et n'oubliez pas ce que je vous ai dit... A bientôt.

— Merci pour cette merveilleuse soirée, Alistair...

Isabelle descendit les marches du perron et, après un dernier signe de la main à son ami, courut vers le parking tout en fouillant dans son sac à main pour trouver ses clés. Arrivée près de sa voiture, elle manqua défaillir en relevant la tête. Stan l'attendait, appuyé contre le capot, sous la pluie.

— Que faites-vous ici? demanda-t-elle sur un ton de reproche. Où est votre père?

Son cœur avait repris son rythme effréné.

— Il est rentré à l'hôpital en taxi. Il aime venir prendre l'air ici de temps en temps. En tout cas, je suis heureux de vous avoir trouvée!

Isabelle fronça les sourcils.

— Ne me dites pas que vous comptiez sur moi pour vous ramener!

Stan haussa les épaules avec un grand sourire.

— Pourquoi pas ? Je suis venu en train. Vous n'avez pas de place pour moi ?

Incapable de réprimer un sourire, elle lui ouvrit la portière.

Sur la route, les mauvaises conditions atmosphériques l'obligèrent à se concentrer, ce qui était aussi bien car, ainsi, elle n'eut pas le loisir d'être troublée par la présence de son passager.

— Voulez-vous que je prenne le relais ? demanda-t-il comme elle prenait l'embranchement de Woodstock.

— Non merci, ça va. Mais je suis heureuse que vous soyez là. Il fait si noir sur ces routes, et avec ce temps...

Les mots se figèrent sur ses lèvres. Surgi de nulle part, un camion fonçait droit sur eux. Isabelle donna un brusque coup de volant pour l'éviter et la voiture dérapa sur la route mouillée pour aller s'échouer sur le bas-côté. Le camion les croisa sans même ralentir, mais en klaxonnant furieusement, puis ce fut le silence, seulement troublé par le martèlement régulier de la pluie sur le capot.

Plusieurs secondes s'écoulèrent avant qu'Isabelle pût ouvrir les yeux. A cet instant seulement, elle prit conscience que Stan la serrait dans ses bras.

— Vous vous en êtes bien sortie, dit-il d'un ton réconfortant. Je crois que nous n'avons rien.

— Oh mon Dieu..., murmura-t-elle. Je ne sais pas ce que j'ai fait... Je suis... désolée.

Il balaya d'un geste tendre une mèche de cheveux sur le visage de la jeune femme, la tenant toujours fermement contre lui. Elle tremblait de tous ses membres.

— Ce n'est pas votre faute, Isabelle. Ce routier conduisait comme un fou. Calmez-vous. Ça va aller.

Il fouilla dans la boîte à gants et en tira un mouchoir en papier. Doucement, il essuya les larmes qui coulaient à présent sur les joues d'Isabelle.

— Laissez-moi votre place. Vous n'êtes pas en état de conduire.

Encore sous le choc, Isabelle se recroquevilla sur le siège du passager. Quand ils arrivèrent devant la maison des frères Holroyd, elle lui tendit les clés de son appartement et il l'aida à monter. Tandis qu'elle reprenait lentement ses esprits, allongée dans le canapé, il fit chauffer de l'eau et prépara du thé.

— Buvez cela et, bientôt, cette histoire ne sera plus qu'un mauvais souvenir, dit-il.

Peu à peu, Isabelle se sentit mieux, et ils bavardèrent de choses et d'autres. Tout en parlant, Stan lui caressait tendrement les cheveux, comme si c'était la chose la plus naturelle du monde, et elle se demanda s'il avait conscience de son geste.

Quand l'église voisine sonna 1 heure du matin, Stan se leva.

— Je vais vous quitter... Etes-vous sûre que tout va bien maintenant ?

Isabelle acquiesça, et se leva à son tour pour le raccompagner. Sur le seuil, il se tourna vers elle avec un air grave.

— Je suis allé voir un ami avocat pour lui demander conseil à propos de Steve et de Smed. Au festival, quelqu'un m'a dit que deux individus avaient tenté de s'introduire dans le cabinet médical en se rendant à Glastonbury. D'après ce que je sais, ils se sont délibérément habillés comme Steve et Smed et ont même trouvé deux dalmatiens pour ajouter à la confusion. Sachant que Steve et Smed habitent à proximité du cabinet médical, ils espéraient sans doute faire porter les soupçons sur eux. Malheureusement, mon informateur refuse de témoigner car il ne veut dénoncer personne. Mon ami avocat m'a conseillé d'aller voir la police et de leur raconter ce que je savais, en espérant qu'ils me croiraient.

— Y êtes-vous allé ?

— Oui, et les inspecteurs se sont montrés plutôt ouverts. J'ai un peu plus d'espoir. Ils continuent leur enquête... Nous verrons bien ! Allez dormir, maintenant, vous en avez besoin.

Isabelle referma la porte derrière lui et remonta dans l'appartement. Bizarrement, elle n'avait plus sommeil. L'explication de Stan avait levé les doutes qu'elle conservait à son égard. Et puis, elle l'avait vu avec son père, un vieillard qui respirait la bonté. Comment eût-il pu risquer de décevoir un homme à qui il semblait porter tant d'amour ? Non, Stan Winston n'était certainement pas capable d'une chose pareille.

Au cours de la semaine qui suivit, Isabelle ne vit pas Stan une seule fois. Charles lui expliqua qu'il avait pris quelques jours de congé pour se consacrer à son père qui retournait s'installer dans leur maison de Gloucester. Il ne servait à rien que le pauvre homme restât à l'hôpital. Une infirmière pourrait lui prodiguer les soins nécessaires à domicile.

— Il ne lui reste plus qu'à attendre..., soupira Charles. Je souhaite seulement être en mesure de soulager un peu la peine de Stan quand la fin sera venue.

Charles semblait réellement affecté par la douleur de Stan et Isabelle se demanda si elle devait lui parler de ce qu'elle avait appris le soir de l'accident. Il serait certainement heureux de constater les efforts de Stan pour éclaircir l'histoire. Elle y renonça. Mieux valait laisser ce dernier en parler lui-même.

— Au fait, Isabelle, reprit Charles, vous m'aviez demandé si vous pouviez prendre un week-end de congé. Prenez-le quand vous voudrez, prévenez-nous seulement un peu à l'avance.

— Merci beaucoup... Ma mère vient de déménager. J'en profiterai peut-être pour aller voir sa nouvelle maison.

Initialement, Isabelle avait pensé profiter de ces congés pour aller passer quelques jours à Aberdeen. Mais elle s'était ravisée. Etant donné leur dernière conversation à l'hôtel, cette visite risquait de donner de faux espoirs à Alistair. Elle était sûre, qu'en les voyant ensemble, l'autre soir, Stan avait conclu qu'ils étaient fiancés, ou quasiment...

L'après-midi passa très vite à l'hôpital. Alors qu'Isabelle terminait de ranger la salle d'accouchement, Janet Miller vint à sa rencontre.

— Isabelle, je voulais vous proposer de venir prendre le thé chez moi mercredi prochain vers 4 heures. Etes-vous libre ?

Isabelle accepta l'invitation avec enthousiasme, et les deux jeunes femmes échangèrent quelques nouvelles de leurs patientes en regagnant la salle de repos.

Alors que Janet venait de partir, Isabelle fut intriguée par des bruits de pas qui se rapprochaient dans le couloir, et les sanglots d'une femme. Courant vers la porte, elle se retrouva nez à nez avec Stan qui portait dans ses bras le bébé de Debby et de Mark. Ils le suivaient, agrippés l'un à l'autre, le visage ravagé par l'angoisse.

— Préparez d'urgence une couveuse ! cria Stan.

Horrifiée, Isabelle lui prit l'enfant des bras. Il était inanimé. Judy surgit soudain, alertée par les pleurs de Debby, et elle comprit immédiatement la situation.

— Je m'occupe d'eux, dit-elle en entraînant à l'écart les parents effondrés.

Dans la salle des couveuses, Isabelle déshabilla le nourrisson tandis que Stan installait l'appareil à oxygène. Leurs yeux se rencontrèrent, reflétant la même inquiétude. Roger fit irruption dans la pièce et se précipita vers le bébé.

— Oh, mon Dieu, Stan..., murmura-t-il après avoir tâté son pouls. C'est sans espoir...

Stan lui lança un regard désespéré.

— Je sais. Mais j'ai promis à Mark et à Debby de tout tenter... au cas où..., dit-il d'une voix tremblante. C'est le syndrome de la mort subite du nourrisson. Par hasard, j'étais chez eux. Debby est montée voir si le petit dormait bien, et...

Il s'interrompit un instant pour se ressaisir, les yeux brillants de larmes.

— Je ne pouvais pas leur dire que c'était fini, je devais leur laisser un espoir... Mais maintenant...

Stan se laissa tomber sur une chaise, la tête dans les mains.

# 8.

Après un week-end entier passé en compagnie de Dorothy et d'Arthur, Isabelle se sentait rassurée sur l'avenir de sa mère.

« Je me ronge toujours les sangs pour rien, songea-t-elle dans le train qui la ramenait vers Woodstock. Maman est heureuse, c'est l'essentiel ! »

Au côté de son nouveau mari, celle-ci semblait avoir recouvré une énergie de jeune fille, et les nombreux projets qu'elle avait en tête paraissaient combler de joie son compagnon.

Les craintes qu'Isabelle avait nourries étaient donc infondées — ce qui lui laissait l'esprit libre, à présent, pour se préoccuper de son propre avenir, envisager ce qu'elle pourrait faire quand son contrat chez les frères Holroyd prendrait fin.

Cette perspective l'effrayait. Son nouveau travail la passionnait, et elle n'avait pas du tout envie de quitter ses nouveaux amis.

Et puis il y avait Stan Winston... Jamais elle n'avait rencontré quelqu'un qui fût capable de lui inspirer tour à tour autant d'admiration ou de colère. Il demeurait pour elle un personnage énigmatique, capable du pire comme du meilleur. Il l'attirait irrésistiblement, mais elle ne parvenait pas à le comprendre. Il se montrait parfois si froid, si distant, surtout depuis la mort du bébé de Mark et de Debby... De toute évidence, ce drame l'avait profondément affecté, au point de lui ôter son légendaire sens de l'humour. Il avait réconforté ses amis du mieux qu'il avait pu, leur conseillant de quitter la région pour commencer une nouvelle vie, et d'essayer d'avoir un deuxième enfant très vite.

Mais Isabelle devinait qu'au fond de lui-même, révolté par son impuissance, il portait le poids de cette tragédie comme un fardeau qui le minait, venant s'ajouter à la maladie de son père et à l'affaire du cambriolage. Elle aurait tant voulu l'aider...

Chassant ces sombres pensées, le jeune femme s'assoupit et ne se réveilla qu'à l'arrivée.

Le lendemain, alors qu'elle rangeait la salle d'examens après la consultation, Judy entra en trombe.

— Vous n'allez pas me croire, Isabelle ! Nous avons admis cinq patientes à la maternité pendant la consultation ! Par bonheur, aucune urgence, mais j'ai eu du mal à m'en sortir toute seule avec Olivia ! Les lits sont tous occupés, et je crois que c'est la première fois !

— Dans ce cas, je resterai jusqu'à l'arrivée de l'équipe de nuit, répondit Isabelle. Olivia peut rentrer chez elle si elle veut. D'ailleurs, je n'ai pas vu notre deuxième stagiaire. Elle n'est pas venue hier, et n'a pas donné de nouvelles aujourd'hui.

Judy haussa les épaules.

— Je crois qu'elle ne se plaisait pas beaucoup ici. Mais ce n'est pas très correct de sa part.

Elles furent interrompues par la sonnerie du téléphone. Isabelle courut répondre.

— Isabelle ? dit la voix de Stan. J'ai besoin d'une couveuse pour un bébé de dix semaines. Il va arriver avec sa mère, ils viennent de l'hôpital John Radcliffe.

— Pourquoi viennent-ils ici ? s'étonna Isabelle. John Radcliffe est bien équipé !

— Disons que c'est un cas un peu spécial, répondit-il sèchement. Je vous donnerai les détails plus tard.

Elle raccrocha, intriguée par la demande de Stan. Tout cela lui semblait étrange... Il arrivait que leur petit hôpital envoie des bébés à John Radcliffe en cas de complications, mais l'inverse ne s'était jamais produit !

Elle rangea rapidement les dossiers des patientes de l'après-midi, puis se rendit dans la salle des couveuses pour préparer l'arrivée du nourrisson. Tout en effectuant consciencieusement les gestes qu'elle connaissait par cœur, elle se demanda pourquoi Stan lui avait parlé d'un ton aussi abrupt. Qu'allait-il lui annoncer ?

Mais, déjà, l'ambulance arrivait, avec à son bord une certaine Mme Harvey et son bébé, Stuart. Stan et Roger installèrent le petit patient dans une couveuse, et Isabelle alla préparer du café à la demande de Stan. Quand elle revint avec un plateau, l'équipe entière était rassemblée, et les conversations allaient bon train. L'admission de ce bébé intriguait tout le monde. Stan prit alors la parole, le sourire aux lèvres.

— Les équipes de la maternité de John Radcliffe ont entendu parler de nous, et ont décidé de nous confier un de leurs patients. Ils sont surchargés de travail là-bas. Si tout se passe bien, je pense que nous pourrons établir une véritable collaboration avec eux. Concrètement, cela signifierait que notre service est reconnu comme une unité de qualité, et nous pourrions bénéficier de nouvelles subventions.

Un murmure approbateur circula dans la salle.

— Revenons à notre petit patient, enchaîna Stan. Sa maman est tombée sérieusement malade pendant sa grossesse, et l'enfant est né avec quatorze semaines d'avance. Il a dû subir une opération du cœur, et personne ne croyait qu'il vivrait. Le miracle s'est produit, et le petit Stuart va mieux. Vous voyez donc que John Radcliffe nous confie un patient un peu particulier. Il a besoin de soins intensifs. A nous de prouver que nous sommes tout à fait aptes à nous occuper de lui. Je vous demande d'étudier soigneusement son dossier, et je me tiens à votre disposition en cas de problème.

Quand l'équipe se fut dispersée, Stan se tourna vers Isabelle, une expression sévère sur le visage.

— Puisque nous parlons de confiance et de compétence, vous feriez bien de vous mettre au niveau, mademoiselle.

Stupéfaite, Isabelle posa le plateau de tasses vides qu'elle s'apprêtait à emporter.

— Je ne comprends pas, dit-elle d'une voix blanche.

Stan la toisait, presque menaçant.

— Il s'est passé des choses graves récemment, reprit-il, glacial. Faites un effort pour vous rappeler ce jour horrible où nous sommes arrivés avec le bébé de Mark et de Debby.

Isabelle se souvenait parfaitement de ce tragique après-midi, mais ne voyait absolument pas où Stan voulait en venir.

— Expliquez-vous..., implora-t-elle. Je ne comprends toujours pas.

— Ce jour-là, la couveuse d'urgence était à 33,5 degrés, c'est-à-dire trois degrés en dessous de la température requise. Je n'ai rien dit sur le moment, parce que l'enfant était déjà mort. Aujourd'hui, par bonheur, tout était en ordre. Savez-vous ce qui peut arriver à cause de ce genre de négligence ? La mort d'un enfant, tout simplement ! Maintenant, pouvez-vous me donner une explication ?

Il attendait sa réponse, immobile, ses yeux noirs braqués sur elle.

— J'ai réglé la température de la couveuse à 36,5

degrés le jour où les techniciens de l'hôpital sont venus, répondit Isabelle en s'efforçant de parler d'une voix posée. Depuis, personne n'a touché à ce bouton, à ma connaissance.

— A votre connaissance? tonna Stan. Qui d'autre que vous aurait pu toucher à cette couveuse?

Elle lutta pour dominer la colère qui montait en elle.

— Je ne sais pas qui a touché à ce bouton. Mais je peux vous assurer que je vais chercher, parce que je ne tolérerai pas d'être accusée d'une faute aussi grave!

— Je ne veux pas entendre parler de faute dans un service où la vie d'enfants est en jeu, mademoiselle. Si nous avons une chance de travailler avec John Radcliffe, parce que j'ai réussi à convaincre un certain nombre de mes amis de collaborer avec nous, je n'ai pas l'intention de tout gâcher par la faute d'infirmières irresponsables! J'espère que c'est bien clair pour vous!

Quand il fut parti, Isabelle s'effondra sur une chaise, se demandant si elle n'avait pas rêvé la scène qui venait de se dérouler. Presque immédiatement, Judy Campbell fit irruption dans la pièce.

— Isabelle, je cherche les clés de l'armoire à médicaments...

Elle s'arrêta net en remarquant le visage défait d'Isabelle.

— Que s'est-il passé? J'ai croisé Stan dans le couloir, il avait l'air furieux. Avez-vous eu un problème?

Ravalant ses larmes, Isabelle raconta à Judy ce qui venait de se passer.

— Oh mon Dieu! soupira Judy quand elle eut fini. Mais comment trouver qui a fait ça? C'est un vrai travail de détective! Ecoutez, Isabelle, je dois porter des médicaments à une patiente, mais je vais réfléchir. Je reviens.

Dix minutes plus tard, elle rejoignit Isabelle à la lingerie.

— Je crois que je sais! s'écria-t-elle. Vous vous souvenez de cette stagiaire qui est partie sans rien dire à personne ? Eh bien, je viens de me souvenir d'une chose. Environ un quart d'heure avant l'arrivée du bébé de Debby, je me rappelle l'avoir vue sortir de la salle des couveuses. Je lui ai demandé ce qu'elle faisait, et elle m'a répondu qu'étant inoccupée, elle vérifiait simplement les appareils. Elle a dû voir la couveuse d'urgence en marche sans bébé à l'intérieur, et baisser la température comme on le fait pour les autres couveuses inoccupées !

Isabelle hocha la tête.

— C'est probablement ce qui s'est passé, soupira-t-elle, je comprends mieux à présent. Quelle idiote !

— Tout s'explique, poursuivit Judy. Comme la lumière rouge indiquait que la couveuse fonctionnait, personne ne s'est inquiété. Seul Stan a remarqué que la température était trop basse.

— Et il a attendu l'occasion de me le reprocher, enchaîna Isabelle. L'arrivée du bébé de John Radcliffe était un prétexte tout trouvé pour mettre en évidence la gravité de la faute ! Ce transfert représente un tel enjeu pour le service ! Après tout, Stan a raison. Si une faute de ce genre devait se reproduire et avoir des conséquences, il en serait jugé seul responsable...

— Ne vous inquiétez pas, dit gentiment Judy. Je parlerai à Stan.

Quand l'équipe de nuit arriva, ce soir-là, Isabelle terminait tout juste son travail. Elle fit le compte rendu de la journée à l'infirmière de nuit, Anne Moore. Alors qu'elles parcouraient ensemble les dossiers des patients, Isabelle remarqua qu'Anne l'écoutait d'une oreille distraite, visiblement préoccupée par autre chose.

— Qu'est-ce qui ne va pas, Anne ? Vous ne semblez pas dans votre assiette...

A la grande surprise d'Isabelle, la jeune infirmière, habituellement vive et gaie, fondit en larmes.

— Anne..., dit-elle, affolée, en la prenant dans ses bras. Que se passe-t-il ?

— C'est notre petit garçon, Matthieu, murmura Anne entre deux sanglots. Quand je suis partie, il n'était toujours pas revenu de chez son camarade de jeux. D'habitude il rentre tout seul à pied. Tom, mon mari est allé le chercher, et les parents de son ami ont dit qu'il était parti depuis plus d'une heure.

— Combien de temps lui faut-il pour rentrer d'habitude ? interrogea Isabelle avec inquiétude.

— Dix minutes. Nous avons prévenu la police, et je crois qu'une patrouille doit passer voir Tom.

Elle poussa un soupir tremblant et enfouit son visage dans ses mains.

— Je suis morte d'angoisse...

Isabelle posa une main réconfortante sur l'épaule de la jeune femme.

— Puis-je faire quelque chose pour vous, Anne ? J'ai une voiture, je pourrais faire une ronde !

Anne releva la tête et un pauvre sourire apparut sur ses lèvres.

— C'est très gentil, Isabelle, mais je crois que les voisins sont en train de quadriller le quartier.

— Bon... Mais essayez de ne pas trop vous affoler. Il va rentrer... Il a dû rencontrer un autre petit camarade et aller jouer chez lui, sans penser que vous pourriez vous inquiéter.

Ce soir-là, alors qu'Isabelle tournait en rond dans son appartement comme un lion en cage, ne cessant de penser au petit Matthieu et aux accusations de Stan, Alistair téléphona. Il lui demanda des nouvelles de son travail avec sa gentillesse habituelle, puis changea imperceptiblement de ton.

— Cet homme à qui vous m'avez présenté à Oxford, quel était son nom ?

— Stan Winston, répondit Isabelle, un peu surprise de sa question.

— C'est bien ce que je pensais. Figurez-vous que j'ai revu un de mes amis, chef de service à l'hôpital d'Oxford. Nous avons évoqué mon séjour en Ethiopie, et il m'a parlé d'un obstétricien un peu spécial, un musicien de rock, qui devait partir là-bas et qui a finalement changé d'avis. Sur le moment, j'ai pensé à votre patron, mais le nom de Stan Winston ne disait rien à mon ami.

— Il y a probablement plus d'un obstétricien passionné de rock dans la région ! commenta Isabelle en riant.

La conversation dévia ensuite vers d'autres sujets, puis ils raccrochèrent, Alistair ayant au préalable rappelé à Isabelle qu'elle était toujours attendue à Aberdeen.

Le lendemain après-midi, Isabelle se rendit chez Janet Miller pour prendre le thé. Elles bavardèrent comme des amies de longue date dans le ravissant salon de la petite maison, dont les portes-fenêtres ouvraient sur un jardinet soigné. Au bout d'un moment, Janet disparut dans la cuisine d'où s'échappait une délicieuse odeur de pâtisserie.

— Comment trouvez-vous Stan Winston en ce moment ? demanda-t-elle en revenant avec un plateau de petits fours. Avec le drame du bébé de Debby et la maladie de son père, il me paraît complètement déprimé.

— Oui, je sais... Je suis désolée pour lui, mais il est si difficile de l'aider... Il tourne tout en dérision pour cacher ses véritables sentiments. Au fond, c'est un homme blessé. Mais il peut aussi se montrer incroyablement cruel.

Et Isabelle raconta à Janet la scène au cours de laquelle Stan l'avait si durement accusée, et l'explication de Judy.

— Je crois qu'elle a raison ! s'écria Janet. Cette stagiaire n'avait rien dans le crâne ! Heureusement que nous en sommes débarrassés ! Et je suis sûre de l'avoir vue plusieurs fois dans la salle des couveuses. Je ne pense pas qu'elle ait eu l'intention de nuire, mais elle n'écoutait jamais ce qu'on lui disait. Je vais essayer de parler à Stan, je pense qu'il m'écoutera. Ne vous en faites pas trop, Isabelle, tout cela finira par s'arranger.

Isabelle lui sourit avec reconnaissance.

— Merci, Janet ! Je pourrai enfin dormir cette nuit ! Cette histoire me tracassait tant que j'en étais devenue insomniaque !

Elle se rembrunit brusquement.

— Mais Anne et son mari, eux, dormiront probablement mal...

— Pourquoi ? Que se passe-t-il ?

Isabelle mit Janet au courant de la disparition du petit Matthieu.

— Oh, mon Dieu ! Je ne savais pas ! s'écria Janet. C'est terrible ! Ce petit garçon est leur raison de vivre ! C'est moi qui l'ai mis au monde, ils étaient si heureux... Je passerai les voir demain matin.

Vers 5 heures, Isabelle prit congé de sa charmante hôtesse.

— Oh, j'oubliais ! dit celle-ci alors qu'Isabelle était sur le point de partir. Vous vous souvenez de la famille Bird ?

— Comment pourrais-je l'oublier !

— Eh bien, ils ont déménagé. Personne ne sait où ils sont partis.

— Pauvre Mme Bird..., soupira Isabelle. Où qu'elle aille, la brute qu'elle a pour mari la suivra.

Au moment où elle allait partir, Janet posa la main sur son bras et le pressa doucement.

— Courage, ma chérie, dit-elle. Vous verrez que la vie réserve toujours des surprises ! Mais nous faisons un métier formidable. Poser un nouveau-né dans les bras de sa mère qui vient d'accoucher est un bonheur qui fait oublier les pires soucis !

Le lendemain, Isabelle arriva au centre médical pleine d'appréhension à l'idée de se retrouver face à Stan Winston. Elle ne l'avait pas revu depuis leur terrible conversation.

Elle parlait avec la secrétaire lorsqu'il arriva. Il les salua d'un bref signe de tête.

— Il n'y a pas trop de monde pour l'instant, précisa Mme Hull.

Le sourire bienveillant de cette dernière redonna un peu de courage à Isabelle. Après tout, elle n'avait pas de raison de se mettre dans des états pareils ! Elle n'était pas responsable de cette faute.

Prenant son courage à deux mains, elle entra dans la salle de consultations, et alla chercher le premier patient, un artiste d'une cinquantaine d'années qui souffrait d'arthrite rhumatoïde depuis quatre ans.

Stan parcourut son dossier, tandis qu'Isabelle patientait à côté de lui au cas où il aurait besoin de quelque chose.

— Comment supportez-vous votre traitement, monsieur Mullins, demanda-t-il. Est-ce que les injections vous ont fait du bien ?

— Oui, docteur. Mais j'ai encore parfois des douleurs très vives. Il m'arrive de ne pas pouvoir tenir un crayon.

— Je crois que vous feriez bien de consulter un rhumatologue. Je vais vous faire une lettre, et vous prendrez rendez-vous dès que possible.

Les patients se succédèrent ainsi pendant environ deux heures.

La consultation terminée, Mme Hull partit, et Isabelle s'apprêtait à faire de même quand Stan s'approcha d'elle.

— Que diriez-vous d'un dîner ? dit-il. Je crois que je vous dois bien cela.

— Vous ne me devez rien du tout !

Il sourit.

— Si, et pour commencer, des excuses... Venez, nous pourrons laisser nos voitures devant Cromwell House, et nous irons dîner à pied.

Isabelle le fixait, ne sachant que penser de sa proposition. Surtout, elle se sentait terriblement fatiguée.

— Et si je n'en ai pas envie ?

— Alors je vous emmènerai de force ! Allons, venez !

— J'ai terminé mes heures de travail... Je n'ai plus à vous obéir.

Il poussa un profond soupir.

— Rentrez chez vous si vous voulez. Je vous suis jusqu'à Cromwell House. Vous vous déciderez en chemin.

Sans répondre, Isabelle sortit du cabinet et se dirigea vers sa voiture garée à proximité, bien décidée à ignorer la proposition de Stan.

Mais, sans qu'elle pût s'expliquer comment il s'était débrouillé pour la devancer, elle le trouva devant chez elle, qui l'attendait, les mains dans les poches, à côté du garage. L'air du soir commençait à se rafraîchir à l'approche de l'automne, et quelques feuilles tombaient déjà des arbres. Isabelle frissonna malgré elle.

— Est-ce Alistair qui vous empêche de venir dîner avec moi ? demanda Stan alors qu'elle se rapprochait de lui.

— Laissez Alistair en dehors de tout ça, et ne m'ennuyez plus par la même occasion !

Elle passa à côté de lui, sortant déjà ses clés pour rentrer chez elle.

Il se planta au milieu de l'allée, lui barrant la route.

— J'ai l'impression que ma pénitence va durer longtemps...

— Je suis trop fatiguée pour parler de l'hôpital, ce soir; si c'est pour cela que vous êtes venu, vous vous êtes dérangé pour rien.

— Non, je ne suis pas venu pour ça. Je voulais simplement vous inviter à dîner.

Il s'écarta pour lui laisser le passage, mais elle n'avança pas, indécise.

— Je crois que ce n'est pas une très bonne idée, dit-elle enfin. Nous ne sommes pas en très bons termes, en ce moment, et...

— C'est justement à cela que je voudrais remédier, coupa-t-il.

— Comment serait-ce possible puisque vous n'avez pas l'intention de parler de l'hôpital?

— Vous avez raison, c'est un peu difficile. Mais il n'en reste pas moins vrai que je suis un médecin surmené, et que vous êtes une charmante infirmière qui me plaît beaucoup. Serait-il possible de mettre le reste entre parenthèses le temps d'une soirée?

Une fois de plus, son sourire dévastateur eut raison des réticences d'Isabelle.

— Venez attendre à l'intérieur pendant que je me change.

Dans le salon, elle lui tendit le journal du jour et disparut dans la salle de bains pour prendre une douche rapide et enfiler une robe légère qui mettait en valeur sa silhouette élancée. Après avoir brossé vigoureusement ses longs cheveux blonds, elle appliqua une touche de rouge sur ses lèvres et rejoignit Stan dans le salon. Il ne lisait pas le journal. Il contemplait, posée dans la paume de sa main, la petite statuette de Chana.

# 9.

Il leva les yeux vers elle, interrogateur.

— Cette statuette vient d'Ethiopie, n'est-ce pas ?

— C'est un cadeau...

— De ce brave Alistair ? demanda-t-il avec ironie.

— Alistair est quelqu'un de très bien, et je ne vous permets pas de vous moquer de lui, rétorqua sèchement Isabelle.

— En tout cas, ce n'est pas un homme pour vous !

Elle lui jeta un regard noir, puis attrapa son sac à main.

— Allons-y maintenant, dit-elle, ignorant sa remarque. A moins que vous n'ayez changé d'avis.

Soupirant, il s'approcha d'elle avec un sourire d'excuse.

— Voilà, une fois de plus j'ai été maladroit, et je vous ai blessée. Je suis incorrigible. Pardonnez-moi.

Avec un petit haussement d'épaules, elle se dirigea vers la porte, mais il l'arrêta en la prenant par le bras.

— Pardonnez-moi, Isabelle... Pour ça, et pour ce que je vous ai dit l'autre jour. Janet et Judy sont venues me voir, elles m'ont expliqué ce qui était arrivé, et je leur fais confiance. Je suis désolé de vous avoir rendue responsable de cet incident. Suis-je pardonné ?

Isabelle esquissa un sourire, attentive à ne pas laisser

paraître l'immense soulagement qu'elle ressentait soudain.

— Allons-y, dit-elle seulement.

— Que diriez-vous d'acheter quelque chose à emporter, et d'aller dîner chez moi ? J'ai une bonne bouteille de vin, cela me ferait plaisir de la boire avec vous.

— C'est une bonne idée...

Ils achetèrent deux plats chez un traiteur, et prirent la direction de la « maison » de Stan. Durant tout le trajet, ils demeurèrent silencieux. Mais un imperceptible sourire flottait sur les lèvres d'Isabelle. Stan ne lui en voulait plus... Elle était si heureuse !

Il gara sa guimbarde devant le bus bleu qui brillait dans le soleil couchant, et Isabelle le suivit à l'intérieur. Tandis qu'elle disposait assiettes et couverts sur la table, il déboucha la bouteille et goûta le vin. Puis il emplit deux verres.

— Pour que nos querelles se terminent toujours ainsi ! dit-il en levant le sien.

Ils mangèrent en parlant de choses et d'autres, dans une atmosphère détendue et agréable.

— C'était délicieux, dit Isabelle lorsqu'ils eurent terminé. J'avais une faim de loup ! Je n'avais rien avalé depuis ce matin.

— Moi non plus. Avec le métier que nous faisons, les plus élémentaires des besoins deviennent un luxe ! On finit par oublier de manger, de boire, de dormir... mais jamais de tomber amoureux !

Isabelle se mit à rire.

— Vous croyez que c'est un besoin élémentaire ?

— Evidemment !

Et il partit à son tour d'un grand éclat de rire.

— J'ai du mal à vous imaginer engagé dans une relation sérieuse, reprit Isabelle quand leur hilarité se fut calmée. Vous semblez donner la priorité absolue à votre métier.

— C'est vrai. Quant à vous, je suis convaincu que vous considérez l'amour comme quelque chose de très sérieux. Est-ce que je me trompe ?

Isabelle rougit légèrement et baissa les yeux.

— L'amour est effectivement quelque chose que je prends très au sérieux. Même s'il m'est arrivé de me tromper.

— Et maintenant, vous avez décidé de vous réfugier dans les bras de quelqu'un qui vous apporte paix et sérénité, comme Alistair, par exemple.

Elle secoua la tête.

— Non. Il le souhaiterait, mais je ne suis pas sûre que ce soit la meilleure chose à faire.

Stan accueillit sa réponse sans réaction apparente, la fixant toujours de ses beaux yeux noirs.

— Je n'ai aimé qu'une fois, reprit-il, il y a très longtemps.

— C'est triste... Quand on a rencontré le grand amour, et qu'on l'a perdu, tout le reste semble fade.

Stan se mit à rire.

— Je ne suis pas si pessimiste ! Je suis persuadé que l'on peut vivre plusieurs fois le grand amour. Je vois toujours le côté positif de la situation !

— Je le sais... C'est l'une des rares choses que je sais de vous.

— Il ne faut jamais tout révéler de soi, répondit-il doucement.

— C'est vrai, mais...

Elle ne put continuer sa phrase car Stan avait passé son bras autour de ses épaules pour l'attirer doucement à lui.

Incapable de résister, elle se laissa glisser contre sa poitrine, vit son visage se rapprocher. Quand il posa ses lèvres sur les siennes, elle s'abandonna à ce baiser, tremblante, submergée par une vague de désir.

— Isabelle, vous êtes irrésistible, murmura-t-il au creux de son oreille.

Et de nouveau leurs bouches s'unirent dans un interminable baiser.

La sonnerie stridente du téléphone vint briser ce moment magique. Laissant échapper un soupir d'exaspération, Stan se leva pour répondre.

— Oui ? dit-il en décrochant. Ah Jack ! Déjà ? Elle a deux semaines d'avance ! Bien sûr, j'arrive tout de suite.

Il reposa le combiné, attrapa une vieille veste qui traînait sur une chaise, et se tourna vers Isabelle.

— Tessa, la femme d'un de mes amis, est sur le point d'accoucher. Ils habitent à Wootton Wood, il faut que j'y aille. J'aimerais que vous veniez avec moi. Apparemment, il est trop tard pour la transporter à l'hôpital, et je vais avoir besoin d'aide.

Il se pencha vers elle et déposa un baiser sur ses lèvres.

— S'il vous plaît, ajouta-t-il avec un sourire.

Quelques minutes plus tard, ils roulaient à vive allure en direction de Wootton Wood. Les amis de Stan habitaient une fermette délabrée perdue en pleine campagne. Un chien salua leur arrivée de ses jappements vigoureux, et un homme parut sur le seuil de la porte.

— Stan, merci d'être venu si vite ! s'écria-t-il en courant à leur rencontre. Tessa souffre le martyre.

Il tendit la main à Isabelle et Stan fit rapidement les présentations.

Allongée sur un grand lit dans une chambrette mansardée, la future maman se tordait de douleur. En reconnaissant Stan, elle esquissa un pauvre sourire.

— Oh, Stan... Dieu merci tu es là ! Je n'ai pas voulu te déranger avant l'heure, mais je crois que j'ai trop attendu...

— Ne t'inquiète pas, Tessa, tout va bien se passer. Voici Isabelle, mon bras droit à la maternité. Essaie de te détendre maintenant, je vais t'examiner.

Une contraction plus violente que les précédentes arracha un hurlement à la jeune femme. Stan attendit que la douleur se calme avant de commencer son examen tandis qu'Isabelle posait les questions rituelles.

— Vous entrez dans la deuxième phase du travail, conclut-elle au bout de quelques minutes. Les choses se présentent plutôt bien. Stan va vous faire une piqûre qui va atténuer la douleur.

Mais, au prix d'un effort surhumain, Tessa se redressa sur un coude.

— Je ne veux rien de tout ça ! Je veux avoir mon bébé naturellement, sans drogues ni produits chimiques.

Son mari s'assit près d'elle et tenta de la raisonner, mais la jeune femme s'obstina à refuser toute anesthésie.

Isabelle et Stan échangèrent un regard. Tous deux savaient que, dans ces conditions précaires, le moindre problème pouvait avoir des conséquences dramatiques, toutefois ils n'avaient pas le choix, et l'anesthésie ne changerait rien aux risques qu'ils encouraient.

Tant bien que mal, ils vérifièrent le pouls du bébé et de sa mère, et enregistrèrent la fréquence des contractions. Tessa, stoïque, mordait le drap et s'accrochait à la main de Jack. Son visage était baigné de sueur, et des larmes coulaient sur ses joues, mais elle tenait bon. Malgré sa morphologie délicate, la jeune femme semblait capable de déployer une formidable énergie.

Isabelle l'encourageait doucement, tamponnant son visage crispé par la douleur à l'aide d'un linge humide. Enfin, la tête du bébé apparut, couverte de cheveux noirs.

— Voilà le bébé, Tessa, continuez !

— Est-ce un garçon ou une fille ? demanda la maman, haletante.

— Du calme, répondit Isabelle en riant, c'est encore trop tôt pour le dire !

Une autre contraction suivit, puis une autre, et la tête du bébé apparut. Comme il avait le cordon ombilical autour du cou, Isabelle le saisit entre deux pinces et le coupa au milieu avant de nettoyer. Complètement absorbée par ces gestes tant de fois accomplis, elle n'était plus que vaguement consciente de la présence de Stan à son côté et le son de sa voix la surprit.

— Je vais tenir la tête du bébé pendant que vous nettoyez son nez et sa bouche.

Une dernière contraction acheva de libérer l'enfant qui poussa un cri strident. Isabelle le déposa dans les bras de sa mère.

— C'est un garçon ! s'écria-t-elle.

Jack laissa échapper des larmes de joie tout en caressant tendrement le front moite de sa femme.

Une heure plus tard, alors que le ciel se parait déjà des belles couleurs de l'aube, Stan et Isabelle burent un café et dégustèrent un solide petit déjeuner que Jack leur servit dans la grande pièce qui servait à la fois de cuisine, de salon et de salle à manger, avant de prendre le chemin du retour.

La campagne s'éveillait, les oiseaux chantaient, et ils roulèrent en silence, savourant la joie de cette nouvelle naissance.

Quand ils arrivèrent devant Cromwell House, le soleil balayait le jardin de ses premiers rayons.

— Que diriez-vous d'un plongeon dans la piscine ? suggéra Isabelle.

— Excellente idée !

— Il y a deux cabines pour se déshabiller, dit-elle en disparaissant déjà dans l'une d'elles pour ôter sa robe.

Quand elle en ressortit, en slip et soutien-gorge noirs faisant office de maillot de bain, Stan était déjà dans l'eau scintillante. Elle s'arrêta sur le bord, et l'observa un instant tandis qu'il traversait le bassin de quelques brasses vigoureuses, admirant le corps athlétique et bronzé.

Enfin, elle plongea à son tour, et ils nagèrent un long moment, presque sans bruit. Puis ils émergèrent de la piscine, haletants. Isabelle alla chercher deux serviettes dans la cabine.

— C'était divin ! s'écria-t-il en s'enveloppant de celle qu'elle lui avait tendue.

— Cette journée a quelque chose de magique...

D'un geste tendre, Stan essuya une gouttelette d'eau sur la joue de la jeune femme.

— Il y a des moments que l'on n'oublie pas, et je crois que celui-ci est l'un d'eux, dit-il avec une pointe de mélancolie.

Puis, sans la quitter des yeux, il se pencha vers elle pour l'embrasser.

L'église sonnait 7 heures du matin lorsqu'il monta dans sa voiture pour repartir. Isabelle suivit des yeux la vieille guimbarde, puis remonta chez elle, encore baignée d'une douce sensation de bien-être. Il lui restait environ une demi-heure avant de partir pour l'hôpital. Elle se dépêcha de se préparer, le sourire aux lèvres. Il lui semblait avoir rêvé...

La réalité reprit ses droits dès qu'elle pénétra dans le service. Anne Moore avait été remplacée par une intérimaire car le petit Matthieu demeurait introuvable. A présent, tout le monde était au courant du drame qui mettait le service en émoi.

Par chance, il n'y eut pas de nouvelle admission, et Isabelle put profiter de quelques moments de répit pour s'asseoir et récupérer un peu après sa nuit sans sommeil. Compréhensive, Mary Shipton la seconda efficacement toute la journée.

L'après-midi, Stan et Roger vinrent rendre visite au petit patient envoyé par John Radcliffe et le trouvèrent en parfaite santé. Son déménagement ne semblait pas l'avoir affecté le moins du monde.

Quand il eut fini son examen de contrôle, Stan rejoignit Isabelle dans le bureau.

— Pas de nouvelles d'Anne ? s'inquiéta-t-il.

— Non, la police poursuit son enquête.

— C'est affreux. On croit toujours que ces tragédies n'arrivent que dans les journaux... Pauvre Anne !

Le beeper de Stan se mit à sonner, les ramenant tous les deux à la réalité.

— Il faut que je descende aux admissions, déclara-t-il. J'imagine que notre stagiaire n'a pas donné signe de vie ?

— Non.

— Ne vous inquiétez pas, ajouta-t-il gentiment, l'incident est clos.

Quelques minutes après le départ de Stan, Janet entra dans le bureau, en proie à une excitation inhabituelle.

— Vous n'allez pas me croire ! s'exclama-t-elle. Je viens de voir la police aux admissions. Je croyais que c'était au sujet du petit Matthieu, mais pas du tout. Ils venaient chercher le Dr Winston ! Je me demande ce qu'ils lui veulent !

— Ce n'est certainement pas grave, répliqua Isabelle en s'efforçant de prendre un air détaché.

Une heure plus tard, elle rentra chez elle, épuisée, et terriblement inquiète pour Stan, pour trouver une voiture de police stationnant devant l'entrée de la maison. Quand elle arriva, la porte principale de la maison s'ouvrit et Charles et Stan apparurent, le visage grave, suivis de deux officiers de police.

Ils échangèrent avec eux quelques mots qu'Isabelle ne comprit pas, puis les deux policiers remontèrent dans leur voiture et démarrèrent.

Isabelle rentra discrètement chez elle. Ils ne l'avaient pas vue, et elle ne voulait pas se mêler de ce qui ne la regardait pas. Cependant, l'incident la troublait. S'il s'agissait bien du cambriolage, la mine défaite de Stan et de Charles paraissait indiquer que les choses ne s'étaient pas arrangées. Et si le stratagème de Stan pour l'entraîner au festival n'avait été qu'une couverture pour brouiller les pistes ? S'il s'était moqué d'elle ?

Il ne lui avait jamais reparlé du cambriolage. Lui cachait-il quelque chose ?

Trop lasse pour se changer ou préparer quelque chose à manger, Isabelle se laissa tomber sur une chaise. Et dire que cette journée avait si bien commencé...

Plongée dans ses pensées, elle sursauta quand la sonnette de la porte retentit. Stan se tenait sur le seuil, visiblement tendu.

— Avez-vous une minute à m'accorder, Isabelle ?

— Bien sûr. Entrez.

Elle s'effaça pour le laisser passer puis referma derrière lui.

— Que s'est-il passé avec la police ? commença Isabelle.

— Plus tard... Je n'ai pas le temps. Je voulais juste vous demander...

— Vous n'avez pas le temps ? coupa-t-elle, furieuse. J'estime avoir droit à une explication ! Vous m'avez demandé de vous aider, et vous refusez de me parler ? Avez-vous quelque chose à cacher ?

Elle s'arrêta brusquement, elle-même surprise de son accès de colère, et parce que Stan avait fait un pas vers elle pour lui saisir le poignet. Ses yeux avaient repris le même éclat glacial que le jour où il l'avait accusée de négligence.

— Vous pensez que je suis impliqué dans cette affaire de vol, n'est-ce pas ? dit-il entre ses dents. Eh bien, si c'est ce que vous pensez, mademoiselle Buckingham, libre à vous ! Mais dispensez-vous de vos généreuses propositions ! Je n'ai besoin de personne pour m'aider !

Puis il tourna les talons et claqua la porte derrière lui, laissant Isabelle pétrifiée, complètement désemparée.

Elle avait eu tort de s'emporter ainsi sans lui laisser le temps de parler. Il ne méritait pas tant d'agressivité, surtout après la nuit qu'ils avaient passée ! Elle remonta dans le salon, la mort dans l'âme.

Après avoir tourné en rond pendant une heure, n'y tenant plus, elle décida qu'elle avait besoin de prendre l'air et alla rendre visite à Anne et à Tom pour voir si elle pouvait les aider en quelque chose.

Elle trouva la jeune maman allongée dans sa chambre, les yeux rougis par les larmes.

— C'est gentil d'être venue, murmura-t-elle. J'ai une migraine épouvantable, mais dès que ça ira mieux, je descendrai préparer quelque chose à manger. Si Matthieu rentre, il aura sûrement faim...

Sa voix se brisa dans un sanglot.

— Il va revenir, Anne. Tôt ou tard, il va revenir.

La laissant se reposer, Isabelle descendit rejoindre son mari, Tom. Assis dans la cuisine, l'air absent, il tournait sa cuiller dans sa tasse de thé.

— Je n'en peux plus, dit-il dans un souffle. Cette attente devient insupportable.

— Je vais ranger un peu la cuisine, et vous préparer

quelque chose à manger, proposa Isabelle d'une voix douce.

Tom hocha la tête sans lever les yeux, complètement accablé.

En une heure, Isabelle mit de l'ordre dans la maison et prépara un dîner. Elle venait de mettre le plat au four quand le téléphone sonna. Comme Tom était monté au chevet de sa femme, elle hésita un instant puis décrocha.

— Sergent Bates, dit une voix au bout du fil. Puis-je parler à M. Moore ?

— Je vais le chercher, répondit Isabelle.

Elle se précipita dans l'escalier, mais Tom descendait déjà quatre à quatre. Il prit le combiné, écouta puis raccrocha sans dire un mot et s'effondra sur le carrelage de la cuisine, évanoui.

S'agenouillant à côté de lui, Isabelle lui tapota les joues, cria son nom. Tom avait dû apprendre une terrible nouvelle...

Alors qu'elle se demandait quelle conduite adopter, la porte d'entrée s'ouvrit. En une seconde, la pièce fut pleine de monde — des policiers, des voisins, des amis, des journalistes et, au milieu d'eux, le sourire aux lèvres, Stan Winston, portant dans ses bras le petit Matthieu.

Dans le tumulte qui suivit, Isabelle mit un moment à reprendre ses esprits. Tom, de nouveau conscient, serra son fils dans ses bras jusqu'à l'étouffer, et tous deux se précipitèrent dans la chambre d'Anne. Quand les heureux parents redescendirent avec leur petit garçon, le sergent Bates demanda le silence.

— Nous devons un grand merci au Dr Winston, sans qui cette famille ne serait pas réunie à l'heure qu'il est, annonça-t-il. Je vais le laisser vous raconter son histoire.

Quand des applaudissements fusèrent, Stan eut soudain l'air intimidé.

— J'ai des amis à Wootton Wood, commença-t-il. J'ai... je veux dire, nous...

Il se tourna vers Isabelle avant de reprendre.

— Isabelle et moi avons accouché mon amie Tessa, cette nuit, et j'ai parlé tout à fait par hasard de la disparition du petit Matthieu à son mari. Dans l'après-midi, alors qu'il allait faire des courses pour le bébé, il a vu une voiture s'arrêter et un petit garçon monter dedans. Intrigué, il a suivi la voiture et, une fois arrivé au village, a obligé le conducteur à s'arrêter. Il s'est présenté comme étant le père du petit pour voir la réaction de l'homme, qui a immédiatement laissé descendre l'enfant, expliquant qu'il s'apprêtait à l'emmener au commissariat. Mon ami a demandé au petit comment il s'appelait, et m'a téléphoné. J'ai prévenu la police, nous sommes allés chercher Matthieu et nous voilà.

Pendant son récit, Isabelle avait fait chauffer de l'eau, et sorti des tasses pour tout le monde. Puis, tandis que les conversations allaient bon train, elle s'éclipsa discrètement car elle devait retourner à l'hôpital.

Stan sortit en même temps qu'elle. Son visage avait repris une expression sévère.

— Après les moments que nous avons passés ensemble, je ne pensais pas que vous pouviez me soupçonner, déclara-t-il d'un ton abrupt.

— Stan, vous n'avez pas compris, je...

Mais il lui tourna le dos pour se diriger vers sa voiture. Il démarra sans lui adresser un regard. Isabelle le regarda s'éloigner, les yeux remplis de larmes.

En quittant l'hôpital, ce soir-là, elle pensait toujours à Stan, l'estomac noué. Ce malentendu la peinait profondément, et elle ne savait que faire pour rattraper sa maladresse. Au fond, il avait raison. Elle se mêlait trop des affaires des autres. Elle aurait dû attendre qu'il lui parlât de lui-même.

Rentrée dans son appartement, elle prépara une omelette et une salade qu'elle avala sans appétit. De toute évidence, elle pouvait tirer un trait sur son amitié avec Stan Winston. Derrière son attitude détachée, il dissimulait en fait un cœur sensible, et elle l'avait irrémédiablement blessé.

Comment pourrait-elle maintenant continuer à travailler à ses côtés, supporter son indifférence hostile ?

Mais elle n'avait pas le choix. La santé des patients ne devait pas pâtir des problèmes relationnels du personnel médical. Elle devait faire son travail, et redoubler de conscience professionnelle car Stan ne lui pardonnerait pas la moindre défaillance.

Pour se changer les idées, elle prit un livre et s'installa sur son lit. Quelques heures plus tard, elle se réveilla en sursaut parce que le téléphone sonnait et son livre tomba sur le sol avec un bruit sourd. Notant machinalement qu'elle avait cédé au sommeil sans même éteindre la lumière, elle se précipita pour répondre. Au bout du fil, elle n'entendit d'abord que des sanglots. Il lui fallut plusieurs secondes pour reconnaître la voix de sa mère. La pauvre semblait en proie à une véritable crise d'hystérie.

— Isabelle, il faut que tu viennes tout de suite ! hoqueta Dorothy. Je ne peux pas t'expliquer au téléphone, mais il m'arrive une chose terrible. Je crois que je vais en mourir !

# 10.

Après le coup de téléphone de sa mère, Isabelle demeura un long moment assise par terre à côté du téléphone, abasourdie par ce qu'elle venait d'entendre.

Enfin elle se leva pour préparer un café, et tenter de reprendre ses esprits. Elle n'avait pas rêvé, sa mère l'avait bien appelée au beau milieu de la nuit, dans un état plus qu'alarmant, pour la supplier de venir la voir. Sa mère, qui n'avait jamais versé une larme ni montré la moindre émotion...

Quelque chose de très grave avait dû lui arriver pour qu'elle se tourne vers sa fille, à qui elle ne s'était jamais confiée. Son cher Arthur n'était-il pas capable de la réconforter ?

Quoi qu'il en fût, Isabelle avait promis de faire tout son possible pour se rendre à Hastings dès le lendemain. Elle devait y aller.

Incapable de se rendormir, elle attendit 7 heures pour prendre une douche et se préparer. Elle savait que les frères Holroyd prenaient leur petit déjeuner vers 7 heures et demie. Elle pourrait leur exposer son problème.

Charles l'accueillit avec un sourire de bienvenue.

— Isabelle ! Quelle bonne surprise ! s'exclama-t-il. Quel bon vent vous amène ?

— J'ai bien peur de devoir vous demander une faveur, expliqua la jeune femme.

Elle raconta les événements de la nuit, précisant que ce comportement l'étonnait énormément de la part de sa mère, et qu'elle redoutait quelque chose de sérieux.

— Vous devez aller la voir, Isabelle... Je vais vous accompagner à la gare où vous pourrez prendre un train pour Londres. Vous serez à Hastings avant midi. Pour le retour, je sais qu'il y a un express qui arrive de Londres vers 8 heures ce soir.

Dans la voiture, Charles s'efforça de la rassurer comme elle s'inquiétait des conséquences de son absence à l'hôpital.

— Je suis sûr que Stan comprendra, dit-il. Il a eu tant d'ennuis lui aussi, récemment !

Isabelle hésita un instant avant de livrer le fond de sa pensée. Mais ce serait l'occasion d'aborder l'histoire du cambriolage.

— Sincèrement, je trouve sa conduite étrange. Il est en permanence sur la défensive !

— Le pauvre, il est normal qu'il cherche à se défendre ! répondit Charles sans quitter la route des yeux.

— Eh bien, moi, je trouve qu'il se comporte comme s'il avait quelque chose à se reprocher. D'ailleurs, l'affaire du cambriolage n'a toujours pas été éclaircie, et...

Charles se tourna vers Isabelle, ouvrant de grands yeux étonnés.

— Mais, Isabelle, l'affaire a été résolue ! Je pensais que vous le saviez ! Les deux coupables s'étaient fait passer pour des membres du groupe de Stan, s'habillant exactement comme eux, avec des chiens de la même race que les leurs. Ils ont profité de la confusion à la fin du concert pour s'introduire dans le cabinet médical, et plusieurs personnes ont effectivement cru voir les amis de Stan rôder dans les parages ! Mais les vrais voleurs ont été arrêtés. L'affaire doit passer au tribunal la semaine prochaine.

Ils arrivaient devant la gare, et Isabelle n'eut pas le temps de réagir à ses propos car le train n'allait pas tarder à partir.

— Je viendrai vous chercher, ce soir, au train de 8 heures, sauf contrordre de votre part ! cria Charles alors que la jeune femme courait vers le quai.

Elle monta dans le train alors qu'il s'ébranlait, et reprit son souffle en s'absorbant dans la contemplation de la campagne anglaise qui défilait le long de la voie. Le bercement du train l'apaisa, à tel point qu'elle s'endormit.

Elle traversa Londres en taxi, jusqu'à la gare de Waterloo. Par chance, un express pour Hastings partait quelques minutes plus tard. Avant le départ du train, elle remarqua deux policiers qui patrouillaient sur le quai, et se rappela brusquement la nouvelle annoncée par Charles.

Si l'affaire du cambriolage avait été réglée, pourquoi Stan et Charles avaient-ils l'air si préoccupé la dernière fois que la police était venue ? Et de quoi Stan devait-il se défendre, comme l'avait dit Charles, s'il n'était pas coupable ? S'était-il passé quelque chose qu'elle ignorait ? Est-ce que ce nouveau problème expliquait l'attitude de Stan envers elle ?

Il lui faudrait attendre son retour pour obtenir une explication. A présent, elle devait se consacrer à sa mère.

Mais elle ne parvenait pas à chasser Stan de ses pensées. Une fois de plus... Qu'avait-il donc de si extraordinaire, pour la troubler ainsi ? Depuis leur première rencontre, elle s'était lentement laissé ensorceler par cet homme — par ses yeux noirs pétillants de malice, par son humour dévastateur, contrastant avec sa rigueur professionnelle, par son charisme naturel, et le charme qui émanait de tout son être. Il la rendait folle.

Avait-il joué à la séduire uniquement pour se prouver qu'il en était capable? Elle se refusait à le croire. Ils avaient partagé trop de moments forts... Du moins en avait-elle l'impression...

Elle ne savait que penser.

Par ailleurs, dans quelques mois, elle ne verrait plus Stan Winston. Son contrat prendrait fin, et elle partirait. Alors, autant essayer de l'oublier.

La campagne anglaise défilait toujours derrière les vitres, et Isabelle se remit à penser à sa mère. Qu'allait-elle lui annoncer? S'était-elle affolée pour un rien, ou se passait-il effectivement quelque chose de grave?

Quand le train ralentit pour entrer en gare d'Hastings. Isabelle rassembla ses affaires et sortit dans le couloir. Peut-être Arthur Hopkins viendrait-il l'attendre...

Personne ne vint à sa rencontre. Quand le quai se fut entièrement vidé, Isabelle se décida à prendre un taxi. Si Arthur avait jugé préférable de rester auprès de Dorothy, la situation devait être préoccupante...

Le taxi s'arrêta devant le petit hôtel fraîchement repeint, entouré d'une belle pelouse où quelques vacanciers se prélassaient dans des chaises longues. Isabelle paya la course et se dirigea vers l'entrée. Elle grimpa les quelques marches du perron, se demandant ce qui l'attendait à l'intérieur.

La réceptionniste l'invita à s'asseoir dans le salon pendant qu'elle prévenait sa mère. Quelques minutes plus tard, Dorothy Buckingham apparut, frêle et voûtée, comme accablée par le poids d'un terrible malheur. Des lunettes de soleil qui lui mangeaient le visage dissimulaient ses yeux.

Quand Isabelle esquissa un sourire, sa mère se jeta dans ses bras en sanglotant.

— Ma chérie, tu es là ! hoqueta-t-elle. Je suis si heureuse de te voir ! Je n'ai pas pu te parler au téléphone, c'était trop dur...

Elle retira ses lunettes et essuya ses yeux bouffis de larmes. Puis, sans lui laisser le temps de poser la moindre question, elle entraîna Isabelle dans la grande cuisine toute neuve où s'affairait le cuisinier.

— Je vais te préparer quelque chose à manger, tu dois avoir faim après ce voyage. Puis nous monterons dans mon appartement. J'ai demandé au personnel de ne pas nous déranger.

Isabelle l'aida à préparer quelques sandwichs et la suivit au deuxième étage de l'hôtel où était aménagé un charmant appartement.

Dorothy se laissa tomber dans un canapé, la tête enfouie dans les mains.

— Plus j'y pense, et plus je me dis que c'est incroyable ! dit-elle entre deux sanglots.

Isabelle s'approcha pour poser sa main sur l'épaule de sa mère.

— Maman, tu ne m'as toujours pas dit ce qui se passait !

Dorothy se redressa et plongea ses yeux rougis dans ceux de sa fille.

— Arthur est polygame, dit-elle d'une voix tremblante. Il m'a quittée ! En plus, il me doit beaucoup d'argent. Mon avocat pense que je n'en reverrai pas un centime.

Isabelle l'avait écoutée, pétrifiée. Se ressaisissant, elle entoura sa mère de ses bras et la serra contre elle.

— Comment t'es-tu aperçue de tout ça ? Je croyais que tout allait si bien entre vous...

Sa mère se dégagea de son étreinte. Même au bord du désespoir, elle ne supportait décidément pas les démonstrations de tendresse.

— Il m'a embobinée avec son sourire charmeur, oui, dit-elle avec colère. J'ai cru tout ce qu'il m'a dit, sans douter un instant de sa sincérité. Je ne me suis jamais méfiée, et il a pu mener son petit stratagème en toute liberté. Il me disait que j'étais l'amour de sa vie, qu'il oubliait avec moi son mariage malheureux avec sa précédente épouse... Puis cette femme est venue ici, il y a une quinzaine de jours. Elle a pris une chambre, et Arthur a passé beaucoup de temps avec elle. Au début, je m'en amusais, sans montrer que j'étais jalouse. Et puis, un soir, je les ai entendus se disputer. Elle venait de comprendre qu'il m'avait épousée. Elle a prévenu la police, et nous avons découvert la vérité.

Dorothy fondit de nouveau en larmes.

Profondément choquée, Isabelle ne savait que dire. Elle laissa sa mère se calmer puis reprit :

— Que va-t-il se passer maintenant ?

— Je ne sais pas. La bigamie est un délit, mais la police doit d'abord trouver Arthur. Il s'est enfui je ne sais où...

Les sanglots l'empêchèrent de poursuivre. Isabelle se leva, avisant le service de verres en cristal qui trônait autrefois dans l'armoire familiale.

— Je vais te servir un whisky, maman, cela te fera du bien. Nous irons voir ton avocat tout à l'heure. Pour l'instant, repose-toi un peu, tu en as bien besoin.

Deux heures plus tard, elles se rendirent chez l'avocat, un homme d'une cinquantaine d'années, aux tempes grisonnantes, qui inspirait la confiance. Dorothy, effondrée, laissa Isabelle s'entretenir avec lui sans intervenir.

— Il est encore un peu tôt pour faire quoi que ce soit, expliqua l'avocat. Mais dès que la police aura retrouvé l'homme qui a abusé de la bonté de votre mère, nous le poursuivrons en justice. Malgré tout, je suis contraint de vous dire qu'il y a peu de chance qu'elle récupère l'argent qu'il lui a pris, étant donné leur régime matrimonial. Il a d'ailleurs probablement tout dépensé. Mais je ferai tout ce qui est en mon pouvoir pour aider votre mère.

Ils discutèrent pendant une bonne demi-heure, puis les deux femmes reprirent le chemin de l'hôtel. Dorothy semblait aller un peu mieux. Tandis qu'elles prenaient le thé, elle confia à sa fille qu'elle espérait pouvoir garder l'hôtel. Si les trois prochaines années se révélaient fructueuses, ses dettes seraient remboursées et son avenir assuré.

— Je ne laisserai pas cet imposteur ruiner ma vie, déclara-t-elle avec conviction pour conclure.

Isabelle admirait son courage, malheureuse de ne pouvoir l'aider. Quand elles se séparèrent, sa mère l'embrassa presque avec affection.

— Merci d'être venue, ma chérie... Tu sais, c'est étrange, mais depuis ce drame, je pense beaucoup à ton père.

Ses yeux s'emplirent de nouveau de larmes.

— Il a fallu que ce malheur arrive pour que je comprenne enfin que c'était un homme formidable, le seul qui m'ait vraiment aimée...

Dans le train qui filait vers la capitale, Isabelle réfléchissait aux derniers mots de sa mère dans sa tête. Elle avait l'impression qu'une vieille blessure se refermait en elle, et que le mot « famille » reprenait un sens... Enfin sa mère avait compris qui était vraiment son défunt mari... Tout en partageant sa peine, elle éprouvait une joie profonde. Sa mère venait, en quelque sorte, de rendre justice à son père.

⁂

Quand Isabelle arriva, comme convenu, par le train de 8 heures, elle chercha des yeux la voiture de Charles. En vain.

— Mademoiselle Buckingham ?

Elle se retourna vivement et étouffa un cri de surprise en reconnaissant Stan.

— Charles m'a demandé de venir vous chercher. Il s'excuse de ne pas avoir pu venir lui-même.

— Merci, je...

— A ce moment-là, coupa-t-il d'un ton docte, vous devez dire « Pour rien au monde, je ne monterai dans cette voiture ». Et notre histoire recommence de zéro !

Isabelle éclata de rire, soulagée de constater que Stan ne semblait plus lui en vouloir. Ils se dirigèrent vers la voiture et il lui tint la portière ouverte tandis qu'elle s'installait sur le siège du passager.

— Désolé de cette mauvaise plaisanterie, dit-il gravement en mettant le moteur en marche. Vous avez dû avoir une journée pénible.

Isabelle acquiesça sans répondre et détourna légèrement la tête pour dissimuler les larmes qui lui montaient aux yeux. Une brusque envie de pleurer la saisit à la gorge. Trop d'émotion s'accumulait en elle. Le chagrin de sa mère, l'évocation de son père et, maintenant, Stan, à côté d'elle, qui semblait avoir oublié leur brouille...

— Oh, mon Dieu, dit-il tendrement en remarquant ses larmes, je ne pensais pas déclencher une telle réaction ! Je suis désolé...

Il passa son bras autour des épaules de la jeune femme et essuya sa joue d'un geste tendre.

Elle se tourna vers lui avec un pâle sourire.

— Stan, je suis si heureuse que vous soyez venu !

Il lui retourna son sourire sans répondre, et démarra enfin.

— Voulez-vous aller dîner quelque part avant de rentrer ? proposa-t-il alors qu'ils approchaient de Cromwell House.

Isabelle accepta avec enthousiasme, et Stan l'emmena dans un petit restaurant italien. Elle n'avait pas faim, mais éprouvait le besoin de passer un moment avec lui. Quand il lui demanda comment allait sa mère, elle pensa que Charles avait dû le mettre au courant.

— Je croyais qu'elle était malade... Mais ce n'était pas ça.

Mais le courage lui manqua et elle s'interrompit, la gorge serrée. Enfin, elle se ressaisit et raconta toute l'histoire. Se confier ainsi lui faisait un bien immense. Stan l'écouta patiemment, sans l'interrompre. Quand il la déposa devant Cromwell House quelques heures plus tard, Isabelle le remercia chaleureusement.

— J'espère que je ne vous ai pas trop ennuyé avec mes histoires, ajouta-t-elle.

Il lui sourit gentiment.

— Pas du tout ! D'ailleurs, nous avons encore des choses à nous dire. Je m'invite chez vous pour un dernier verre !

Un peu surprise, Isabelle accepta. Stan s'installa à sa place habituelle dans le canapé, tandis qu'Isabelle allait chercher une bouteille de whisky et deux verres.

— Je vous dois des excuses pour m'être montré si désagréable, déclara-t-il en prenant le verre qu'elle lui tendait.

— Oh non, c'était ma faute ! J'ai été si maladroite !

— Quoi qu'il en soit, je vais tout vous expliquer. Vous avez le droit de savoir.

Il arborait une expression sérieuse, presque angoissée.

Quand Isabelle fut assise en face de lui, il commença son récit.

— Quand j'étais étudiant à Oxford, j'avais des amis un peu marginaux. Il nous arrivait de fumer de l'herbe, et certains touchaient même à des drogues plus dures. Je sais que c'est idiot, mais nous étions jeunes et nous pensions que toute expérience était bonne à faire. A cette époque, j'ai rencontré Caroline, une étudiante de première année. Nous sommes tombés follement amoureux l'un de l'autre et, pendant trois mois, j'ai connu un bonheur absolu. C'est alors que j'ai appris qu'elle prenait des drogues dures, avec un groupe de gens peu fréquentables. Je suis devenu fou de rage, j'ai tenté de l'empêcher de les voir, mais il était trop tard. La drogue avait rempli sa mission meurtrière. Caroline était dépendante, et elle est morte d'une overdose quelques semaines plus tard.

Il s'interrompit un instant, visiblement troublé par ce douloureux souvenir.

— Pendant un an, reprit-il, je me suis laissé submerger par le chagrin. J'ai abandonné mes études, ma famille, mes amis, et je suis allé vivre à Londres. Là, j'ai sombré dans la drogue, comme pour rejoindre celle que j'avais tant aimée. Et puis j'ai eu la chance de retrouver un ami d'Oxford qui venait de s'installer comme médecin, et qui m'a aidé à remonter la pente avec ses parents et ses frères. Ils m'ont sauvé de l'enfer. Cet ami est le frère de Mark. Je leur dois la vie, ma carrière, tout ce que je possède aujourd'hui. Au bout d'un an, je suis retourné à l'université pour finir mes études, j'ai renoué des liens très forts avec mon père, puis j'ai travaillé deux ans pour un centre de désintoxication à Londres. Je voulais aider à mon tour, comme on m'avait aidé. Ensuite, je me suis spécialisé en gynécologie, et Mark m'a parlé des frères Holroyd. Il leur a tout dit de mon histoire, et ils ont accepté de travailler avec moi en connaissance de cause. Je suis d'abord venu pour quelques mois, puis je suis parti à l'étranger pour tenter de me rendre utile dans des endroits où les gens n'ont rien. Quand je suis rentré, Charles m'a proposé de prendre la direction de leur nouvelle maternité. Il n'a parlé à personne de mon passé, et tout le monde s'est montré charmant avec moi. Mais, au fond, je me sens différent, d'où les difficultés que j'éprouve parfois à me couler dans un moule. Et les gens n'aiment pas que l'on refuse le chemin tracé.

Isabelle, qui l'avait écouté sans bouger, captivée par son histoire, sourit.

— Le monde a besoin de gens comme vous, Stan... Vous vous êtes battu, et vous avez réussi. De quel droit pourrait-on vous juger?

— Mais rares sont ceux qui comprennent les choses comme vous, soupira-t-il. Ces dernières semaines, j'ai reçu des dizaines de lettres anonymes. C'est pour cela que la police m'a convoqué l'autre jour. Charles et moi leur avons donné les deux premières, et la police a commencé à s'y intéresser quand elles se sont multipliées. Pour l'instant, ils n'ont pas trouvé le coupable.

Stan tira de sa poche une enveloppe. Isabelle y lut son nom et son adresse, écrits d'une main maladroite en lettres majuscules.

— Charles s'est montré admirable avec moi depuis le début de cette affaire, ajouta-t-il. D'ailleurs, il est allé passer la soirée avec un de ses amis de Scotland Yard, spécialisé dans ce genre de questions. Peut-être trouveront-ils un indice...

Il rangea la sordide missive, et plongea les yeux dans ceux d'Isabelle.

— Je ne voulais pas vous parler de tout ça parce que Charles et moi avions décidé de ne rien dire à personne.

Même son frère n'est pas au courant de tout. C'est si difficile d'empêcher les gens de parler à tort et à travers...

— Je vous remercie de votre confiance, Stan. Je ne la trahirai pas.

Un sourire éclaira le visage de Stan.

— Je vais m'en aller à présent, dit-il, vous devez être fatiguée.

La jeune femme le raccompagna jusqu'à la porte, et il déposa un baiser sur sa joue.

— A demain ! lança-t-il en montant dans sa voiture.

Le lendemain, Isabelle s'efforça de se concentrer sur son travail, mais elle ne cessait de penser aux révélations de Stan. Le récit de sa vie renforçait l'admiration qu'elle éprouvait pour lui. Stan Winston était décidément un homme hors du commun, doté d'un courage exceptionnel. Et, pourtant, il se trouvait encore des gens mal intentionnés pour le persécuter à coups de lettres anonymes. Qui pouvait se montrer capable d'une telle bassesse ?

Plongée dans ses pensées, elle prêtait à peine attention au babillage d'Olivia, à qui elle était en train de montrer comment ranger la salle d'examens. Soudain, les propos de la jeune fille la ramenèrent à la réalité.

— Cet homme battait sa femme alors qu'elle était enceinte, racontait la jeune stagiaire. Il buvait, et se montrait insupportable avec tout le monde. Ma tante a poussé des cris de joie le jour où ils ont déménagé !

— Quel était le nom de cette famille ? demanda Isabelle, intriguée.

— Bird, pourquoi ?

— Sa femme a accouché ici, n'est-ce pas ?

Olivia prit un air offensé.

— C'est ce que je vous ai dit, c'est pour cela que je vous raconte cette histoire !

— Pardonne-moi, Olivia, je suis un peu distraite en ce moment...

Cette conversation venait de faire germer dans sa tête une étrange intuition...

A l'heure du déjeuner, elle se rendit dans la salle des archives, prenant soin de ne pas être vue. Elle parcourut les dossiers des patients, trouva ce qu'elle cherchait, et sortit de la pièce, emportant un dossier.

Son service enfin terminé, elle se rendit chez Charles. Il lui demanda gentiment des nouvelles de sa mère, et Isabelle raconta une nouvelle fois sa tragique histoire. Comme à son habitude, Charles se montra plein de compassion, et lui fit promettre de retourner voir sa mère aussi souvent qu'elle le jugerait nécessaire, que Stan et lui s'arrangeraient toujours pour combler son absence.

La jeune femme le remercia chaleureusement, et profita de l'évocation du nom de Stan pour s'excuser des paroles un peu hâtives qu'elle avait prononcées à son sujet sur le trajet de la gare.

— J'ignorais tout de l'arrestation des cambrioleurs et de l'affaire des lettres anonymes, expliqua-t-elle. Stan m'a tout raconté hier soir, et nous avons également parlé longuement de son passé.

Charles lui sourit avec bienveillance.

— Je voulais le laisser vous raconter son histoire lui-même. Je savais qu'il le ferait tôt ou tard, et que vous comprendriez. A présent, j'espère seulement que nous trouverons l'odieux personnage qui le harcèle. Ce pauvre Stan ne mérite pas un tel traitement.

Isabelle approuva avec ferveur, puis sortit de son sac le document qu'elle avait trouvé dans les archives et le tendit à Charles.

— Je voulais vous montrer cela. Je sais qu'il est interdit de sortir les dossiers des patients de l'hôpital, mais il m'a semblé que ce document pourrait nous aider.

Charles demeura silencieux, le temps de lire, puis il hocha la tête en levant les yeux.

— Bravo, Isabelle ! Il me semble que nous sommes sur la bonne piste.

# 11.

Une semaine plus tard, alors qu'Isabelle s'apprêtait à rentrer chez elle à la fin de la journée, elle croisa Stan dans le couloir. Un sourire radieux flottait sur ses lèvres.

— Devinez qui vient de me téléphoner ? lança-t-il gaiement. Mark et Debby ! Ils vont beaucoup mieux tous les deux, et m'ont annoncé une bonne nouvelle : Debby attend un bébé !

— Oh, c'est formidable !

— Je vais leur faire parvenir un appareil spécial qui permet de surveiller la respiration des bébés pendant leur sommeil. Une telle tragédie frappe rarement deux fois la même famille, mais on ne sait jamais. Ils se sont installés dans un petit village du pays de Galles, et ils m'ont demandé de m'occuper de la grossesse de Debby.

Isabelle fronça les sourcils.

— C'est impossible, n'est-ce pas ? C'est beaucoup trop loin d'ici !

Le sourire de Stan s'évanouit brusquement.

— Si le corbeau continue à me harceler, je crois que je serai heureux de quitter cette région...

Isabelle sentit son sang se glacer dans ses veines. Mais Stan s'éloigna sans lui laisser le temps de réagir.

Ce soir-là, elle sortait de sa douche quand le téléphone

sonna. C'était Alistair. Il exposa à Isabelle l'évolution de ses projets pour le cabinet de son père, dont il avait finalement décidé de développer l'activité, puis proposa à la jeune femme de l'accompagner au grand bal donné le samedi suivant par l'hôpital John Radcliffe, au profit du développement de la recherche prénatale.

— Le bal est organisé par un de mes amis qui exerce à Oxford, et j'ai pensé que cette noble cause vous paraîtrait un excellent prétexte pour aller danser, Isabelle ! De plus, ce n'est pas très loin de chez vous, et cela nous donnerait l'occasion de nous revoir.

Elle s'imagina à ce bal, serrée dans les bras d'Alistair, danse après danse... Elle eut envie de refuser, de lui dire qu'il lui fallait cesser d'attendre d'elle quelque chose qu'elle ne pouvait donner... Puis elle se ravisa. Après tout, Alistair était son ami, et elle voulait qu'il le restât.

— Cela me paraît une excellente idée, répondit-elle. Je pense pouvoir me libérer.

Le soir même, Isabelle se retourna longtemps dans son lit sans parvenir à trouver le sommeil, se demandant si elle avait eu raison d'accepter l'invitation d'Alistair. Qu'allait-il en déduire ? Et pourquoi l'idée de s'engager dans une histoire avec un homme si sympathique lui paraissait-elle, à elle, inconcevable ?

Tandis qu'elle réfléchissait, une évidence se dessina peu à peu dans son esprit : il n'y avait pas de place dans son cœur pour Alistair parce qu'elle en aimait un autre.

Elle aimait Stan Winston.

Jusqu'à présent, elle n'avait pu se résoudre à se l'avouer. Trop d'événements étaient venus troubler leur relation, l'empêchant d'y voir clair. Maintenant, cette certitude s'imposait à elle. Elle aimait Stan Winston comme jamais elle n'avait aimé personne.

Elle l'aimait tel qu'il était, avec ses grandes qualités et ses petites faiblesses, son sens de l'humour et ses accès de mauvaise humeur, son allure désinvolte et son charme ravageur, sa compétence professionnelle et sa guitare électrique...

Mais elle ne devait pas se faire d'illusions. Stan Winston n'était pas amoureux d'elle. Il la considérait tout simplement comme une amie, à qui il s'était confié, et qu'il s'amusait à séduire par jeu. Cela faisait partie de sa personnalité complexe...

Isabelle exhala un profond soupir. Dorénavant, elle allait adopter une attitude responsable. Lors du bal, elle parlerait franchement à Alistair afin qu'il cesse de caresser de faux espoirs. Quant à Stan, elle l'oublierait rapidement par la force des choses, quand son contrat prendrait fin. Dans un peu plus de quatre mois...

Et après ?

La jeune femme s'endormit enfin, épuisée.

Le mardi suivant, quand Isabelle et Stan regagnèrent la salle d'examens après la consultation, des visiteurs imprévus les attendaient : Charles et Henry Holroyd, accompagnés de deux policiers. Le cœur de la jeune femme se mit à battre quand elle remarqua, entre les mains de Charles, le dossier qu'elle avait sorti des archives quelques jours auparavant.

Stan jeta un regard étonné aux policiers quand Charles s'avança vers lui avec un grand sourire.

— Stan, nous avons d'excellentes nouvelles pour vous, annonça-t-il. Votre corbeau est démasqué. La police a formellement identifié l'écriture de M. Bird. Il est l'auteur des lettres anonymes. C'est Isabelle qui a eu l'idée de confronter son écriture, qui figure sur le dossier de sa femme, avec celle du corbeau. Il a été arrêté hier soir et, apparemment, vous n'étiez pas sa première victime. Il est connu depuis longtemps des services de police sous diverses identités pour une impressionnante collection de méfaits.

Stan, qui était demeuré impassible durant l'explication de Charles, laissa échapper un profond soupir.

— Mon Dieu... Je n'arrive pas à le croire. Pauvre Mme Bird !

Charles acquiesça d'un hochement de tête.

— Mais peut-être est-il préférable pour elle que son mari soit éloigné pour un moment... En prison, il suivra une cure de désintoxication. Maintenant, venez prendre un verre avec nous pour célébrer la fin de votre calvaire !

Alors que le petit groupe se dirigeait déjà vers la salle de repos, Stan retint Isabelle par le bras.

— Je constate que l'intuition féminine n'est pas une invention ! dit-il avec un sourire. Bravo ! Je n'avais jamais pensé que ce pauvre bougre pouvait être capable d'une chose pareille !

Elle sourit à son tour, et sentit ses jambes se dérober quand il se pencha vers elle pour déposer un baiser sur sa joue.

— Eh bien, je suis...

A cet instant, le téléphone se mit à sonner. Avec un soupir, la jeune femme alla répondre.

— C'est pour vous, dit-elle en tendant le combiné.

— Allez rejoindre les autres. Je viens... J'ai encore quelque chose à vous dire, mais nous en parlerons tout à l'heure.

Dans la salle de repos, les conversations allaient bon train. Une clameur accueillit Stan lorsqu'il arriva enfin, et il fut aussitôt entouré de monde. Quand la bouteille de champagne que Charles avait apportée fut vide, chacun retourna à ses occupations.

Une demi-heure plus tard, le service avait repris son activité normale. Isabelle venait de vérifier que le bébé envoyé par l'hôpital John Radcliffe allait bien quand elle se remémora les paroles de Stan.

« J'ai encore quelque chose à vous dire. »

Qu'allait-il lui annoncer ? Enfin, quoi qu'il en soit, ce ne pouvait être bien terrible. Qu'y avait-il de plus important que la découverte de l'identité du corbeau ?

Ce soir-là, après la consultation de médecine générale au cabinet médical, elle se retrouva, en compagnie de Stan, chez Anne Moore qui donnait un dîner pour fêter le retour de Matthieu. L'ensemble du personnel avait été invité, et un buffet magnifique trônait au milieu du salon. Jack et Tessa Smith furent accueillis avec effusion par les parents du petit Matthieu qui les remercièrent chaleureusement. Janet, dont le visage aux joues rebondies affichait un sourire jovial, se précipita vers Isabelle. Elle venait d'apprendre la bonne nouvelle de la grossesse de Debby, ainsi que l'arrestation du corbeau, et elles bavardèrent gaiement pendant un bon moment, tandis que des couples commençaient à se former dans la salle à manger aménagée en piste de danse.

Alors que la soirée battait son plein, Charles s'approcha d'Isabelle et l'entraîna un peu à l'écart.

— A propos de danse, John Radcliffe organise un bal samedi prochain au profit de la recherche, annonça-t-il. Je ne sais pas si Stan vous en a parlé...

Il s'interrompit en voyant arriver l'intéressé.

— Non, les événements ne m'en ont pas laissé le temps, dit Stan. Mais vous viendrez, n'est-ce pas, Isabelle ?

Mais comme la musique reprenait, il l'entraîna sur la piste de danse, l'empêchant d'expliquer qu'elle n'était pas libre, qu'Alistair l'avait déjà invitée. Ils dansèrent longtemps, ne s'interrompant que pour souffler un peu et boire des jus de fruits. Isabelle n'osa pas aborder le sujet du bal.

Ce fut Stan qui le fit, juste au moment de partir.

— Je dois m'en aller ! cria-t-il pour couvrir le bruit de la musique. Acceptez-vous d'être ma cavalière au bal de John Radcliffe ?

Isabelle se sentit défaillir. Elle brûlait d'envie de dire oui à ces yeux de velours noirs qui la contemplaient, dans l'expectative. Mais il était trop tard...

— Désolée ! cria-t-elle à son tour, Alistair y sera... Il m'a demandé de l'y accompagner.

— Pas de problème, répondit Stan d'un air enjoué. J'aurais dû m'en douter ! A bientôt...

Puis il disparut dans la foule après lui avoir adressé un petit signe de la main.

Toute envie de s'amuser déserta ensuite Isabelle qui se laissa tomber sur une chaise. Stan n'avait même pas paru déçu par son refus...

Plus tard, allongée dans son lit, la tête encore bourdonnante de musique, elle revoyait encore le sourire détaché de Stan. « Pas de problème », avait-il dit. Ces mots avaient transpercé le cœur de la jeune femme.

Ensuite, les jours suivants, elle ne put penser à rien d'autre.

Et le samedi arriva. Vers 7 heures, Isabelle se prépara pour le bal. Elle choisit une longue robe noire qui mettait sa silhouette mince en valeur, et égaya sa tenue d'un collier de perles fines. Puis elle brossa ses beaux cheveux blonds qu'elle laissa retomber en boucles souples sur ses épaules. Avant de partir, elle jeta un dernier coup d'œil à son image dans le miroir, et se força à sourire.

— Allons, Isa, courage ! dit-elle pour calmer l'angoisse qui la tenaillait à l'idée de se retrouver face à Alistair... et à Stan Winston.

⁂

Une foule élégante se pressait déjà dans le hall de l'hôtel Randolph lorsqu'elle y fit son entrée. Alistair vint immédiatement à sa rencontre, rayonnant dans son smoking noir.

— Isabelle, que je suis content de vous voir ! s'écria-t-il en glissant son bras sous le sien. Venez, je vais vous présenter mon ami, Christopher Manners, qui organise le bal.

Elle distribua des sourires, serra quelques mains, puis présenta son cavalier à Charles et Henry Holroyd. Stan restait invisible. Ensuite, elle se laissa happer par le flot des invités, s'efforçant de faire bonne figure.

Ce ne fut qu'une bonne heure plus tard qu'elle entendit Charles s'écrier :

— Ah, Stan ! Vous voilà enfin !

Elle se retourna lentement, serrant les lèvres pour dissimuler son trouble. Elle ne le reconnut pas tout de suite. Devant elle, se tenait un homme élégant et distingué, parfaitement à l'aise dans un costume sombre à la coupe impeccable. Ses cheveux, bien coiffés, dégageaient son visage aux traits réguliers. Il portait des chaussures noires soigneusement cirées, et une cravate pourpre qui tranchait sur la blancheur immaculée de sa chemise. Cet homme, qui possédait l'allure altière d'un grand aristocrate, pouvait-il être Stan Winston ?

Il souriait à présent, en tendant la main à Christopher Manners.

— Chris ! s'exclama-t-il. Je suis si heureux de vous voir !

Puis il se tourna vers Alistair et les deux hommes se saluèrent poliment.

Christopher eut l'air étonné.

— Alistair, vous m'aviez caché que vous connaissiez le

fils de lord Peregrine ! dit-il. Savez-vous que c'est lui qui devait vous remplacer à Kotebie ? La maladie de son pauvre père l'a empêché de partir.

Isabelle écoutait leur conversation, pétrifiée, ayant du mal à croire ce qu'elle entendait.

— Non, je l'ignorais, répondit Alistair, un peu pincé. Isabelle était avec moi à Kotebie, où nous avons formé un tandem formidable !

Isabelle eut conscience que Stan se tournait vers elle, stupéfait. Mais elle demeura muette, incapable d'articuler une parole. Stan Winston, l'héritier d'une des plus grandes familles d'Ecosse, avait failli remplacer Alistair à Kotebie !

Alistair lui toucha le bras, la ramenant à la réalité.

— Venez, Isa, laissons-les bavarder un peu, et allons prendre une coupe de champagne, dit-il en l'entraînant loin du petit groupe.

Comme un automate, elle se laissa guider vers le buffet, puis vers une table un peu à l'écart.

— Je ne savais pas que votre chef de service était le fils de lord Peregrine Fawcett-Brown ! dit Alistair quand ils furent assis.

— Moi non plus. Il ne me l'avait jamais dit.

Distraitement, elle porta sa coupe de champagne à ses lèvres et la vida presque d'un trait. Il lui semblait flotter dans un monde irréel, dont elle n'émergea que lorsqu'elle prit conscience de la main d'Alistair qui se posait sur la sienne. Alors elle se décida à lui parler à cœur ouvert, mais il la devança.

— Isabelle, ma chère Isabelle... Je ne suis pas aveugle, vous savez. J'ai bien senti votre malaise lors de nos dernières conversations. Ne vous inquiétez pas, je comprends très bien. Et le jeune lord Stanislas Peregrine Fawcett-Brown vous couve des yeux avec tant d'intensité que je ne me risquerai pas à lutter contre lui ! J'espère seulement que nous resterons amis. Vous voulez bien, Isabelle ?

Comme elle hochait la tête, il se pencha pour l'embrasser affectueusement sur la joue puis sortit de sa poche une lettre qu'il lui tendit.

— J'ai reçu ceci de l'orphelinat où vit Chana. La mère supérieure me donne des nouvelles de toutes ses petites pensionnaires, et notamment de votre chère petite Chana.

Les larmes montèrent aux yeux d'Isabelle alors qu'elle parcourait la lettre.

— Merci, Alistair, dit-elle avec effusion. Merci de vous montrer aussi compréhensif, et soyez assuré que nous resterons amis. Tout comme je resterai amie avec Stan, rien de plus. Une petite infirmière comme moi ne peut pas entrer dans une si noble famille !

Il posa son verre et la prit par la main.

— Allons, cessez de dire des bêtises, et accordez-moi la première danse pour sceller notre amitié ! ordonna-t-il avec un sourire.

En dansant, Isabelle avait l'impression d'être ivre. Non pas à cause de l'unique coupe de champagne qu'elle avait bue, mais à cause de l'avalanche d'événements qui s'étaient succédé depuis son retour de Kotebie, mettant sa vie sens dessus dessous.

Puis elle cessa de penser pour s'abandonner à la danse, oubliant tout l'espace de quelques heures, y compris Stan Winston, son histoire incroyable et son charme dévastateur.

Alors que le bal touchait à sa fin, elle eut besoin de prendre l'air et se dirigea vers la terrasse. Stan était là, appuyé à la balustrade qui surplombait les jardins de l'hôtel. Un sourire flottait sur ses lèvres.

— Essayez-vous de m'éviter ? demanda-t-il d'un ton neutre.

— Pourquoi le ferais-je ? répondit-elle en essayant de maîtriser les battements de son cœur.

— C'était juste une impression. Vous trouvez peut-être que je danse trop mal ?

— Pas du tout, mais...

— Dans ce cas, coupa-t-il en la prenant par la taille, venez danser avec moi avant qu'il ne soit trop tard.

Sans attendre sa réponse, il l'entraîna sur la piste. Serrée contre lui, Isabelle s'efforçait de chasser les pensées qui se bousculaient dans sa tête, notant que Stan, à l'inverse d'elle, semblait parfaitement à l'aise et détendu. De toute évidence, elle n'était à ses yeux qu'une cavalière parmi d'autres.

Peu à peu, les couples quittèrent la piste pour rentrer chez eux ou boire un dernier verre au bar, et Isabelle remarqua que Judy s'éloignait au bras d'Alistair. Les frères Holroyd partirent à leur tour et, bientôt, il ne se trouva plus personne de sa connaissance autour d'eux. Stan se pencha alors vers elle.

— Vous me ramenez, comme d'habitude ? murmura-t-il au creux de son oreille.

Il fallait dire non. Interrompre cette relation étrange qui la perturbait sans lui laisser aucun espoir de s'épanouir dans un amour simple et sincère.

— Je crois que je suis trop fatiguée pour conduire, répondit-elle.

Il eut ce sourire qui lui faisait chavirer le cœur.

— Qu'importe, c'est moi qui tiendrai le volant...

Pourquoi pas, après tout ? La perspective de se laisser conduire la soulageait plutôt. Et cela ne changerait rien à sa décision de ne plus entretenir avec Stan que des relations strictement professionnelles.

Ils saluèrent les derniers amis qui s'attardaient au bar, dont Alistair, qui embrassa affectueusement Isabelle sur les deux joues.

Une fois près de la voiture, elle tendit ses clés de voiture à Stan puis s'installa sur le siège passager. Pendant le trajet, elle demeura muette, la gorge nouée, espérant qu'il mettrait son silence sur le compte de la fatigue.

Puis, brusquement, elle se rendit compte qu'ils étaient arrivés devant chez elle.

— Gardez ma voiture, dit-elle d'une voix lasse, nous nous arrangerons pour que je la récupère demain.

Sans répondre, Stan coupa le contact et descendit pour venir lui ouvrir.

— Je pense que nous avons des choses à nous dire, Isabelle...

— Si vous aviez l'intention de monter chez moi, oubliez cette idée tout de suite. Je suis fatiguée, Stan, je voudrais me coucher. Maintenant que le secret sur vos origines est levé, nous n'avons plus grand-chose à apprendre l'un de l'autre.

Mais il claqua la portière derrière elle et la verrouilla avant de lui emboîter le pas.

— Je ne suis pas du tout de votre avis... Venez...

Le ton l'irrita et elle fronça les sourcils.

— Certainement pas. Bonne nuit, Stan, et merci de m'avoir raccompagnée.

Mais elle ne fut pas assez rapide, et il pénétra à l'intérieur avec elle.

— Je voudrais vous parler, répéta-t-il gravement.

Capitulant, Isabelle monta lentement l'escalier puis elle posa ses affaires dans un fauteuil tandis que Stan ôtait sa veste et sa cravate sans rien perdre de son élégance.

— Je ne vous ai rien dit de ma famille parce que c'était parfaitement inutile, dit-il. Mais vous m'avez caché des choses, vous aussi. Pourquoi ne m'avez-vous jamais parlé de l'Ethiopie ?

Elle enleva ses chaussures à talons et son collier de perles, avant de se décider à lui répondre.

— Je pensais que Charles vous le dirait peut-être.

— C'est la statuette qui m'a mis la puce à l'oreille, dit-il en désignant l'objet.

Puis il s'approcha de la jeune femme et plongea son regard sombre dans le sien. Aucune lueur ironique n'y pétillait.

— Peut-être que les choses se seraient passées différemment si j'étais parti là-bas à la place d'Alistair...

Quand Isabelle recula d'un pas, craignant d'être perdue si elle ne maintenait pas une distance raisonnable entre eux, il sourit et passa les doigts dans ses cheveux noirs, les ébouriffant. Elle retrouva alors l'allure désinvolte qu'elle lui connaissait.

— Avez-vous remarqué que nos conversations sérieuses ont toujours lieu au milieu de la nuit ? commenta-t-il. Comme s'il ne nous restait, pour parler, que ces moments volés à notre travail, au temps que nous donnons aux autres... J'ai pensé que cette nuit serait l'occasion d'aborder avec vous un sujet qui me brûle les lèvres depuis longtemps, Isabelle.

Il marqua une pause. Son visage avait repris une expression sérieuse, presque tendue.

— Je vais partir à l'étranger, reprit-il. Je reviendrai pour la naissance du bébé de Mark et de Debby, en espérant que mon père m'attendra jusque-là. Nous sommes devenus assez proches ces derniers temps, Isabelle, et vous allez beaucoup me manquer. Alors, avant que nous nous séparions, je voudrais savoir quand vous allez épouser Alistair. Il va partir, lui aussi. Il me l'a dit ce soir.

— Vous me manquerez aussi, Stan, répondit-elle, laissant, pour la première fois, s'exprimer son cœur. Nous regretterons tous votre sens de l'humour, et vos grandes qualités de médecin. Mais vos conclusions concernant Alistair n'ont pas la justesse de vos diagnostics.

Il fronça les sourcils.

— Que dois-je comprendre par là ?

Un soupir de lassitude échappa à Isabelle.

— Je n'ai jamais eu l'intention d'épouser Alistair... J'aurais bien voulu tomber amoureuse de lui car c'est un homme formidable, mais l'amour ne se commande pas... Il a fallu que je lui annonce cela, ce soir, et ce n'était pas facile. Nous avons vécu des choses formidables à Kotebie.

Puis elle lui parla longuement du camp, de l'équipe médicale, de Chana, et de la formidable leçon de vie que représentait une telle expérience. Stan l'écouta attentivement sans l'interrompre.

— J'ai du mal à vous croire, Isabelle, dit-il quand elle se tut. Il n'y a rien eu de plus que des liens d'amitié entre Alistair et vous ?

Elle secoua la tête.

— Rien d'autre qu'une grande amitié, ce qui est déjà énorme.

Il la scruta un instant, comme pour s'assurer qu'elle disait la vérité. Puis, brusquement, il partit d'un grand éclat de rire.

— Qu'y a-t-il de si drôle ? s'étonna Isabelle.

Reprenant son sérieux, il la regarda avec intensité.

— Rien... Rien d'autre qu'un immense soulagement.

Et, sans lui laisser le temps de réagir, il l'attira doucement à lui. Incapable de lui résister, elle s'abandonna dans ses bras tandis que leurs bouches s'unissaient en un baiser profond.

Puis il releva la tête.

— Isabelle, murmura-t-il, caressant doucement son cou, son épaule nue. Est-ce que tout cela signifie que vous n'êtes pas amoureuse d'Alistair... ni de personne d'autre ?

Les yeux de velours sombres semblaient attendre anxieusement sa réponse. Elle humecta ses lèvres sèches.

— Stan... Je suis amoureuse... Amoureuse comme jamais je ne l'ai été, amoureuse à en mourir d'un médecin, mon chef de service, le Dr Stan Winston. De lord Stanislas Peregrine Winston Fawcett-Brown... A propos duquel je ne sais pas grand-chose, mais j'ai l'impression que je pourrais apprendre très vite !

Les bras de Stan se refermèrent sur elle et il la serra contre lui à l'étouffer. Puis il l'embrassa, de nouveau, et ce baiser fut plus intense, plus merveilleux encore que le premier.

— Isabelle... Assurez-moi que je ne rêve pas, que j'ai enfin trouvé le chemin de la guérison, que toutes ces routes que j'ai empruntées depuis la mort de Caroline me menaient bien vers vous...

Pour toute réponse, elle lui adressa un sourire radieux et ce fut suffisant. Il la serra de nouveau contre lui.

— Je ferai de toi la femme la plus heureuse du monde, Isabelle, murmura-t-il.

Elle lui tendit ses lèvres, et ils s'embrassèrent de nouveau, encore et encore. Et puis ils parlèrent longtemps, librement, comme s'ils se connaissaient depuis des siècles. Stan raconta comment son père lui avait tendu les bras après des années de brouille. Le vieil homme avait écouté son fils, et lui avait tout pardonné.

— Maintenant, soupira Stan, il faut que je me prépare à prendre sa succession, à gérer l'énorme patrimoine dont je vais hériter. Ce n'est pas une tâche facile, mais je suis certain qu'avec une femme à mes côtés, je m'en sortirai beaucoup mieux...

Il se tut pour la regarder gravement.

— Isabelle, veux-tu m'épouser ?

— Oh, Stan ! s'écria-t-elle en se jetant à son cou. Demain si tu le veux !

Ils s'étreignirent avec passion, puis Stan jeta un coup

d'œil à la fenêtre. Dehors, l'aube pointait déjà. Un rayon doré balayait la cime des arbres.

— Sais-tu ce qui me ferait plaisir ? demanda-t-il.

Isabelle secoua la tête.

— Un plongeon dans la piscine, comme le matin de la naissance du bébé de Tessa. Ce jour-là, j'ai dû me retenir pour ne pas t'embrasser. J'aurais pu t'enlever et partir avec toi au bout du monde !

Elle sourit, se remémorant ce moment qui avait été magique pour elle aussi.

Ils descendirent dans le jardin et respirèrent avec délice l'air frais du matin. Mais l'eau transparente de la piscine leur parut glacée, et ils repoussèrent à plus tard leur baignade. Ils avaient la vie devant eux, après tout...

Isabelle s'allongea dans l'herbe encore humide, la tête sur les genoux de Stan.

— A Kotebie, dit-elle doucement, le regard perdu dans l'immensité bleue au-dessus d'elle, quand des enfants mouraient et que la vie semblait avoir perdu tout son sens, l'une des infirmière éthiopiennes disait toujours qu'il fallait regarder le ciel. Et c'était vrai. Après, tout allait mieux.

— Je sais, murmura Stan. Un jour, ces pays prendront eux aussi le chemin de la guérison. Grâce à ceux qui, non seulement aident les gens, mais les aiment, aussi.

Puis il se pencha vers Isabelle pour l'embrasser avec passion.

# *Série blanche*

**prochains rendez-vous le**

***mai***

INFIRMIÈRE MALGRÉ ELLE, de *Margaret O'Neill* • *N°422*
Plus Tonie retrouve goût à la vie grâce à la sollicitude du Dr Rupert Devenish, plus celui-ci devient distant. Craindrait-il que les sentiments qu'elle éprouve pour lui aillent au-delà de la simple gratitude?

UN COUP DE POUCE DU DESTIN, *de Betty Neels*
Comment peut-on être attiré par une femme exaspérante qui prend un malin plaisir à vous défier sans relâche, telle est la question que se pose le Dr Fenno Van Linssen. Et bien malin qui pourrait répondre...

LE SERMENT D'UN MÉDECIN, *de Kathleen Korbel* • *N°423*
Alors qu'un drogué en état de manque pointe sur elle son arme, le Dr Abbie Fitzgerald croise le regard du policier venu à son secours. A cette seconde, elle sait que son existence vient de basculer... Elle ignore toutefois à quel point.

LE BONHEUR EN GAGE, *de Carol Wood*
Pour chasser les fantômes du passé, le Dr Paula Harvie se consacre corps et âme à son travail, gagnant en compétences, en assurance, en indépendance, ce qui semble fortement déplaire à son séduisant collègue, Sam Carlile.

UN ACCORD PRESQUE PARFAIT, *de Laura MacDonald* • *N°424*
On a mis Siobhan en garde contre Dave Morey, l'infirmier ambulancier avec lequel elle fait équipe. Hélas, le charme de ce séducteur est des plus redoutables, et le côtoyer tous les jours, une véritable épreuve!

LE BEBE MIRACLE DU DR JENNIFER POWELL, *de Lilian Darcy*
Quand sa sœur meurt après avoir donné naissance à une petite fille prématurée, Jennifer, elle-même médecin, ne peut supporter de quitter le chevet de l'enfant ne serait-ce qu'une seconde. Même si le Dr Will Hartman y voit là un délit d'ingérence...

# *La couleur des étoiles*

## *Comment jouer à notre grand jeu ?*

Consultez les romans Harlequin et répondez tout simplement aux 3 questions suivantes en cochant la (ou les) case(s) de votre choix :

**1** ***Dans le roman de la collection Désirs n° 6 du 15 avril,* Mon ennemi, mon amour, *de Pamela Burford, comment le frère de Caleb se prénomme-t-il ?***

❑ James ❑ Zane ❑ David

**2** ***Dans le roman de la collection Blanche publié dans le volume double n° 420 du 15 avril,* Le chemin de la guérison, *de Frances Crowne, de quel pays Isabelle, l'infirmière puéricultrice, revient-elle ?***

❑ Mexique ❑ Éthiopie ❑ Inde

**3** ***Sur les nouvelles couvertures Harlequin, dans la collection Horizon, comment l'animation* Bravo les enfants, *est-elle représentée :***

❑ par un bébé ❑ par un petit garçon ❑ par des cubes

Pour participer au tirage au sort, merci de nous retourner ce bulletin complété lisiblement (ou papier libre) avant le 30 mai 1998 (le cachet de la poste faisant foi) à :
La couleur des étoiles / SFDD - Cedex 3869 - 99386 Paris Concours

Nom |_|_|_|_|_|_|_|_|_|_|_|_|_|_|_|_|_|_|_|_|_|_|_|_|_|_|
Prénom ....................................................................................................
Adresse ....................................................................................................
Code postal |_|_|_|_|_| Ville ..........................................................................
Âge ou date de naissance : ..................................................
Êtes-vous abonnée ? ❑ oui ❑ non

✂- - - - - - - - - - - - - - - - - - - - - - - - - - - - - - - - - - - - -

***Bonne chance et rendez-vous le 1er mai dans les romans des collections Azur et Amours d'Aujourd'hui, et le 15 mai, dans les collections Désirs, Blanche et Sixième Sens, pour gagner des cadeaux couleur saphir et découvrir le mini-magazine n° 3 !***

Extrait de règlement : jeu gratuit sans obligation d'achat, valable jusqu'au 30/05/98 pour le grand tirage au sort concernant le mini-magazine n° 2 du 15/04/98 et jusqu'au 30/06/98 pour le grand tirage au sort final. Vous pouvez participer gratuitement en demandant un bulletin de participation à l'adresse du jeu. Une seule participation et un seul gagnant par foyer (même nom, même adresse) et par mois. Timbre remboursé sur simple demande au tarif lent en vigueur (un remboursement par foyer, même nom, même adresse). Règlement complet déposé chez Maître Le Honsec - huissier de justice à Rambouillet, disponible sur simple demande à l'adresse du jeu. Pour des raisons juridiques, les lectrices belges ne peuvent pas participer à ce jeu. *Conformément à la loi Informatique et Libertés du 06/01/78, vous disposez d'un droit d'accès et de rectification aux données vous concernant.*

## VOTRE PROCHAIN RENDEZ-VOUS AVEC LES BEST-SELLERS HARLEQUIN

### *Le 1er mai, découvrez trois nouveaux Best-Sellers Harlequin.*

**LE TESTAMENT D'AURORE,** ***de Emilie Richards* • *n°75***
Dans la touffeur parfumée d'une fin d'été en Louisiane, proches et étrangers sont rassemblés pour prendre connaissance du testament d'Aurore Gerritsen. Chacun est là aux aguets, dans l'attente d'un partage favorable aux descendants d'Aurore. Mais la distribution des biens fait resurgir des secrets de famille, de lourds secrets depuis longtemps enfouis...

*Devant le succès de* Louisiane Story (Best-Sellers N°66), *Emilie Richards en a fait revivre les personnages dans* Le testament d'Aurore. *Un roman passionnant, que vous pourrez savourer en toute liberté, même si vous n'avez pas lu* Louisiane Story.

**L'ENFANT DU CHANTAGE,** ***de Margot Dalton* • *n°76***
A Spokane, dans l'Etat de Washington, l'enlèvement du petit Michael bouleverse tout le monde : la ville, les médias, l'inspecteur Jackie Kaminski chargée de l'enquête... Tout le monde, sauf les parents de l'enfant, divorcés depuis peu, qui affichent une angoisse modérée. Trop calmes, de l'avis de Jackie, pour être tout à fait innocents. Mais qui est vraiment l'auteur du forfait ? De visite en visite, Jackie tente de démêler l'écheveau, et quand enfin elle parvient à en tirer le premier fil, le dénouement ne laisse pas de la surprendre jusqu'à l'horreur...

**LE JARDIN DES PASSIONS,** ***de Jennifer Blake* • *n°77***
Quand Alec Stanton se présente un jour dans la vieille propriété d'Ivywild, afin de redonner à l'immense parc en friche sa splendeur d'antan, il tombe aussitôt sous le charme de la maîtresse des lieux Laurel Bancroft, une femme vulnérable qui, meurtrie par un drame terrible, mène une existence recluse depuis des années. Mais un coeur blessé est plus difficile à ranimer qu'un jardin à l'abandon, surtout quand la prisonnière du passé s'est, depuis longtemps, résolument fermée à la vie...

Composé sur le serveur d'Euronumérique, à Montrouge
par les Éditions Harlequin
Achevé d'imprimer en mars 1998
sur les presses de la Société Nouvelle Firmin-Didot
à Mesnil-sur-l'Estrée (Eure)
Dépôt légal : avril 1998
N° d'imprimeur : 41762 — N° d'éditeur : 7055

*Imprimé en France*